INFORMATION
BROKER
牛哥 著
情報掮客・上

關於駱駝這一家

身材矮小枯瘦、禿頭、朝天鼻、稀稀疏疏的八叉鬍子、一排大齙牙，其貌不揚，但機智過人、幽默風趣的駱駝，是騙子、老千這一行的祖師爺，行騙天下無敵手。

其帶領著情同家人的手下：扒手幫祖奶奶獨臂查大媽、鬼靈精的蜘蛛賊孫阿七、智謀高深的吳策老、一身好功夫的彭虎及風流成性的義子夏落紅，四處行騙，足跡遍及全世界。

在《情報販子》一案中，駱駝智鬥香港的中共間諜組織，大獲全勝；夏落紅並在此事件中贏得美人歸，與于芃訂下婚約。後在《駱駝奇案》「陰魂不散」一案中，將意圖盜賣國寶的秘密組織攪得雞犬不寧，甚至和俄國間諜大鬥法，展開一場場叫好叫絕的智力對抗。

在經歷了幾樁轟動國際的大案後，駱駝在醫師的勸說下，來到了風光明媚的夏威夷渡假調養身心。

只是，原本單純的渡假之旅，竟意外捲入一樁價值不斐的鑽石項鍊竊盜案，而這起竊盜案的背後動機，似乎又是國際間諜與政客的大鬥爭！

足智多謀的駱駝，又開始動起他的鬼腦筋了……

情報掮客 上 目次

情報販子系列

風雲編輯部

一個奇特的時代，往往會出現一些奇特的人物。

如今，那個奇特的時代雖已消逝，但那些奇特的人物，經由傳奇作家的抒寫，卻會深深銘記在後代有志窺探者的心版上。

書中的時代，是東西方冷戰正揭開序幕，也是台海兩岸正鬥智鬥力的五〇年代。距今，已經半個世紀了。

書中的主要人物，是在冷戰夾縫裡火中取栗，在兩岸鬥爭下興風作浪的奇異家族。〈情報販子〉這一系列的傳奇作品，曾是台灣四、五年級生中較佻脫或前衛之輩必讀的「入門書」，因而膾炙人口。

現在，經過廿年的絕版隔離之後，六、七年級生終於看到了它的新版。

好書是不會湮沒的。一代代的有心人懷念老書，懷念好書，心縈夢繫，含英咀華，人文薈萃的新時代才會早日到來！

〈情報販子〉系列共五部：《情報販子》、《駱駝奇案》、《情報掮客》、《鬥駱駝》、《再鬥駱駝》。

為情報販子系列再度問世而寫

牛嫂

牛哥（費蒙）開始寫這一系列書的時間是在五〇年代初期，以他出生及生長的香港為背景。滄海桑田，香港這半世紀演變之大絕非當時生活在當地的人所能想像的；正如同由二三百年前一個瀕海小漁村，經由英國近一世紀的殖民統治，蛻變成一現代都市一般。

一九九七年由本不被看好的「回歸祖國」，現在卻越發光鮮亮麗！那麼一個彈丸之地，在競爭如此劇烈的全球各大都市中，能成為無人不知無人不曉的購物天堂、美食之都、旅遊名埠，實在令人對之不得不另眼相看！

牛哥書中所描繪的地理環境中，當年瀕海大街，因香港政府不斷成功的填海已退縮到了內陸；原本污穢不堪亂七八糟的小巷也多變了光鮮的街道或漂亮的美食街，當年所謂巍峨的大廈，早已被幢幢在國際上均響噹噹的摩天大樓所取代；至於那時幾乎荒無人跡的大嶼島現在除了有座香火鼎盛東南亞最高的佛陀像，更是香港人目前旅遊休閒的最主要地點；總之書中的景色與現今已完全不同了。

香港在廿世紀五〇年代與廿一世紀現在之最大的不同，乃是當時它為英國在海外最賺錢的一塊殖民地，也是當時的共產黨與所謂民主自由社會暗中相互不斷角力的據點。

在那個年代，如寫小說中不儘量醜化共產黨及標榜民主社會，是不可能日日見報的，能允許出版則更是根本想都不必想的事！

身居台灣的牛哥在當時能寫出這系列轟動全台灣及東南亞，一版再版三版四版為眾多讀者愛不釋手的作品，主要的因素，不是他把共產黨描寫成多麼愚蠢無知、兇殘無道或多負面來取悅當局，而是靠其中妙趣橫生、光怪離奇的情節和使人絕對意想不到的故事發展而令人叫絕的！

四、五十年來仍不時有對這部書懷念的老讀者打電話問我何處能購得？我都只能以抱歉沒書了回答之；現在承蒙風雲時代再次出版，除了可以一饗懷舊的老讀者之外，也期望新一代的讀者能欣賞到牛哥不同於其他作家的特殊文風。

【名家推薦】

牛哥建構的圖文世界

佛光人文社會學院校長　趙寧

美國俄亥俄州立大學教授，戴爾博士（Dr.Edgar Dale）認為人類經驗的學習和累積，從抽象到具體，自間接到直接依序分為十層，從口述符號，視聽符號進入錄音，廣播和靜畫，電影與電視，展覽，參觀旅行，示範，到戲劇，設計和直接的經驗。然後，從想（thinking），看（observing）和做（doing）中來學習。

忝為牛哥先生的漫畫弟子，我常常以這樣的角度和指標，試圖來解讀他所建構的神秘王國。五〇年代的台灣，是太平洋上風雨飄搖中的一葉扁舟。戒嚴時期，報禁未解，電視電腦還很遙遠，觀光旅行都是奢侈的夢想。「牛伯伯打游擊」，這一個在中央日報連載的漫畫，以滑稽突梯的造型，平易親切的口白，輕鬆愉快的打入讀者的心房，化解了人們心中難以宣洩的沮喪和苦悶。

國共內戰在那個年代是禁忌，是悲情，也是災難，但是悲天憫人的牛哥先生，卻以慈悲的心腸，詼諧的態度，漫畫的筆觸，笑笑的唱著一首悲傷的歌。中央日報的銷路，異軍突起，連翻幾倍。報業鉅子，傳播學者，瞠目結舌，看不透其中的玄機，奇怪？報紙的社論、新聞、版面、獨家、廣告與銷售的關係竟遠遠不及一位名不見經傳的年輕漫畫家？

四眼田雞，和尚，鍾隊長，財多，老油條，牛老二，牛小妹，楊經邦。牛哥先生創造了一個在那個大氛圍下完全離經叛道的虛擬有趣的王國，如同是台灣的迪士尼家族一樣，市井小民人手一冊，大人小孩津津樂道，共軍好像也不那麼可怕，戰爭似乎也不那麼殘酷。這個媒體的王國不但安撫了人心，更給台灣的華人介紹了一樣以前從來就沒有看見、聽見過的寶貝，這個寶貝就是「幽默感」（sense of humor）。

趙茶房（我）醉心於華人幽默文學的建構，因為人微言輕，從來也沒有受到重視，但是在政治掛帥、金錢萬能的濁世紅塵裡，雙關（puns）、誇張（exaggeration），諷刺（satire）、反諷話（irony）、挖苦（sarcasm）、滑稽（farce）、歪詩（parody）的功能與作用，幾乎被大家遺忘，這是中國人真正的悲哀。有時候，打開電視機，看到橫眉豎目，眼光如豆的政客學閥在比手劃腳，胡說八道的當下，我總會快速的關掉電視，目光隨著心思轉進，瞧！窗外一朵朵悠閒的白雲在藍天徜徉，遙不可及的陽明山是淡淡的水墨，勾劃在鄰近的遠方。我依稀會看到一位廿一歲在滇緬公路上擔任戰地救濟的帥哥，用微微帶著廣東腔的國語在歎息：「唉，收聲，咪嘈啦（廣東話，別吵之意），看看牛哥漫畫，談談費蒙小說吧！」

牛哥先生無中生有，憑著一枝禿筆打造了台灣的漫畫王國。同樣的這一枝筆，也擦亮了「費蒙」的招牌，而《仇奕森》、《情報販子》、《賭國仇城》、《咆哮山崗》、《駱駝奇案》、《職業凶手》等又把台灣的子民帶到尖沙咀、九龍塘、沙巴、大馬，臥遊東南亞的大街小巷，在黑白兩道裡冒險犯難，多麼的驚險刺激！叔叔伯伯阿姨在下班前後爭睹大華晚報、民族晚報，倒不是關切國事，關心時局，而是想與老朋友見面，享受享受逃避（Escape）的快感啊！約翰．蓋士納（John Gassner）教授認為逃避是戲劇重要的一個目標，千千萬萬的讀者，連自己都不知道：駱駝，閔鳳姑，查大媽，華雲道，高麗黛這些牛哥筆下鮮活的亦正亦邪、粗俗卑微的一個個小人物，都是逐漸成形的水泥森林裡的逃生門，讓我們得以在萬丈的紅塵裡得以喘一口氣，納一納涼。牛哥先生又豈僅是一位漫畫家、一位小說家而已呢？

牛哥先生熱情有勁，愛國愛人，筆下生動活潑，平易近人，但絕不辛辣刻薄，挖人隱私；對於一位戒嚴時期的文人來說，這是一個遠災避禍的不二法門。人間壯遊，快活豪邁，上天下地，俯仰無愧，他的感情世界也波瀾壯闊，馮庸大學創校校長的掌上明珠，台灣師大附中當年的校花，江湖上人稱「牛嫂」的師母，如今不但美麗如昔，說起話來還是一樣大聲痛快，老師仙逝多年，她發揮東北才女的槓子頭精神加上秉承了老牛的牛脾氣，一手籌組牛哥文教基金會，海峽兩岸、大洋東西走透透，要以發揮牛哥精神為一生的職志。我也在想，老牛（我們牛家班稱老師為老牛，真是沒大沒小）在天上這許多年一定會神采飛揚的膨風：「哼，我的眼光那裡會錯？」

江山代有才人出，各領風騷三五年，在電子媒體充斥，科技無孔不入的e化時代，草莓族和月光族對於牛伯伯駱駝仇奕森是全然陌生了，但是他們對讀者的影響和貢獻是無與倫比，不可抹殺的。個人十分慚愧，雖然擔任過台灣漫畫學會的會長和得到一屆的漫畫金爵獎，但是並沒有把牛家班的漫畫絕活發揚光大，也不曾寫過長篇小說；但是他的忘年之交，建中、台大的才子陳曉林先生卻始終認為要為本土的文化歷史做一個鮮活的紀錄，不畏艱難、不問代價的將費蒙先生當年炙手可熱叱吒風雲的小說，重新再版問世，這一份情義熱心，令人讚歎感佩。

人到了一定的年齡會有很多小時候沒有的感覺，有些令人快樂，有些令人難過，有些令人無可奈何，電影「亂世佳人」的原名是「飄」（Gone with the wind），片頭的場景是美國古老南方的天空，上面流浪著一九三九年的雲彩，永恆不變的是上面逐漸淡出的，既陌生又熟悉的洋文字幕：

There was a land of gavaliers and cotton fields called the old south, last ever to be seen of knights and their ladies, for it is no more than a dream remembered.

A civilization gone with the wind……

是的，青山依舊在，幾度夕陽紅，但是是非成敗，風雲際會永不成空。屬於牛哥先生的時代並沒有隨風而逝，將隨著優美的中國文字，永遠生猛跳脫地活在千萬讀者的心中。

【名家推薦】

藝術導師

藝術家　劉作泥

人生真像一齣戲。童年時夢寐以求作牛哥的學生，青年時圓了夢。與牛哥——李費蒙緣起於一九六二年。場景，是一座菜園子；牽線的是一張隨風飄繞、在菜園子裡的破舊報紙（自立晚報）。當時我在菜園子邊的小徑上「速寫」一座教堂。就在要離去時，那張報紙飄落在我的腳尖上，多瞄了它一眼；報紙上有一幅牛哥的漫畫，頂端有一行蠶豆大的字，「牛哥招收學生教漫畫」，它吸引著我，拾起報紙細讀後，夾進速寫簿裡，事後按照報上刊登的規章，填寫後投遞到報社。

牛哥的漫畫，我從十二歲時就耽讀熱愛。當時因國家內戰，失去雙親，淪為孤子，流落香港，白天閒蕩，夜幕低垂華燈初上時，就到路邊的報攤上，討些賣剩的報紙，搜索一疊後，尋覓一處僻靜的街燈下閱讀，其中有台灣的「中央日報」等連載「牛伯伯打游擊」、「牛小妹」、「老油條」、「四眼田雞」等。這些滑稽突梯，諷刺入骨的漫畫，是我排遣鬱悶，鬆弛疲累的良藥。同時，也是我的舖蓋。說牛哥的漫畫陪伴著我長大，絲毫也沒有虛誇。

進師門的那一天，按門鈴的那一刻，門鈴「叮噹！」一聲，手指頭像觸到電，急速抽回，立正站好，等待人來開門。當時很緊張，因為牛哥知名度太大，大到窮鄉僻壤，凡是知道「蔣中正」的，就聽過「牛哥」這一號人物。

青年時期的牛哥幹過卡車司機、礦工、話劇演員、編導、廣告設計等。他也是從「滄海桑田」中，摸索出自己的一塊田地。

在台灣四〇至六〇年代，他的小說和漫畫獨霸市場，堪稱盟主。著作：「情報販子」、「賭國仇城」、「職業殺手」、「畫室孽緣」、「亡魂記」、「大小姐與流氓」等百餘部暢銷書，風靡海內外。漫畫的風格獨創，藉古諷今，貶惡揚善，名句嘉句配襯著漫畫互映，廣受青睞，也為他增添財富，購置豪宅和三千ＣＣ的雪佛蘭轎車，在當年是稀罕的。

「良師佐生」，牛哥教學方式新穎，重「啟發」，例如，出題目——一隻冰棒加一個小孩，和十隻冰棒加一個小孩，會有什麼結果？多數學生「畫」的答案，是吃十隻冰棒的小孩樂融融啦！其實是「錯」，正確答案是貪吃的小孩被救護車送進醫院。

有一次他寫了個「賭」字，要學生「畫」一幅漫畫，我畫了一張麻將牌，牌上寫了「東風」。他看到後，摸摸我的腦勺說：「沒吃過豬肉，也該看過豬走路吧？」我滿臉通紅，他微笑著說：「很好！不會賭博是好青年。」

生命裡的「第一次經歷」，很難忘記。我有很多第一次的經歷是跟著牛哥走過的。第一次遇到不收學費的學府——李府（牛哥家）。第一次握到柏楊、古龍、高陽等名作家的手，與他們大餐。第一次貼近關山、張仲文、穆虹、白光等大明星的身邊。第一次上舞廳、上酒家。他說，這是教「社會學」。第一次收到名人的聖誕節禮物——一本「西遊記」，他說：「這本書內容有妖魔以及諸神施法，顯然個個法力無邊，像主角『孫悟空』翻一個觔斗就是十萬八千里。這很符合科學家和藝術家的『想像力』、『創造力』，值得學習。」

二十年前我棄商從藝，愛上「陶藝」，從揉捏幾公分高的小泥偶到捏塑、燒製成功與西安出土的「兵馬俑」等高的立俑、跪俑、馬俑。於二〇〇三年將親臨「兵馬坑」研究「兵馬俑」的心得寫成小說「楚俑」。這些都該歸功於恩師——牛哥提示的「想像力」、「創造力」。

「時過景遷」，當年的菜園子早已經是華廈聳立，教堂也不見踪跡，自立晚報很早就停刊，恩師——牛哥於一九九七年蒙主恩召，我由青年邁入耋年。唉！歲月無情，它卻是世上最「公平」的。

如果時光倒流從頭再來一次，最想做的事除了捏泥、揉泥、塑泥、燒泥，就是「求知」，多讀些「書」，「書中自有黃金屋，書中自有顏如玉」，一點都不會錯。

第一章　檀香山之夜

夏威夷是舉世公認的世外桃源，是愛好旅行者所嚮往的觀光勝地，觀光事業之發達，爲世界之冠，在第二次世界大戰之前，它是美國太平洋防線的前衛，戰後更成爲美國西太平洋防線的軍事戰略中心——因此，軍事家稱它爲「太平洋的心臟」！

檀香山國際機場的跑道上降下了西北航空公司的子爵式豪華客機。

機場內迎接旅客的人潮擁擠不堪，軍警林立，顯示著有什麼特殊的人物要搭這班客機光臨。

基督教什麼基金福利會；還有什麼殘廢兒童賑濟福利會；盲啞福利會……等十餘個慈善機構，全用白帆布做了布招，上書：「歡迎美國石油大王布魯克先生、夫人蒞臨檀香山。」

負責這位貴賓光臨期間安全問題的，是一位美籍華人探長——刁南成先生。

在客機還沒有在跑道降落之前，刁南成早已經是滿身大汗。晴日當空，整個機場在正午驕陽之下燥熱非凡，人潮又那樣擁擠，這不是鬧著玩的，夏威夷剛被納入為美國一州，美國以納稅人為第一爺爺，石油大王是納稅最多的爺爺的爺爺之一！總得要侍候週到，千萬出不得岔子，否則，別說是刁南成探長的飯碗會給砸掉，恐怕，就連市長也成問題。

那位肥矮的市長大人西裝畢挺，恭立在機坪進口道的大門之前，據說要呈獻什麼「檀香山之鑰」。

豪華客機已由跑道滑向機坪，流動的上下扶梯已推了過去，好事的新聞記者已如一窩蜂似地衝上前去，準備搶特寫鏡頭。

刁南成探長向他的弟兄一招手，立刻在機坪的四週佈防，四輛武裝警察的摩托車和一輛豪華大轎車已在機坪旁等候著。他們在等候和恭迎一位特權人物下機。

機艙的活門滑開，領先走出來的卻是一個其貌不揚，怪模怪樣的華人，惺忪眼，朝天鼻子，凸嘴唇和兩枚大齙牙。

他的個子不高，乾乾瘦瘦的，戴著一頂寬豹皮邊的大草帽，「金山伯式」的「達克龍」西裝，顯得有點陳舊，手提一隻破舊的旅行袋，便由豪華客機上順扶梯落下來了。

刁探長楞了一楞，這個人似曾相識，為什麼他會在這時候到檀島來呢？

這一次迎機的節目較為特別。

在一般對觀光事業較有研究的國家，在他們的「大門」前會備有特別節目，以廣招徠，用娛來賓。

檀島就是如此，機場上有大批穿草裙的少女，她們的任務，是在客人下機時表演「呼拉舞」。

今天表演「呼拉舞」的少女增加了三倍，排成長龍，呼拉音樂響了，少女們像水蛇般手舞足蹈，抖過來又扭過去，乳波臀浪，煞是好看。

刁探長還是在盯著那位似曾相識形狀古怪第一個下機的旅客。「啊！騙子祖宗，駱駝……」他想起來了，剎時間，感到一陣暈眩，渾身的臭汗變成了冷汗，不免起了詛咒：「為什麼就趕得這麼巧，這個王八蛋的大騙子，居然趕在這個時候來到檀香山？……」

每有旅客下機，必有穿草裙的少女上前喊一聲「阿路哈」，往旅客們的頸上套上一個花環，還香了香臉孔，假如是「土包子」的話，不會昏倒才怪。

旅客魚貫而下，石油大王布魯克先生在機艙門口出現了，個子高大，濃眉豹眼，口啣特製的雪茄，一副牛仔打扮，一揭帽子，露出個大禿頭，立時機場上歡聲雷動，掌聲響徹雲霄。

刁南成卻慌慌張張地朝那形狀古怪的旅客趕了過去，劈面就說：「媽的，大騙子駱駝！你怎麼也來湊這場熱鬧了？」

那形狀古怪的傢伙一楞，向刁探長上下打量了一番，猛然想起對方是什麼人了，立時兩眼一瞪，皺起朝天鼻子，露出大齙牙，滿嘴噴唾沫，說：「丟那星！你未免太不上路了，多年不見，見面就喊我大騙子！」（註：「丟那星」是廣東罵人的口頭禪，和「他媽的」意思相同，刁南成和丟那星為廣東話諧音。）

刁南成正色說：「哼！你本來就是騙子，名氣之大，本來只限在東南亞一帶，現在卻鬧遍了全世界啦！」

駱駝反唇相譏說：「媽的！你也沒有什麼了不起，不過是賣水牛肉出身的！」

「呵！」刁南成被揭了底牌，形色有點尷尬，但仍是一派官腔地說：「我警告你！到檀香山來，不得做任何案子，否則我是扯下了臉皮不認人的！」

駱駝聳了聳肩，說：「你是以什麼身分向我說這話？」

刁南成說：「檀香山的治安由我負責！」

「嗳，原來是做了鷹爪了，怪不得神氣活現的！」

「現在我是勸告你，你在香港做的案子，攪得天翻地覆，相信鈔票也進帳不少，不必再在我的地盤胡來，賣我一個老交情，要不然，到了最後，撕破了臉大家難堪！」

駱駝說：「這倒還像句人話，不過我也警告你！我現在的身分是一位教授，以後的稱呼要好聽一點！我是到檀島來渡假的，你見面就咒我是騙子！也許是你閒著無聊，想向你的主子加以表現，那麼我倒可以露兩手給你瞧瞧，讓你別閒著，包管你忙得像灰孫子一樣！」

刁南成喃喃說：「我有權驅逐你出境的！」

「到時候你求我都來不及了，還會驅逐我出境麼？我敢和你打賭！」

石油大王布魯克夫人也在機艙的門前出現了，她是一位金髮女郎，十足的美人胚子，假如不是布魯克的那份財富，真可謂是一朵鮮花插在牛糞上了。

新聞記者的鎂光燈噗噗閃個不停，不久，武裝警察和便衣全進入了機坪，使迎機的人群分開，保護布魯克夫婦進入了機場大廈，據說布魯克在機場的會客室還要開一個小型的記者招待會，那是兒童福利基金會和婦女會等的慈善機關爲他安排的。

刁南成的形色緊張，不時拭著額上的汗珠，他的西裝口袋是鼓鼓的，露出了粉紅色的一片紙角，趁著刁南成東顧西盼的當兒，駱駝順手將它抽了出來，是一份請帖，是兒童福利基金會等的十餘個慈善機關聯合所開的慈善舞會，上面附帶了註明恭請布魯克先生夫人主持義賣，布魯克夫人並捐贈一串共有十八克拉的鑽石項鍊當場拍賣。

駱駝暗笑說：「新興的暴發戶，有了幾個臭錢，便到處猛騷，這個熱鬧，我倒可以參加一份！」

慈善舞會在檀香山郊區的大地主，沙哇奴爵士的古堡式大廈裡舉行。

駱駝毫不客氣地便將請帖貼身藏起來了，隨著旅客熙熙攘攘地出了機坪。

新聞記者像甜果醬旁的蒼蠅，圍繞著布魯克先生猛打轉，駱駝卻注意到另一方面沒有人注意到的，就是最後下機艙一位身材高大的旅客，架著深度的太陽眼鏡，手中提著一隻鎖鍊的手提包，鍊子鎖在他的手腕上，那隻皮包的重要性是可想而知了。

他走出機坪時，前後左右有七八個便衣把他保護著，不露任何形色，所有在機場上的人全都注意著熱鬧的那一方面去，檀香山的市長，正在呈獻「檀香山之鑰」。

布魯克先生發表談話了，滿嘴德克薩斯州的土音，他說：「我和新婚妻子到檀香山蜜月旅行，沒有什麼好的貢獻！我美麗的妻子打算義賣一串價值十萬美金以上的鑽石項鍊！捐贈給檀香山貧窮的市民！」

立時又是歡聲雷動，掌聲像是要把這間機場大廈給爆掉似的。

其實十萬美金，對布克魯先生等於九牛一毛！沒什麼值得大驚小怪的。

一陣喧嚷之後，記者招待會就此結束。

駱駝卻注意著那高大戴太陽眼鏡的神秘客人，由一批便衣像押解犯人似地悄悄進入一輛黑色汽車，又悄悄地走了，布魯克的這方面的熱鬧還未有完，機場大廈的門前駛來了八輛武裝整齊的警察摩托車，那是給布魯克先生開道的，背後跟著的是一輛一九六三年剛出廠的凱的拉克轎車，一位警官立正啓了車門，布魯克先生夫人有說有笑，一派親熱狀地進入車廂去了，市長的座車爲他們殿後，八輛摩托車一齊啓動，好不威風，警笛響了，嗚嗚嗚的，摩托車衝開了人潮，布魯克先生和他的妻子還在車廂內探出頭來，不斷地向群眾揮手，太空人環繞地球八十八圈回返地面的歡迎場面，也不過如此。

駱駝心中想，布魯克先生的這一方面雖然顯得十分熱鬧，但卻遠不如那靜悄悄溜走的神秘客的那一方面重要呢。

沙哇奴爵士的古堡大廈，位在檀香山東北部近郊的一所農場附近。

那似乎是西班牙古式的建築物，它雖是古董，但是莊嚴而偉觀。

是夜，古堡大廈，燈火輝煌，門前車水馬龍，男賓皆著燕尾大禮服，女賓則坦胸露背，各顯豪華，充滿了珠光寶氣，各式各樣的曳地晚禮服，爭奇鬥豔。

儘管這宴會是極其上流的宴會，與會的也幾乎都是富商巨賈或政府要員。但是在暗地裡，治安人員卻也忙得團團轉，警察局長也親自出了馬，武裝警察由農場的大門口直排到古堡大廈的門前，便衣警員更不用說了，在各處活躍著，謹防宵小混跡客人之中。

沙哇奴爵士是檀島顯要人士之一，富甲一方，他的土地足夠建立一個小型王國，但是他有爵士頭銜，卻沒有人知道他的爵士封號打哪兒而來？究竟是哪一國的爵士呢？沒人知道。

有人說他是玻里尼西亞純種卡美哈王族的後裔；也有說他是西班牙王國的爵位後裔；也有說他是由英國或是德國移民過來的；更無稽的是，有人說他是俄羅斯沙皇血統的貴族。

但是不管怎樣，沙哇奴爵士就是爵士，反正大爺有錢，誰也不必考據他的爵士頭銜是打哪兒來的。

由那廣大的農場的進口處，直至那座古堡大廈的門前，全懸掛著沙哇奴爵士的標誌！那是一隻中古世紀的盾，上有頭盔，斧頭，寶劍和一條毒蛇，花花綠綠地煞是好看。

這宴會也純是封建式的，大門的進口處有著一個穿燕尾服的儀僕專門負責「唱名」！任何客人到會先得遞上請帖，負責「唱名」的儀僕便以手杖擊地，高聲唱出來賓的姓名和官銜。

總之，一切都是照中古世紀宮廷宴會的派頭，凡是接有請帖的來賓，來頭都不簡單，不是有錢，就是有勢，很多想向上流社會高攀的，想擠也擠不上呢。

但是在女賓之中，身分就比較複雜，因爲每一張請帖都可以邀請一位女士作伴，這其中除了太太之外，大多數是情婦，這樣便什麼樣的女人全有，有交際花、電影明星、歌星，甚至於應召女郎。

刁南成探長是鵠守在大門口間的，他最要注意的是女賓，假如被混進來一個女扒手的話，他準砸飯碗。

來賓陸續抵達，儀僕繼續「唱名」，手杖不斷地擊著地板。

「羅勃史丹奴上校，與上校夫人！」

「華特纖維化工廠董事長——密斯特彼德陳，與密席絲陳！」

這會兒，門前駛來一輛豪華汽車，首先走出車廂的是一位檀島水仙花皇后譚小姐，跟著是一位國會議員，再出來一位花枝招展的女郎，再出來的，怪了，那是大騙子駱駝，瞧他那身夜禮服打扮，真是穿了龍袍也不像皇帝……

刁南成探長先是僅只注意著女賓，當他看到駱駝光臨時，魂都飛掉了。

「這個騙子怎麼和國會議員混到一起了？」他自言自語，頓時又是渾身冒冷汗。

儀僕又在「唱名」。

「國會議員，約翰‧A‧克勞福！」手杖又擊了三下：「水仙花皇后譚金枝小姐！」手杖又再擊三下：「駱駝教授！」手杖又再擊：「克麗斯汀‧琪萊小姐……」

克麗斯汀‧琪萊是最近全世界矚目的緋色新聞名女人，在英倫鬧得滿城風雨，陸軍大臣垮了台，內閣首相的地位爲之動搖，一位名醫爲她自殺喪命……她不是因僞證罪被判罪在英國入獄嗎？怎麼會……

所有在場的賓客聽得這動人的名字全擰過頭去行注目禮，尤其是男賓，一個個引長了頸子，年紀大的又忙著擦眼鏡。

這位克麗斯汀‧琪萊小姐竟是駱駝的舞伴，他哪兒弄來這麼一個女郎？取這麼一個名字？

「媽的！駱駝又在搞什麼？……」刁南成一面自語，一面急忙走了過去，警探長看見國會議員是非得敬禮不可的。

駱駝又是和國會議員一起駕到的，刁南成需得禮貌一番。

「駱教授，我有話和你說！」

「別忙，主人正在迎接我們！」駱駝搖手說。

宴會的主人沙哇奴爵士是個詭秘的人物，半禿頭，鷹鉤鼻子，消瘦而滿下巴落腮鬍子，五十來歲年紀，精神倒是頂盛旺的，碧綠的眼珠閃露著青光，架著一枚單片的水晶眼鏡，一根絲帶垂得長長的，畢挺的燕尾服，圓盤領，鑲鑽的珍珠胸花，十足的一位十九世紀的紳士。

他是為歡迎那位國會議員而趨過來的，同時，也是因為那位水仙花皇后和那稱為克麗斯汀．琪萊的女郎的豔麗將他吸引了，這位年過半百的爵士也是一個風流種呢；他和國會議員克勞福先生握手後，作其紳士狀，又去吻水仙花皇后和克麗斯汀．琪萊的手，駱駝站在最後，為了禮貌上的關係，他很勉強地又和駱駝握手，駱駝的那副長相使他噁心。

國會議員特別替駱駝介紹，說：「這位駱教授是中國慈善家，他為響應沙哇奴爵士發起的慈善義賣，特地捐贈中國古瓶一隻，以襄盛舉！」

沙哇奴爵士連忙鞠躬，說：「無任歡迎！貧民和殘廢兒童為你祝福！」

他們便有說有笑的，像是老朋友相聚。刁南成呆立在一旁，插不上嘴，他有點納悶，駱駝竟和國會議員成了知交！豈不怪哉？

駱駝究竟是怎樣和國會議員搭上線的呢？這是他的機智，也是他僥倖。

當駱駝乘車離開機場時，發現有警車尾隨著他，他就猜想，刁南成探長對他有成見，或會對他有什麼不利，雖然他是掛著教授的名銜，但是在世界各地他有著不少的案底，很容易就將身分揭穿了，他需得先找一座靠山。

於是，他首先查閱檀島的名人錄，在觀光旅社用午餐時，又做了闊客大量分發小費，將旅館裡的下人一個個打發得嬉笑顏開，好打聽那些名人之中有缺點的。

國會議員約翰・A・克勞福先生有很好的風流名聲，豔聞遍傳檀島，正合乎駱駝利用的對象呢！駱駝花了十元美金的小費，叫僕歐背出克勞福議員的情人名單，僕歐如數家珍似地一連串說了十數位名女人。

水仙花皇后譚金枝小姐是克勞福議員最近最親蜜的情人之一，電話簿上有她的芳名，駱駝便撥了電話。

「我是克勞福議員的秘書，克勞福議員命我通知你，今晚邀請你參加沙哇奴爵士的宴會，下午五時到他的辦公室會面！」

這位譚小姐歡天喜地的立刻上美容院去了。

駱駝又撥了電話給國會議員克勞福先生，他說：「譚金枝小姐請我通知你，五點鐘她會到你的辦公室來看你！」

「你是誰？」克勞福問。

「我是美容院的理髮師！」駱駝說著，即掛斷電話。

午餐後，他又尋訪一位叫做克麗斯汀的混血名交際花，據說國會議員克勞福先生未與水仙花皇后在一起以前，和這位小姐過從甚密。駱駝親自登門拜訪，購了大束的玫瑰花，遞上名片。

克勞斯汀很高興看見有學問的人，尤其是教授的名片吸引她的興趣，她就在閨房內接見了駱駝，可是駱駝的賣相使她噁心。

「有何指教？」她不樂地問。

「我是冒昧來邀請你，參加沙哇奴爵士的慈善舞會的！今晚上是歡迎美國的石油大王布魯克先生捐贈鑽石義賣，本來克勞福先生是邀請你的，可是譚金枝小姐搶先了一步，她纏著克勞福先生不放，我路見不平，特地來邀約你！」

聽見了水仙花皇后譚金枝小姐的名字，克麗斯汀就妒惱不已，她憤然地就要去興師問罪。

駱駝說：「現在爲時尚早，五點鐘譚小姐和克勞福先生在辦公室會面，我們在那時闖去最好。」

克麗斯汀有了懷疑，說：「你是怎樣知道的？」

「克勞福先生的女秘書告訴我的！當然我所指的女秘書是指『黑市』的女秘書！」駱駝故作神秘地，說時眨了眨眼睛。

克麗斯汀半信半疑，只是有一樣她是可以完全相信的，就是克勞福先生最近半個月來很少邀宴她了，難得一次同遊也總顯得心不在焉，並且傳說，他和水仙花皇后譚金枝小姐正打得火熱。

參加沙哇奴爵士之古堡宴和慈善舞會，是一般名女人最爲嚮往的事，克麗斯汀毫無考慮地就接受了駱駝的邀請。

駱駝一鞠躬，說：「謝謝你接受我的邀請，相信你還要美容一番，五點鐘以前，我來接你先到克勞福的辦公室去，相信那時候譚金枝小姐也到了，他們兩位一定會很窘呢！」

五點鐘不到，駱駝又來到克麗斯汀的香閨，這位混血的金髮女郎早已打扮妥當，她真是麗質天生，只可惜淪落風塵。

一襲緊身的玫瑰紅晚禮服，V字型的領口幾乎開到了胸膛，兩團肉球既白又嫩高高的挺起，在那深窪的乳溝中央，由頸項上垂下來一枚鑲鑽的項鍊，更具誘惑魅力。金黃色的頭髮高高挽起，在頭頂上盤了一隻髻，髻與額頂之間也別了一枚鑽石，垂輪式的鑽石耳墜，輕抹了玫瑰紅色的唇膏，和玫瑰色的夜禮服相襯，長統白手套的指頭上戴有一枚鑲鑽的瑪瑙石戒子，最爲別緻的是她的腰間束有一朵鮮紅色的玫瑰花和紅緞子的腰帶，將纖腰緊束，細得幾乎迎風可折，羅傘型的短裙露出一雙纖纖玉腿，在腳踝間還戴有一串閃鑽鍊子，真的是豔光四照。

駱駝恭維地說：「克麗斯汀小姐，你的豔麗，已是超塵出俗了，加上這樣的打扮，今晚必會壓倒群芳！」

克麗斯汀說：「謝謝你的讚美！」

於是她挽著駱駝的膀子，一老一少，一高一矮，一美一醜，相映成趣，假如真讓他們配對的話，那真是一朵鮮花插在牛糞上了。

他倆出了公寓，即驅車往國會議員克勞福先生的私人辦公室去。

駱駝在車中說：「我和克勞福先生雖然見過面，但是並未經過正式介紹！」

克麗斯汀很大方地說：「我會替你鄭重介紹的！」

不久，他們已來至克勞福的私人辦公室，那是一座壯巍的大樓，克勞福先生除了當選爲國會議員之外，自己還有許多事業。

女秘書立刻用對話機通知了克勞福先生。

這位肥頭大耳，年逾半百的風流議員立時坐立不安，好在他對異性們的爭風吃醋有著豐富的經驗，他只需考慮，待會兒譚金枝小姐光臨時如何應對？

克麗斯汀小姐到克勞福的辦事處向來是可以橫衝直撞的，這時候他的辦公室大門已經推開了。克麗斯汀小姐的打扮使克勞福怦然心動，早知如此，他就約克麗斯汀去參加宴會了，但是跟在克麗斯汀背後的那個人是誰？和克麗斯汀相較，差不多矮了一個頭，又乾又瘦，眼如銅鈴，朝天鼻子大齙牙，面目可憎已極！

「來，我替你們介紹！」克麗斯汀果然言而有信，很鄭重地替駱駝介紹：「這位是駱駝教授，剛由東南亞回來，是一位著名的慈善家！這位是夏威夷州的國會議員，約翰・A・克勞福先生！」

駱駝一鞠躬，趨上前和克勞福握手，跟著遞上名片，說：「我特別勞煩克麗斯汀小姐給我們介紹，實在說，我有一點事情不大明白，想來向國會議員請教！」

克勞福謙虛說：「你別客氣！」

駱駝便摸出那份請帖，那是在機場時自刁探長的口袋中扒來的，他用褪色藥水將刁探長的名字塗去，再填上自己的名字，他摸了出來，雙手遞給克勞福先生過目，邊說：「美國是最著重慈善事業的國家，尤以夏威夷州首屈一指，我正在環遊世界旅行，路經夏威夷，剛下了飛機，就接到了這麼的一張帖子，是什麼沙哇奴爵士歡迎石油大王布魯克慈善舞會，又是十個什麼慈善人民團體聯合邀請；我是一個也不認識咧，究竟是怎麼回事呢？」

克勞福含笑說：「石油大王布魯克先生是一位樂善好施的善長仁翁，這次新婚蜜月旅行道經夏威夷，特捐贈共有十八克拉鑽石的項鍊一串供慈善義賣，於是便由十個慈善事業人民團體聯名邀請，舉凡社會名流，對慈善事業熱心者，都一律邀請，駱教授大概平日也樂於施捨，所以也被列入名單之內！」

駱駝故作恍然大悟狀，說：「啊，原來如此！」

克勞福點首說：「今晚我也要參加！」

駱駝便說：「既然以慈善爲前提，我們的財富當然無法和石油大王相比，但也得聊表寸意，是否我們也應該捐贈一些東西，參加這次義賣呢？」

「那當然是好的！」

「我由遠道路過而來，攜有我國清朝乾隆時代的古瓶一隻，可否請國會議員推介，參加此一盛舉？」

克勞福說：「您是被邀請者，捐贈古瓶參加義賣，當然是極受歡迎的了！」

駱駝便打開了攜帶而來的木匣子，取出一件他剛以極低價購自古玩商店的乾隆瓷瓶，置在桌上，供克勞福和克麗斯汀欣賞。

他們兩位對中國古玩都一竅不通，那帶著翡翠色滑溜溜的瓷瓶，上面還盤有兩條黃龍，充滿了濃厚的東方色彩。克勞福和克麗斯汀讚不絕口。

正在這時，辦公室的彈簧門又自動開啓了——水仙皇后譚金枝駕到。

這位譚小姐卻完全是東方色彩的晚裝打扮，頭頂上盤著烏亮的髮髻，圍繞著一串閃鑽，珍珠耳墜，珍珠項鍊，淡淡的娥眉掃月，烏亮的汪汪水眼，淡抹脂粉，朱唇皓齒，顯得楚楚動人，一件緊身的盤花金色旗袍，長度曳地，顯出了曲線玲瓏，長統白絲手套，加上白緞子的披肩，雍容華貴，落落大方。

嗨，這簡直是全世界最美麗的兩位少女都出現在這位國會議員的辦公室裡了，一位是代表了東方色彩，另一位是代表西方色彩，克勞福先生若是能兩者兼得的話，就真是享盡人間豔福了！

譚金枝小姐原是興致勃勃而來，但當她走進了辦公室發現克麗斯汀小姐也在座時，立刻柳眉倒豎，臉色一板。

克麗斯汀冷言冷語地說：「我早料到，『東方妖姬』是非到不可的！」

譚金枝也冷冷地說：「我也想得到『雜種狐狸』一定會出現的！」

克勞福左右做人難，連忙雙手亂搖，請她們兩位不必爭吵，他忽地拉住駱駝趨至牆畔，輕聲說：

「無論如何請你幫我一個忙！」

駱駝知道，詭計得逞了，便故意地說：「有什麼可效勞的？」

克勞福說：「你不是有一份請帖嗎？每一份請帖，可以邀請一位女伴！」

「唉，我單身旅行來到檀香山，到哪裡去找女伴？」

「這裡，不是現成的有著兩位小姐嗎？」

「呵呵！」駱駝笑了起來：「老哥應該享齊人之福，難道說，要分我一杯羹不成？」

克勞福著急，壓低了嗓子，說：「但是一份請帖，只能邀請一位女伴……」

「你感到左右爲難了麼？」

「說的是呀！所以我懇求你幫忙，代我邀請一位做你的舞伴！我一定感激不盡！」

駱駝有意作弄人，向兩位女郎打量了一番之後，猛搖頭，說：「不行，兩位小姐，喜歡的是有財有勢的國會議員，我只是個窮教授，沒資格邀請這種金枝玉葉的名女人，她們不會高興接受我的邀請的，我又何必自討沒趣呢？你還是另請高明吧！」

「不！你一定要幫幫我的忙……」克勞福已開始用懇求的語氣。

駱駝說：「請帖的末頁上，須註明女伴的姓名，到會時儀僕還要唱名，你的兩位女伴，誰都願意和國會議員將芳名唱在一起，所以我隨便邀請哪一位，都可能會碰壁自討沒趣呢！」

克勞福一想，駱駝教授所說的不無道理，若指定他們兩人誰邀請誰，必然會引起糾紛……他忽地猛然一拍大腿，說：「有了，我們四個人一道去，不必分名次，豈不就行了！」

這就是駱駝之所以和國會議員克勞福先生交上了朋友，四人同道乘車赴會的經過。

按照規矩，每一份請帖的末端，需得填寫上女伴的姓名。

駱駝搞不清楚克麗斯汀小姐姓趙姓錢姓孫姓李？爲吸引大家的注意，他靈機一動，便填上「克麗斯汀・琪萊」——這緋色新聞鬧翻了天，聞名全世界的名女人的名字。

果然這一著十分生效，引起了全場賓客的注意，誰都知道這位駱教授和國會議員是同時抵達的。

刁南成探長對駱駝十分擔心：這個大騙子怎會和國會議員混在一起了呢？又是誰邀請他來的？刁探長凜於國會議員的權勢，不敢輕舉妄動。

「媽的，準是這騙子偷掉了我的請帖……」刁探長伸手摸不到袋中的請帖時才恍然大悟，心中詛咒著說，但是在當前的情況之下，他是有口難言的。

是時，儀僕又在以手杖擊地，報告石油大王夫婦駕到，同時請客人入席。

沙哇奴爵士以主人的身分迎至門前，石油大王布魯克自是晚禮服打扮，但是這位牛仔出身的暴發戶穿上整潔的服裝反而顯得拘束，很覺得不習慣呢；他的那位美麗的金髮妻子，卻打扮得非常的華貴，全身上下光只是鑽石就有十餘串之多，珠光寶氣壓倒全場，其實，她要炫耀她的財富，好像是多餘的，她光憑「石油大王夫人」幾個字，就夠使人尊敬了。

沙哇奴爵士親自挽著布魯克夫人進入餐廳。

這座古堡式的大廈，佔地之廣可想而知，由外面的敞廳內進，是一所廣大無比的餐廳，餐桌排成了凹字形，高高矮矮的玻璃杯，瓷器、銀色餐具，琳瑯滿目，光輝燦爛，和高懸起的玻璃燈相映耀眼，在那些餐具之中，間隔著還置了許多鮮豔名種的花朵，襯得這宴會更是高貴豪華了。

按照客人進門時所持的請帖，管事者早已經列了名單分派了座位，在每個座位前，有一隻梭型的小紙牌子，寫上客人的姓名，這樣客人們便只需要按名就座，毋需謙讓了。

所有的賓客分席次入座後，香檳酒氣揚溢，觥籌交錯，沙哇奴爵士起立致詞，無非是歌頌布魯克先生的財富和他的為人，旋即讚揚布魯克夫人的美麗和慈悲為懷。

他說：「我們待會兒就可以看到一串十八克拉的鑽石義賣，那為貧民造福的，願上帝降福慈善的布魯克先生和他的夫人更加的美麗！」

立時掌聲雷動，跟著夏威夷少女歌舞團出現了，數十名草裙裝束的少女表演呼拉舞，以助長這些上流社會紳士淑女的食慾。

餐後便是慈善舞會開始，音樂台上是夏威夷一流的管弦大樂隊，第一支舞曲是宮廷舞，儘管這裡的客人全是燕尾晚禮服，但「宮廷舞」，大多數的人都沒有玩過，所以是看的多，跳的少，差不多穿洋禮服的「土包子」都在旁邊乾瞪眼。

這全是沙哇奴爵士爲了炫耀他的貴族身分，才這樣安排的。

每逢一曲舞曲結束後，便是慈善拍賣一件物品，賓客捐贈的義賣品，按照收件的先後排出次序。沒錢的人，要拍有錢人的馬屁，有錢的人則要拍有勢人的馬屁，這好像是天經地義的事！沙哇奴爵士爲了拍克勞福國會議員的馬屁，所以首先介紹的是克勞福議員推介的駱駝教授捐贈的「乾隆瓷品」一隻古瓶。

「天經地義」的結果，便宜了駱駝這小子了！

這樣，駱駝又二度成爲舞會中矚目的人物！掌聲雷動，只見這位教授露著兩粒齙牙，眉開眼笑地鞠躬如也，顯出好不神氣的一副形狀，刁探長看得直噁心。

主持拍賣的是特別由拍賣行請來的一位行家，吃這行飯的人以嘴快、緊湊、熱鬧爲主，他首先宣佈底價爲美金三百元。

立刻有人喊了價：「三百五十元！」

這時候，該是賓客們互顯身分和財富的時候了。

「三百五十五元！」一位女賓又喊了價，那是石油大王布魯克夫人。

「一萬元！」一個古怪的嗓子叫著。

台上台下的客人全偏過頭來，只見那突然高抬價格者，正是那怪模怪樣的駱駝教授，他正拈捻著唇邊兩縷稀疏的鬍子，盯著布魯克夫人，逕自洋洋得意呢。

駱駝的作爲，對石油大王布魯克先生而言等於是一種挑戰性的凌辱，凡是暴發戶，氣度都比較狹隘，尤其是在金錢方面的較量，都得對他謙讓幾分，油井內打出來的石油，等於是不花本錢的財源，九牛一毛，足夠可以把這棟古堡大廈買下來了，居然會有人在這舞會裡和他新婚的妻子競爭比價呢！

慈善拍賣等於是各顯財富的時候，布魯克沉不住氣，立刻舉手說：「一萬五千！」

「兩萬！」駱駝毫不考慮，立刻抬價，他還是那付得意的形狀，笑嘻嘻的，皺著朝天鼻子，露出大齙牙，拈著稀疏的八字鬍。

「兩萬五千！」布魯克臉孔漲得通紅，咬牙切齒地說。

「三萬！」駱駝好像有意和石油大王布魯克先生泡上了。

「三萬，三萬，三萬……」主持拍賣者口中念念有詞地，故意將空氣弄得緊湊而緊張：「這是一個美麗的中國古瓶，乾隆皇帝時代的古瓶，有三百多年的歷史……還有出價的沒有？」他的眼睛卻瞟著布魯克先生。

「三萬五千！」布魯克先生說完游目四顧。

「三萬五，三萬五……」主持拍賣者念著。

駱駝究竟有多大的財富？敢和布魯克先生爭！在場的賓客不知道，不過這慈善舞會的頭一場拍賣就弄得如此緊張有趣，使很多人大大開了眼界。

這時候，大家的眼睛全集中在駱駝的身上，只有刁南成探長暗地裡爲駱駝捏一把冷汗，心中詛咒不已。

「媽的，這個騙子不知道在搞什麼名堂？他哪來的幾萬美金去買那隻破花瓶？……」

駱駝卻忽地伸大了手掌，高聲說：「五萬！」隨後，故作文質彬彬狀，向布魯克夫婦一鞠躬。

布魯克和他的新婚妻子面面相覷，暗地盤算，五萬美金要好幾千桶石油呢，不覺得痛心麼？

「五萬五千！」那金髮美人張了嘴，嬌態動人心弦。

「六萬！」駱駝毫不考慮地搶著說。

刁南成探長幾乎要昏倒了，他頓覺自己血壓急速升高。

「七萬！」布魯克決心泡到底了，他搶著說。

「八萬！」駱駝伸出姆指和食指，擺出個中國「八」字。

這樣，主持拍賣者連念詞的機會也沒有了。

「九萬！」布魯克咬牙切齒說。

所有賓客的眼光，又集中在駱駝的身上，這老傢伙，一副討人嫌的形狀，搔著頭皮，摸出了他的支票簿，翻著點閱了一番，似乎在計算他的頭寸。

「九萬二。」他再說話時，氣已稍見弱了。

「十萬！」布魯克先生毫不考慮地說。

「十萬……」駱駝一瞪眼，復向布魯克夫婦一鞠躬，說：「上帝祝福賢伉儷，夏威夷的貧民有福，我代表他們道謝，這隻古瓶是屬於賢伉儷的了！」

這等於說，駱駝已宣佈敗北了，布魯克夫婦，以十萬美金購得中國古瓶一隻，獲得光榮的勝利。

主持拍賣者擊著木槌、宣佈古瓶爲布魯克先生購得，立時全場掌聲如雷，當那隻古瓶遞交到布魯克夫人的手裡時，他們夫婦兩人還洋洋自得呢。

音樂旋起，又是跳舞的時間了。

刁探長抹著汗趨至駱駝身畔，說：「老哥在搗什麼鬼？憑你可以和石油大王的財富相拚麼？」

駱駝笑嘻嘻地說：「唉，爲檀島的貧民著想，反正十萬美金對布魯克先生而言，是九牛一毛！」

「你是故意整他的？萬一到了九萬兩千元時，他放棄了呢？」

「暴發戶不會放棄的，尤其在他美麗的新婚妻子面前！」

「今天下午有人看見你進入中國街的古董店！」

「不是有人看見，而是你派人跟蹤的！」駱駝笑著答道。

「可否告訴我，你這隻古瓶，花了多少錢買的？」刁探長是以求知的方式問，一方面又表現了他的機警。

「二十元還打了八折！說穿了，因爲它根本是贋品！」

「你真是魔鬼！」刁南成探長尷尬地笑著說：「像你這樣的人，任何地區都應該驅逐出境的！」

駱駝說：「像你這樣的警探，任何地區都應該開革！」

在這慈善舞會之中，駱駝好像成了英雄人物，唯有他一個人的財富是可以和石油大王布魯克相搏的，除他以外，有十來萬家當的人都噤若寒蟬，他們看見布魯克出了價，爲免自討沒趣，便都閉上了嘴巴。

每拍賣一件物品之後，便是兩隻音樂舞曲，舞曲完後，又是拍賣，慈善舞會便是這樣進行著。

駱駝得幫忙克勞福議員周旋在兩美之間，以減輕他的困擾。

駱駝的舞藝不精，但有錢的大爺愛怎樣跳，就怎樣跳，他的至理名言是：「不和那音樂節拍一般見識」。左擰右扭的醜態百出，還自鳴得意呢。看在一般人眼裡，尙認爲這位有錢的教授別具風格，另有他一手呢。

水仙花皇后譚金枝小姐和克麗斯汀小姐這時候對駱駝是另眼看待了，這也是風頭主義和錢在作祟。駱駝既是舞會之中矚目的人物，任何女士和他接觸都會惹人注意，這樣，譚金枝小姐和克麗斯汀也成爲風頭人物了。

第二次拍賣又開始，是國會議員克勞福先生捐贈的一支金筆，底價是五十美金。

駱駝慫恿克麗斯汀小姐說：「要出風頭現在是時候了！」

克麗斯汀聳了聳肩說：「你做我的後台麼？」

「當然，不成問題的！」

於是，克麗斯汀喊了價：「一百元！」

這種所謂的鍍金金筆，在市面上用不了十塊錢就可以買到，因爲慈善拍賣，它的底價已經翻了好幾十倍，克麗斯汀小姐開始喊價就是一百元，她和大亨怪教授駱駝正手牽手，一副親暱的形狀，有誰敢和她對敵呢？全場眼楞楞地盯著這位金髮美人克麗斯汀小姐，等待著看熱鬧，真是鴉雀無聲。

「一百元，一百元，一百元，這位美麗高貴的金髮女郎喊價一百元……」主持拍賣者念念有詞地讚不絕口。

大家的目光又投回石油大王布魯克先生和他的夫人。

布魯克先生才花了十萬美金購買了一隻破花瓶，正窩囊著呢，他撇著嘴，沒有說話。

「一百元！賣了！」拍賣者一擊木槌，指向克麗斯汀小姐，金筆便告成交。

駱駝用手肘一捅克勞福，說：「一百元已高抬你的身價了，快開支票吧！」

「噢！是的！」克勞福忙摸出支票簿，簽出百元！金筆已送過來了，錢貨兩訖。駱駝慷他人之慨，向克麗斯汀小姐一鞠躬，舉起金筆，說：「這是你在這次舞會中，慈善為懷的紀念品！」

舞會繼續進行，沙哇奴爵士以神聖不可侵犯的尊嚴神態，趨過來向克麗斯汀小姐一彎腰，說：「我有這份榮幸，請小姐共舞嗎？」

克麗斯汀亦還以宮廷式的禮貌蹲腿，說：「這是我的榮幸！」

沙哇奴爵士向駱駝一鞠躬，便和克麗斯汀小姐雙雙起舞。

克麗斯汀會因此一舞而登龍門，聲價十倍了，譚金枝小姐大妒，趨過來向駱駝說：「我有什麼可以提出來供義賣的？」

駱駝搔了搔頭皮，說：「要出風頭的話，一定要別出心裁！」

譚金枝舉起手腕，說：「這串鑽石手鐲如何？」

駱駝搖首說：「暹羅鑽，貽笑大方……嗯，有了，義賣一個香吻，如何？」

譚金枝不覺臉色一紅，說：「這多難爲情呵！」

駱駝含笑說：「沒關係，國會議員會爲你的一吻拚老命，這樣也可以證明他愛你的程度，作一次愛情的測驗吧！」

譚金枝的頭腦並不像她的外貌那樣美麗，立時盈盈地笑了起來，點著頭說：「嗯，對了，試試他愛我的程度！」

駱駝立時向侍僕一招手，先賞了小費，摘下紙筆，寫上：「緊急義賣，一個香吻，水仙花皇后譚金枝小姐。」

侍役一鞠躬，匆匆取字條上音樂台上去了。

不久，兩曲音樂完了，沙哇奴爵士伴送克麗斯汀小姐返座。

音樂台上一陣急驟的鼓聲，主持拍賣者立刻宣佈：

「現在我宣佈一個好消息，是紳士們愛聽的，一位小姐爲裏慈善盛舉，特地賣一個香吻！」

立時，掌聲雷動，相反的是道貌岸然的紳士們凝呆著沒流露表情，只是眼睛不斷地四下掃射，欲察看究竟是哪一位慷慨的小姐。

所有鼓掌的都是女仕們，因爲這種義賣是頗別緻的。

國會議員克勞福先生嬉笑顏開，這位風流人物，也以期待的心情注意著台上宣佈賣吻的究竟是哪一位女郎？

拍賣者用木槌子一指，指著了譚金枝小姐，說：「義賣熱吻的是美麗的水仙花皇后譚金枝小姐！」

又是一陣猛烈的掌聲，可把那風流的國會議員嚇得魂出軀殼，忙問譚金枝說：「是你嗎？……」

譚金枝抿嘴一笑。

駱駝說：「除了譚小姐有此慷慨的慈懷之外，你想還會有誰？」

克勞福大爲尷尬，沙哇奴爵士已以主人的身分來邀請譚金枝小姐上台去了，這時，掌聲像瘋狂了似的，連紳士們也忍不住鼓掌，有幾位老先生忙取下他的眼鏡，用絨布片揩個乾淨，藉以欣賞這位檀島水仙花皇后究竟是何等豔麗。

譚金枝小姐上了台，掌聲仍然不絕。

「譚小姐，底價是多少？」主持拍賣者問。

譚金枝可楞了，事前她並沒有向駱駝請教，這個義吻究竟應開出底價多少？這時候，她向台下一看，只見駱駝伸著了一隻手指頭。

譚金枝即向主持拍賣者說：「一千元！」

其實駱駝是獅子大開口，索價一萬，是譚金枝小姐自貶了身價。

於是拍賣者一敲木槌，宣佈說：「現在，喊價開始，底價是一千元！」

凡攜帶有女伴同來的紳士們，個個噤若寒蟬，沒人敢張口，都面面相覷地等著看熱鬧。

「一萬元！」駱駝起立首先喊了價。

全場嘩然，可把克勞福先生嚇呆了，駱駝忙在桌子底下踢了他一腳。

克勞福無可奈何，硬著頭皮，起立說：「一萬一千……一百元！」

「兩萬！」駱駝急說。

「你要我破產了嗎？……」克勞福議員咳得滿額大汗，瞪眼向駱駝輕聲詛咒，復又舉手時喊說：

「二萬一千……一百元！」

「三萬！」

聽見這聲音，大家全將目光掃過去，因爲那是石油大王布魯克先生的聲音。

果然，是布魯克先生出了價，他似是徵得嬌妻同意的，豎高了三隻指頭。

「我破產了！……」克勞福喪魂落魄地說。「三萬一千一百元！」他吼叫著。

「四萬！」駱駝立刻接了口。

「五萬！」布魯克又用德克薩斯州口音說。

「五萬美金買一個吻，特級冤大頭才會如此了！」駱駝喃喃說，似是說給克勞福聽的。

這位國會議員兩眼翻白，連連揩著額上的熱汗，他已無能爲力再出價了，否則立刻就會經濟崩潰，他唯有認輸，讓那有錢的暴發戶去吻他心愛的人。

「五萬、五萬、五萬……再沒有更高的價錢，這麼美麗的水仙花皇后的熱吻，太可惜了，賣啦！」「拍」的一聲，木槌猛擊桌子，宣告成交。

石油大王布魯克先生洋洋得意，他是第二度戰勝了駱駝，贏得了滿場掌聲，殊不知道是做了真正的冤大頭呢！

水仙花皇后譚金枝小姐算是風頭出足了，她瞟了台下失意的風流國會議員一眼，笑口盈盈地等候著石油大王上來接受她的香吻。

布魯克先生正在忙著開他的支票呢，他讓一位侍役躬著腰，做他的臨時桌几，他在侍役的背上簽了支票。

但是支票撕下來，卻交給了布魯克夫人，只見她扭著屁股，羅裙款擺，裙帶飄飄，已趨至音樂台去，有七八個紳士，伸出了手攙她上台，她先交了支票，隨後在譚金枝小姐的額上輕輕一吻，又是一陣掌聲。

石油大王布魯克先生，只聽到「嗤」的吻聲輕響，心安理得而結束了熱吻的義賣。國會議員克勞福先生吁了口氣，趕忙趨過音樂台去，他首先感激布魯克夫人代勞她的丈夫去吻譚金枝小姐，沒使他受窘。

譚金枝小姐跨下台時，克勞福議員詛咒說：「下次再出這風頭時，請先跟我打一聲招呼！」

譚金枝盈盈而笑。她很高興，克勞福議員爲她的義吻，不惜以破產來爭奪，真情流露，表現出了他對自己愛情的真誠。

克麗斯汀又有了妒意，她向駱駝以譏諷的語氣說：「國會議員真不愧是個風流種子呢！」

音樂又起，沙哇奴爵士以主人的身分過來向譚金枝小姐一鞠躬，感謝她拍賣義吻之舉。並請她共舞。

以後一連好幾次的義賣，因爲沒有布魯克和駱駝互相喊價，顯得平淡無奇，很平和地就過去了。

最後是壓軸戲來了，鼓聲像「大進軍」似地猛擂了一陣，沙哇奴爵士親自上台，當眾宣佈，說：

「德州石油大王布魯克夫婦光臨夏威夷州，使我們感到無上的榮幸，今天舉行慈善舞會表示我們歡迎熱忱，另外，還要感激布魯克夫婦的慈悲爲懷，捐贈給我們一串共有十八克拉的鑽石項鍊義賣，底價爲十萬美金，希望善長仁翁本著人道愛護貧窮的仁慈心腸，多多出價，爲我們夏威夷全州的貧窮造福！上帝賜福給各位紳士，淑女！」

掌聲又如驟雨似的，並起了一陣瘋狂的歡呼。音樂台上奏起了德克薩斯州的音樂，歡迎這對美國豪富伉儷上台。

布魯克先生得意洋洋，攙著他的金髮嬌妻，徐步上了音樂台，並向台下一鞠躬。這時候，大家都楞下神色，靜靜等待著一開眼界，一睹底價十萬美金的鑽石項鍊。

盛項鍊的錦盒是一直裝在石油大王布魯克先生的燕尾服口袋中的，這時候他掏了出來，雙手交給了布魯克夫人。

布魯克夫人是個美人胚子，明眸皓齒的，尤其她的憨笑十分動人。

她揭開了那只錦盒，高高的舉起，她滿以爲又可以獲得滿堂的掌聲。

但是不然，全場鴉雀無聲，來賓們一個個都好像傻了眼，有幾位先生以爲自己的眼花了，將眼鏡摘下來呵了氣，擦了又擦，仕女們開始交頭接耳，議論紛紜。怎麼回事呢？布魯克先生也莫明其妙。

布魯克夫人也覺得情形不對，她將手中的錦盒翻過來一看，嚇！竟是空的！那串價值十萬餘美金以上，十八克拉的鑽石項鍊，竟告不翼而飛了。

布魯克先生有生以來沒有這樣尷尬過——由他的祖父在德克薩斯州發現石油礦開始。

這簡直是丟人的事情！捐贈慈善義賣的鑽石項鍊竟丟了，這會兒等於是當眾出醜呢！

布魯克先生趕忙去摸他的口袋，也許不小心，項鍊由錦盒裡漏了出來，落在口袋裡，但是他將口袋掏破了也沒有，乾脆將它翻了出來，沒有，口袋內空空如也，什麼也沒有。

「怎麼回事？」布魯克夫人窘得滿臉緋紅，喘著氣問。

「失竊了……」石油大王說。

立時全場譁然，許多紳士淑女立刻警覺到舞會之中混進扒手竊賊，紛紛檢查自己的荷包皮夾和皮包，秩序頓告大亂。

刁探長剎時間嚇得魂飛魄散，他忙趨至駱駝的身畔重重在他的肩膊上一拍，以求饒的口吻說：

「老天爺，是否又是閣下在搞什麼把戲？……」

駱駝悻然咒詛說：「丟那星！狗屎蛋！這是小扒手幹的活，我不是吃三隻手指頭飯的！」

來賓之中，市長和警察局長全在場，市長打了官腔，警察局長把官腔轉移打下去。最後當然歸負責治安的刁探長倒楣。

「混帳，瞎了眼睛了？有扒手混進了舞會，你們認不出麼？你們是吃什麼飯的？」警察局長咆哮著說：「立刻封鎖現場，在鑽石項鍊沒有查出來之前，任何人不許離去……」他還是辦案子的刻板老套。

這一來可把刁探長忙慘了，指著汗馬不停蹄地四下裡猛跑，指揮現場所有的武裝警察和便衣，封鎖現場，禁止任何人出進。

「是否每一個客人都要搜身？」刁探長又來請示。

「這倒要考慮！」警察局長說。

由於舞會中鬧出不愉快的事件，有許多怕沾是非膽子較小的紳士淑女打算要離去了，可是負責把門的警察已宣佈封鎖現場，禁止客人隨便離去。

消息傳出，又是一陣騷動，秩序更亂。

警察局長上了音樂台，宣佈市長的命令：「在鑽石項鍊還沒有尋出來之前，請大家暫時委屈，不要離去。因爲，這是爲了大家的清白以及檀香山市的聲譽。」

在許多來賓之中，有人認爲是遭受了軟禁，是莫大的凌辱，議論紛紛。

終於有人提出了抗議，說：「我們被妨害自由了！」

「也許布魯克先生的鑽石項鍊不是在舞會中丟的！」

「這對我們，是一個莫大的恥辱！」

警察局長連忙解釋：「事非得已，請大家原諒，這是市長的命令！」

國會議員克勞福和市長的派別不同，正好找到機會立刻指責說：「市長和警察局長，都應該立刻向我們道歉！否則我們向州長控告！」

秩序更形混亂，市長和警察局長都尷尬不堪，沙哇奴爵士立刻替他們解圍，他趨上台上去向大家宣佈說：「今天到此盛會的全是貴賓，也許石油大王布魯克先生的確是將鑽石項鍊遺忘在旅館裡，或在他的行李之中，甚至於在路途的汽車之中，我們要求警察局長立刻查明真相！在這一段時間之中，我們繼續跳舞！」

說完，他向樂隊領班一揮手，音樂立刻奏起，掩蓋了全場不安的情緒。

布魯克夫人雖然出身貧窮，但嫁了石油大王，登了龍門，也就富貴了，貴婦人是受不了一點委屈的，她手持著那隻空掉了的錦盒，終於掉下盈盈珠淚，抽泣著說：「這是什麼蜜月旅行？我才是受到了最大的凌辱呢！」

布魯克先生愛妻心切，將雪茄煙的頭也嚼扁了，氣呼呼地說：「我要報告ＦＢＩ，我要向國務卿控訴！我要向總統控訴！」

駱駝以最閒逸的心情來看這一場熱鬧，他看到警察局長焦頭爛額的神色，刁探長和那些便衣探員如熱鍋上的螞蟻時，心中就甚覺好笑。

同時，他以畢生闖蕩江湖，走黑道雲遊天下的豐富經驗，以犀利的目光在那些混亂的來賓之中審視，究竟誰是扒字號的朋友？

但見一個個衣冠楚楚與禽獸迥然不同，究竟能認得出誰是扒手呢？

音樂奏起來，自然就會跳舞，克麗斯汀和譚金枝小姐是今夜舞會中矚目的人物，早被色狼包圍了，已經下舞池去啦。

這時，忽有一位烏髮，打扮得極爲端莊秀麗，嬌小玲瓏的中國女郎出現在駱駝的跟前，唇紅齒白，落落大方，向駱駝一鞠躬，笑口盈盈地說：「你必是大慈善家駱教授了？」

駱駝忙欠身說：「不敢，執教鞭的都是窮人家，虛有其名而已！」

女郎又說：「今晚上的慈善舞會，只有你一個人敢和石油大王相碰，實在了不起，現在你已經是大多數來賓心目中的英雄人物了！」

駱駝笑了起來：「我不過是慷他人之慨，爲檀島的貧窮者，多募捐幾個錢罷了！」

女郎也笑了起來，說：「我能有這份榮幸請你跳一支舞嗎？」

駱駝忙說：「不敢當，你瞧我土頭土腦的，能跳像樣的舞嗎？」

女郎一抿嘴，說：「我瞧那個石油大王才是真正的暴發戶，土包子！真叫人不順眼！」

駱駝覺得這女郎來得有點蹊蹺，必然是有著特別用意的，但在未了解之前，不便動聲色，很禮貌地伴那女郎下舞池，駱駝的舞步是「叮叮舞」，前進多，退步少，很容易撞人的。

「駱教授的舞藝超群，出眾極了！」女郎誇獎說。

「別再捧我了，否則樂極生悲，必然摔跤！」駱駝露出大齙牙，故作樂不可支的形狀。

「小姐你貴姓呵？」

「我姓葛，葛樂麗！」女郎說。

「嘻！」駱駝縮著脖子一笑。「葛樂麗小姐，你的名字好像最近刮過東南亞的颱風名字一樣！」

駱駝的舞步不佳，在一說話間，忘了形，便撞上人了，回首一看，竟是沙哇奴爵士，駱駝不免要道歉一番。

沙哇奴爵士的舞步翩翩，他以最詫異的眼光向那位葛樂麗小姐投以注目禮，心中暗覺奇怪，瞧那駱教授的尊容，長得三分不像人，七分像癩皮猴；但和他作伴的，幾乎都是窈窕淑女，絕色佳人，這豈不是怪事麼？他暗暗的羨慕著駱駝的豔福不淺。

「在舞池旁邊，向你虎視眈眈的，那是什麼人？」葛樂麗小姐忽然問。

「噢！那是檀島的治安父母官探長刁南成先生，你不認識麼？」駱駝反問。

「你們是老朋友麼？」

「當然是老朋友，他未當探長之前在賣水牛肉的時候，我就認識他了！」

「我見你們談得很投契，就猜想你們是老朋友，可是他卻又為什麼老盯著你呢？」

「啊，因為舞會裡混進了壞人，他無非是在保護我罷了！」駱駝岸然地說。

一曲舞終了，紳士淑女們都不斷地鼓掌。

葛樂麗小姐向駱駝又是一鞠躬，盈盈而笑，說：「駱駝教授，謝謝你的舞！」

駱駝說：「何不讓我伴送你回座位？」

「不！謝謝你了，我想設法離去呢！舞會裡混進了壞人，實在掃興！」說著，她又是一鞠躬，隨著舞池裡散開的賓客，姍姍而去。

駱駝目睹這有趣的女郎，突然而來，又匆匆而去，似乎帶著一些神秘感，搔著頭皮，心中狐疑不已，正返身向座位走時，頓覺得右邊的口袋裡，好像有點沉重，這是什麼東西？伸手向口袋裡一探，嗯，硬硬的，一顆一顆，好一長串，心中略感到詫異，偷偷低下頭，向口袋裡瞟了一眼，在燈光下，是亮閃閃的，媽的！那豈不是鑽石項鍊麼？……莫非就是石油大王布魯克夫人被竊走的一串？

這是怎麼回事？怎麼會出現在他的衣袋裡？嗯，準是那位神秘的葛樂麗小姐！媽的！耍把戲耍到縱橫天下的騙子祖宗爺的頭上來了！豈不是瞎了眼睛麼？

她的用意何在？是栽贓？是開玩笑？是移花接木？

嗨！駱駝懂了，問題在他的大腦子裡一轉立刻就獲得解答！葛樂麗小姐是因他和國會議員同道而來，又有足夠的財力和石油大王拚價拍賣，又和警探的頭目刁南成探長稱爲老友，自有足夠的身價和勢力保留那串鑽石項鍊安全離開舞會，這是「移花接木」的手法，待他離開舞會之後，葛樂麗小姐即會來討還那串項鍊。

「他媽的，這小妮子看錯人了，我還是騙子祖宗爺爺呢！」駱駝心中說著，再回轉頭來，在舞廳內四下裡找尋那位女郎，但哪還再見她的蹤影呢？

警探們仍沒頭沒腦地在古堡大廈裡，搜尋那串鑽石項鍊，舉凡石油大王夫婦所到過的地方，餐廳、會客室、廁間、化裝室，都搜遍了，殊不知道鑽石項鍊已經落在大騙子駱駝的荷包裡了！

這是飛來橫財，駱駝卻之不恭，進荷包裡來得容易，再掏出來實有點捨不得呢！但現下警探四處搜索，須得找個安全的地方暫時存放，待風聲平息後，再設法取回。

駱駝咬著煙斗，故意裝出閒逸態度，穿行在舞廳賓客之間，一方面找尋那個自稱爲「葛樂麗」的女郎，一方面要找尋收藏項鍊的適當地方。

由舞廳內進，在那大餐廳的門口間，有著兩尊用作裝飾的十八世紀銅盔鎧甲，用擦銅油擦得雪亮雪亮的。駱駝靈機一動，那尊銅盔鎧甲正好利用，他便掏出手帕，假裝拭鼻子，將鑽石項鍊一把紮起，趁人不注意時，塞進鎧甲內的護心甲裡去了。

石油大王布魯克先生的鑽石項鍊失竊，沒有下落，所有與會來賓都暫時失去了自由，舞會的時間一再延長，負責治安的官員很感狼狽，一直在研究對策。

他們不能對所有到會的賓客一一實行搜身，在民主國家隨便搜身是一種侮辱行爲。

舞會的時間一再延長，有樂於此道的賓客留連忘返，但也有時間重於娛樂的達官貴人一再提出嚴重的抗議。

石油大王布魯克先生和他的新婚夫人甚感喪氣，價值十餘萬美金的鑽石項鍊，假如說是由熱心慈善的善長仁翁互相比價搶購而去，捐贈給貧窮，他們會高興做這一個善心人，可是現在鑽石項鍊莫名其妙地失竊了，誰是那「幸運」的得主？不得而知，他夫婦倆也實在是於心不甘呢！

他倆哪有閒情再去跳舞？沮喪地在客廳內待著，靜候警察局長和他們的鷹犬，運用最高智慧偵查鑽石項鍊的下落。

主人沙哇奴爵士和市長深感歉疚，都在一旁陪同著，還有一些需拍石油大王馬屁的貴賓挖東補西地說些閒雜的笑話，給石油大王夫婦解悶。

駱駝也趨進了會客室，他露出了大齙牙，笑嘻嘻地說：「一串鑽石項鍊對一位石油大王而言，僅是九牛一毛，而你僅爲丟了一串鑽石項鍊，囚禁了全體的賓客，妨礙了大眾的自由，豈不是發揮了金錢暴力，欺凌了所有在場的貴賓嗎？」

駱駝此語一出，使所有在場的客人咋舌不已，主人沙哇奴爵士和市長先生目瞪口呆，刁探長更是急得六神無主，不知如何制止他才好。

布魯克張口結舌，喃喃地說：「我，我並沒有要求扣留所有的賓客呀。」

「但是所有的賓客是因爲你而失去了行動自由！」

「嗨，你侮辱我太甚了！」布魯克吁著氣說。

「我毫無侮辱的意思，只是爲了大家提出了抗議，事實上就是如此！」駱駝說。

市長連忙解釋說：「暫時不讓賓客離去，於布魯克先生無關，是警察局長爲檀島的治安信譽起見而這樣作的！」

這時，國會議員克勞福先生已和州長通了電話，同樣的是抗議檀香山市長和警察局長的非法行爲。州長的官腔立刻就打下來，警察局長在電話機前立正恭聽著，他的回答句句都是「Yes Sir」！

「限制行動」的禁令立刻解除了，所有的賓客可以隨時自動離去，不再受任何約束了，州長的命令是採取其他的途徑破案。

刁探長向駱駝招了招手，拉他趨至牆隅加以詛咒說：「他媽的，駱教授！你搭上了國會議員，就目空一切了……」

「在民主國家，任何人都有說話的自由！」駱駝咬著煙斗，洋洋得意地離去了。

刁探長大爲氣餒，揪住了他的得力助手季坤虎，說：「盯牢這小子，他是最重要的嫌疑犯……」

第二章　神秘飛天豔賊

駱駝的房間在七樓的末端，有前後窗，空氣甚爲清新，駱駝選擇了這麼的一間房，也不過是臨時暫住的，他的目的是要到威基基海灘去，那地方對他的身體才有益處，這是醫生的囑咐，駱駝用手指鉤著房門鑰匙的鍊子，不住地甩圈圈，待他趨至房門前，可怔下了眼色。

畢生在江湖上混，最重要注意的，就是房門，尤其是到了一個陌生環境中，他在臨出門之先，已經在門上做好了暗號。

他在門鍵的銅把手上磨了擦銅油，遠看是油亮亮的，若有人用手接觸過，必會留下指紋，若是扭著它旋轉開門的話，指紋的痕跡該會是圓的。

駱駝在江湖上是爺叔輩了，肚子裡有了數，他並不在乎，用鑰匙開了門，推門進內，復轉身將房門反鎖，邊說：「是哪一位朋友，未經許可，擅自進我的房間，不必躲了，自己走出來吧！我駱某人交結天下朋友，歡迎任何朋友進門的！」

唏，房間內竟連一點反應也沒有，毫無聲息呢！駱駝尚以爲自己估計錯誤，也許是有人偷入他的房間之後，早已離去了，也許是旅館裡的侍役收拾打掃。

他伸手將電燈撳亮了，嗨，一點沒估計錯，在燈光下可以看到一個人靠牆邊的衣櫥屹立著，還是個女的，年輕、漂亮、婷婷玉立。

駱駝認得，那就是慈善舞會之中自稱葛樂麗的女郎，也就是鑽石項鍊的竊賊，她瞎了眼睛，將那串項鍊塞進騙子祖宗爺爺的衣袋裡去了，豈不歸她倒楣麼？

駱駝知道葛樂麗必不是她的真名字，她這時候來的目的，無非是討還那串鑽石項鍊。

「貴客光臨，有失遠迎，抱歉兼失禮！」駱駝故意說。

葛樂麗小姐含笑說：「我到這裡來的目的，你該知道了？」

駱駝說：「你怎知道我住在這間旅館？又比我先一步進入這所房間，令人佩服之至！」

葛樂麗舉起手中的一張紙片，說：「這是你放在衣袋裡的，交給旅館的存款收據，上面有旅館的名字，『棕櫚樹酒店』，不是很容易就找出來麼？」

駱駝點頭，讚揚說：「你不愧為高等的扒手，還是美妙的偵探！」

女郎含笑，毫不羞澀地就伸出了手掌，說：「請把代為保管的東西還給我吧！」

駱駝皺著鼻子，露出大齙牙，聳肩嘻嘻一笑，說：「你搞錯了，我的習慣比你更惡劣，凡是進了荷包的東西，想教它重新掏出去，真比登天還要難了！」

「什麼？」女郎臉色一沉。「你想獨吞麼？……」

「天上掉下來的肥鴨子，不吞有罪！」駱駝樂不可支地說。

葛樂麗忽然拔出手槍，指住了駱駝的胸脯，說：「快把項鍊交出來，否則不客氣！」

「黃毛丫頭，別看我衣冠楚楚，燕尾大禮服，進出是國會議員、水仙花后相伴，翻開了底牌比陳年的老茅廁還臭！你瞎了眼把我當做土老瘟生，我出來混已經夠『呼風喚雨移山倒海』時，恐怕你還未進母胎的卵巢呢，憑你這支槍嚇我不動的！」

葛樂麗大爲焦急，渾身開始哆嗦，哽著嗓子說：「把項鍊還給我！……」

駱駝說：「你在慈善舞會幹的好事，結果獲嫌疑最重的是我，幾乎連我的底牌也被人翻出來啦，要知道刁探長並不是和我親近，他是監視我，把我當做疑犯呢！現在旅館外包圍了大批的警探，誰和我接觸誰都會倒楣，你自投羅網，休想逃掉了！」

女郎看情形不對，這形狀古怪的土老兒在槍口之下，竟然耍出了老江湖的一套，必然不是好來路，便吶吶說：「你是什麼人？」

「假如你稍爲打聽當可了解，騙子的祖宗爺爺，綽號『情報販子』、『陰魂不散』，走遍天下未逢過對手，吃人不吐骨頭，吃人不漏渣滓的！全世界的間諜看見我也要像灰孫子般的爬著走路！」

女郎大爲吃驚，駱駝這名字她可能沒聽見過，但是「情報販子」和「陰魂不散」的大名可聞名久矣。

駱駝又說：「旅館的週圍內外，密佈了警探，別以爲他們是來保護我的，他們是來擒拿鑽石項鍊的竊賊的，我的底牌不好，又遇上那眼珠子長錯了地方的刁探長，這小子盯牢了我，一口咬定案子是我幹的，他們守在門外，隨時都要找我的麻煩，小姐，你這麼一來，豈不是自投羅網了？」

女郎頗爲鎮靜，持著槍，對準了駱駝的腦袋，說：「既然你是老前輩，恕我有眼無珠，鑽石項鍊對我關係重大，請你還給我……」

「既然稱我爲老前輩，還用槍口相向麼？」

那自稱爲葛樂麗的女郎，有點不自在，可是她又不敢將手槍收起。「老前輩有什麼條件只管說！」

駱駝的兩眼一翻，黑少白多的眼睛，「條件嗎？」他岸然坐下，一掏荷包，女郎即嚇了一跳。但駱駝摸出的是煙斗，啣在口中，劃火柴燃著了，悠然吸著。

「老前輩請說條件，任何條件我都接受！」女郎又說。

「嗯！」駱駝一聲咳嗽，吐了口痰，說：「我瞧你不是普通的竊賊，進慈善舞會去露這一手，必定另有原因，可否將真相言明？」

「不，那串鑽石項鍊據說價值十萬多……」

「絕對不是這個原因的！」駱駝堅決地說：「石油大王布魯克先生是檀島的貴賓，又在社會名流的盛大舞會之中，你露這一手，沒考慮到後果麼？這不是普通竊盜案子，假如你肯將真相言明，我會將鑽石項鍊無條件奉還；否則恕我卻之不恭，受之有愧，我就收下了，誰叫你自己要投進我的荷包呢？」

女郎大爲著急，忙說：「老前輩，鑽石項鍊價值十多萬呢，你提三成，如何？」

「太少！」

「那麼我們對分，將它交還給我，馬上就可以出手！」

「你我輩分懸殊，還談什麼對分麼？你未免太狂妄了吧？」駱駝正色說。

女郎情急不已，說：「老前輩，所得之款項，全是你的，但是在未出手之前，項鍊請交給我，我要派用場……」

駱駝更是有把握了，道貌岸然，說：「不！你完全搞錯了，對這區區十多萬元我並不感興趣，我要的是事實真相！」

女郎渾身顫慄，手上持著一枝槍，等於是廢物一樣，她恨不得要求饒了。

駱駝笑了笑說：「你的技術很高，但不是玩槍的人，用兇器對你無益，不如放下吧！」

「我非得討回鑽石項鍊不可……」

「小姐，在沙哇奴爵士的古堡大廈裡，已是警探重重，在我回到這間酒店之先，還被刁探長的爪牙搜身一次呢，假如說，鑽石項鍊在我身上，早被他們搜出來了，那是不可能的事；你長得眉清目秀，姿色撩人，身段又是那麼苗條，婷婷玉立，卿本佳人，奈何作賊？但是做賊要有做賊的頭腦！我的話已經完全說明了，你的腦袋究竟是怎麼想的？」

忽而，門外有人敲門，女郎大為驚慌，說：「是什麼人？」

駱駝說：「那還用說嗎？刁探長那陰魂不散的冤鬼又來了！」

「把他們打發走……」

「不！小姐，槍在你的手中，應該由你把他們打發走！」駱駝說。

女郎便用手槍逼至駱駝的眼前，再次以懇切的口吻說：「鑽石項鍊給我，我必言而有信，所得的十幾萬元款項全部送給你，甚至項鍊不在你的身上，你將它藏在什麼地方？只要告訴我，我也絕不食言！」

駱駝聳肩吃吃笑了起來，說：「葛樂麗小姐，我知道你必不姓葛，也不叫樂麗，你可告訴我，你的真實姓名嗎？」

「唉……」女郎急得六神無主，真恨不得跪下哀求。

「駱駝，快開門，否則我們要破門而入了！」是刁探長在外敲門，他拉大了嗓子嚷著說。

「看！警探已經是十面包圍，窗戶上已經爬進人來了！」駱駝揚手向窗戶外一指。

女郎在一回首間，駱駝就是一掌，「拍」的一聲，將葛樂麗手中的短槍擊落地上。她在倉惶間，弓身想去撿拾落在地板上的那支短槍時，駱駝已抬腳將那支槍踏住了。

是時，房門上有開鎖的聲音，大概是刁探長將酒店的侍役招來，命他用鑰匙開門。

「現在不逃，再沒有時間了！」駱駝向女郎提醒。

女郎如在夢中驚醒，她放棄撿拾手槍，說：「老前輩，我不會輕放過你的……」

「再見！」駱駝說。

只見那女郎一個縱身，跨窗而出，她雖穿著窄身的中式旗袍，但叉子開得很高，她的那雙腿真是美極了！擰腰之間，已竄出了露台之外，腳底下穿著的是高跟皮鞋，但她的俐落和矯捷是甚少見的，一蹬一縱的，由防火梯上去，瞬眼間已不見人影，她是越高樓的平台逃掉了。

「她不是普通的竊賊！」駱駝心中說。

房門已經打開，那陰魂不散的刁探長，手中持著鑰匙，推門而入。

駱駝飛腳一踢，將地上的手槍，踢進沙發椅底下去了。

刁探長已經衝進了門，他的身後還有幾個如狼似虎的大漢。

駱駝一聲嗤笑，說：「丟那星！吃公事飯，拿公家的薪水，你的職務好像就是盯牢了我一個人似的，我這『陰魂不散』的綽號，應該完全奉送閣下了！」

刁探長惱怒不已，說：「你剛才在房間內和什麼人說話？」

駱駝以手向房間內環著一指，說：「房間只有這樣大，我一個人在這裡能和誰說話？無非是自言自語罷了！」

刁探長向左右一擠眼，那些幹探立刻就動了手，浴室、衣櫥、床底下，一一檢查過。

駱駝怕他們移動沙發椅，因爲底下有著無照槍呢，他故意裝作憤怒的形狀，猛然向沙發椅上一坐，翹起兩條二郎腿，摸出煙斗燃火猛吸。

「媽的，丟那星真不夠江湖！我到檀島來養病，霉頭是被你觸到家了，你記著我一句話：『這件案子你八輩子也破不了』，除非你求我幫忙！」

刁探長神色一怔，駱駝話中有話，必是有用意的。

這時候，已經有幹探注意到那扇開著的窗戶，外面有防火梯，但是那女郎早已鴻飛渺渺逃掉啦。

「將來，你跪在地上求我也不靈，那時後悔莫及呢！」駱駝又說。

刁探長便向他的部下揮手，命他們停止搜索，並退出房外去。

「剛才帳房說，有一個黑髮東方女郎曾到這裡來拜訪你，那女郎是誰？」刁探長問。

「啊，是嗎？」駱駝故意裝瘋扮傻，說：「夏威夷是世外桃源，太平洋中央的美人窩，我駱某年紀雖大，外貌不揚，但是豔福不淺，抵達檀島之後，也不知道有多少女人自動送上門！那黑髮少女是誰？可否請探長介紹一番？做個現成的媒人？」他反問。

刁探長氣惱不已，說：「你別再耍噱頭了，對你沒有好處，我隨時都可以收拾你的！」

駱駝說：「你明天就會接到法院的傳票，我控告你恐嚇、妨礙自由、擾民。你會官司纏身，吃不完兜著走！」

「鑽石項鍊在什麼地方？」刁探長瞪著眼睛問，擺出了探長的架子。

「你問我，我問誰？」

刁探長噓了口氣：「你剛才說可以幫助我破案的！」

「這才像是在說人話！」

「鑽石項鍊在什麼地方？」他再問。

駱駝敲去了煙斗內的灰燼，搖頭幌腦地說：「要想破案還不容易麼？一語即可道破！」

刁探長大喜，說：「提供線索，一定感激不盡！」

駱駝說：「要找鑽石項鍊麼？」

「在什麼地方？是誰偷的？」

「這案子豈不太簡單了！鑽石項鍊是誰保管著的？」

「是由石油大王布魯克先生保管著的。」

「保管在什麼地方？」

「在布魯克先生的荷包裡。」

「誰看見了沒有？」

「布魯克先生還沒有取出來之前，鑽石項鍊就已經失竊了！」刁探長說。

「案已經破了！」駱駝正色說。

「你已經知道竊賊是誰麼？」

「嘿，竊賊就是布魯克先生！鑽石項鍊嘛，他根本就沒有帶來！」駱駝說。

刁探長一聽，幾乎昏倒，高興了半天原來駱駝是這樣的破案。

「媽的！騙子，你擺噱頭？」

駱駝說：「擺噱頭的是布魯克先生，他根本沒把鑽石項鍊帶來，出了洋相下不了台啦！」

「駱駝，你戲弄我會後悔不迭的！」刁探長懊惱地說：「我一定不饒你！」

「你已經三次搜查我了，應先承擔擾民之罪！我不控告你，你已經該到菩薩廟去燒香了！」

「我們且走著瞧！」刁探長無可奈何，怏怏地走出駱駝的房間。

但是刁探長仍不肯干休，發現了大騙子駱駝出現在慈善舞會裡是他在這全案裡唯一的線索，他豈肯放過他。他仍命手下人留著監視著駱駝，不論任何行動和任何人接觸都得記錄。

刁探長走後，駱駝閉門，獨坐沉思，腦袋裡智慧的發條打開了。

他心中想，這神秘的女郎，絕非一般普通的竊賊，瞧她的行動，甚像「蜘蛛賊」，這是江湖上「飛賊」的一種，以拜蜘蛛爲祖師爺，有飛簷走壁之能，但是這種竊賊和扒手又是兩類的，這個女郎扒竊的技術又極其高明，瞧她偷竊石油大王布魯克荷包中的鑽石項鍊，項鍊到手，飾盒歸還荷包之中，布魯克竟連一點形跡也沒有發覺，以致出了這樣大的洋相。

這簡直好像開玩笑似的呢！駱駝也自覺好笑，以他混跡江湖的一生，扒手幫之中技術最高的莫過於「九隻手祖師奶奶查大媽」；飛賊之中技術最高的莫過於孫阿七，這幾個人都被他收伏網羅在門下了，但是今天駱駝竟遭遇到「九隻手」與「飛賊」的中間至爲棘手人物，而又是這麼個年輕漂亮的女郎。

這個女郎的技術不平凡，江湖上說：「要財不要命，要命不要財。」假如財命都要的話，那就萬殺不赦。所以「飛賊」和「扒手」原就是兩碼子功夫的，而這神秘女郎不但能兩者俱備，竟又身懷兇器，軟硬兼施，膽識過人，倒也真是怪事了。

駱駝將沙發椅底下的手槍拾了出來，把玩了一番，它是美製小型點四五口徑的勃朗靈手槍，真槍實彈，它的槍匣內裝著七發子彈，已經上了紅膛。

回想起來真有點汗毛林立呢，當時那女郎以槍相向，駱駝還以玩笑的態度應付之，假如那女郎真的扣了扳機，活到這把年紀到檀島來養病而吃蓮子羹，可就不划算了。

「這個女郎肯花錢把鑽石項鍊收回來，問題必不簡單，值得玩味呢！」駱駝自言自語說：「究竟是什麼來路呢？嗯，她不會就此干休，一定還會再來！」

駱駝考慮再三，猜想可能「案中有案」，也說不定會有一票大買賣可做。

查大媽是扒手黨的「九隻手祖奶奶」，輩分之高可說在圈中沒剩下幾個人了，孫阿七在「飛賊」的幫會中也是爺叔輩，只要亮出輩分，小輩沒有不低頭的。

假如將這兩個人找來，不難查出葛樂麗的身分！

駱駝決意一下，立刻擬了三份電報，交給帳房立刻發出去。

查大媽在曼谷，拜會她的同輩姐妹，開「佛光孤兒院」的那位慈善家。

孫阿七在東京，正迷戀著一位芳齡十八的藝妓。

夏落紅到美國去了，特別去看他那位在耶魯大學念書的未婚妻于芃小姐。

駱駝分別拍三封電報召他們到檀島來，幹這票好買賣，反正他已經有一串價值十幾萬美金的鑽石項鍊在掌握之中。

有十萬美金作底子，儘可以大花特花了。

駱駝拍電報的消息很快的就傳到刁探長的耳朵裡，他的爪牙還抄了電報的副本呈給刁探長過目。

刁探長一看，駱駝要召查大媽、孫阿七、夏落紅三個人到檀香山來，熟知駱駝底細的他，嚇得連魂都沒了。

他忙又去找駱駝問話。「你召這三個人到檀香山來幹什麼？」

駱駝笑呵呵地說：「找他們來幫助你破案哇！搞了好幾天，你不是無法破案嗎？」

刁探長說：「你的這幾個寶貝都是有案底的，他們不踏進檀島則已，一踏上檀島我必扣留他們。」

「什麼案底？」駱駝正色問。

「一個是扒手，一個是飛賊……」

「案底在什麼地方？」

刁探長愣愣無言，他只是知道這幾個傢伙有案底就是了，但是絕不在檀島，也不在美國。

駱駝提出警告說：「丟那星，我告訴你，這幾個人全都不大好惹，你想修理他們，事先得考慮考慮，他們都是自由國家的公民！查大媽有法國護照，算是法國人；孫阿七是香港出生的，有香港出生紙，又入了英國籍，算是英國人；夏落紅不用說了，是美籍華僑……」

刁探長大為氣哽，說：「哼，別嚇唬我，你們的護照，一定都是僞造的！」

「你敢胡鬧，我們可以告你，而且告你的地方，還是到聯合國去呢！」

「爲什麼要到聯合國？」

「他們每個人的國籍都不同，除了到聯合國去告你以外，還有什麼好道路？」

刁探長被駱駝三言兩語氣跑了。

「大哥！『陰魂不散案』過後，我們曾約法三章，你到夏威夷養病，我到日本渡假，查大媽赴泰國去看老朋友，夏落紅到美國去看未婚妻，吳策老至巴西去養老，彭虎到加拿大去觀光，大家分開，避諱一段時間，也算作『冬眠』！應該是有六個月的時間好混的，幹嘛你又忽然地緊急召喚？莫非又有新的好財路嗎？」被駱駝急召，剛抵達夏威夷不久的孫阿七說。

駱駝甚爲得意，說：「在你和查大媽尚未到埠之先，已經有一串據說價值十幾萬美金的鑽石項鍊，好像是天上掉下來的肥鴨子，已經落在我的掌握之中了，你們說，這是否值得我們大幹一番？」

孫阿七並不以爲然，說：「媽的，剛下飛機，警探就已經圍上來了，晦氣迎頭，胃口倒足，還有什麼買賣好幹的？」

駱駝說：「你錯了，不冒險的人生，會有什麼趣味？不若回家鄉去種老米，總不至於會餓肚子的，有了智慧而不去運用的人，才是窩囊廢呢，絞一點腦汁，對腎脾肝胃血壓都會有好處，要不然，脹死了反而不划算！」

孫阿七皺著眉頭說：「『情報販子』，『陰魂不散』兩案，已經撈足了，你不會在乎十幾萬美金，為什麼一下子竟這樣焦急呢？」

「孫阿七，你錯了，十幾萬美金，只是個底子，恐怕還會有百來萬，千來萬的美金，正在等著我們去拿呢！」

「這樣說，我倒有興趣了！」孫阿七說：「就算是被檀島的警探監視著，也值得！」

駱駝開始將案情的來龍去脈向查大媽和孫阿七詳述了一遍。

「憑你的判斷，除了這十幾萬美金的肥水之外，我們還會有什麼可撈的呢？」孫阿七問。

「首先，我認定那稱為葛樂麗的女郎，是她的假名字，她的身分，是綜合了飛賊和扒手黨兩條線，所以我才請你和查大媽趕至此地來，我們要先研究這個女郎的來龍去脈，找出她的來路，一切的問題就可以迎刃而解，一定財外有財！」

查大媽說：「檀島扒手黨的老前輩我認識，任何一個人要做案子，先得通過他的那一關，假如說，葛樂麗是他的人，事情就很好解決了！」

孫阿七也說：「飛賊黨在檀島我也有幾個弟兄，假如和葛樂麗是有關連的話，也不難查出！」

駱駝說：「好的，我們立刻分頭進行！」

這時，旅館的侍役來請駱駝簽收一封電報，那是夏落紅由美國拍來的。

電文是：「義父突然召喚，是有錢財或是美人的路道？落紅。」

駱駝念完電報，「呸」了一聲：「王八蛋，這小子和未婚妻玩昏頭了，老子有召喚，還要先談路道呀？」

查大媽嗤笑說：「這年頭，孩子大了，是應該自立有主見了！」

駱駝擬了覆電，交侍役拍急電出去，催促夏落紅快些啓程。

孫阿七說：「在駱大哥的想像之中，也許是有新的案子可以大幹一番，但是假如事實並不如此，豈不教夏落紅白跑一趟麼？倒不如讓我們先把底子摸好！」

駱駝說：「我一向料事如神，十拿九穩的！」

晚餐之後，駱駝和孫阿七查大媽商量妥當，大家分道揚鑣去拜會檀島各幫派的老前輩。

在「飛賊幫」中，孫阿七認識幾個收了山的老前輩，他們隱居檀島等於養老，根本不再做案了。

駱駝和查大媽卻拜會一位叫做何仁壽的老先生，他是「扒手幫的祖師爺」，輩分比查大媽還高得多，「收山」將近有二十年了，但是他卻是檀島的「扒手黨」和治安當局的中間橋樑，這是「扒手黨」的幫規，不論在任何地區，如果有所斬獲，按照規矩三天之內絕不售贓，等候有人來「盤底」，有時候「罩子不亮」扒錯了「自己人」，也許是官方有關係的人物，就得原封奉還。

像刁探長這類的人物，是經常在何仁壽老先生的府上走動的，假如夠得上條件，一經「盤底」，贓物原封奉還；搭不夠的，出賞金將贓物收還；再不然，就是告訴你贓物已經到什麼當鋪或舊貨攤了，被害人可以自動去將它贖回來。

何仁壽老先生並不「坐地分贓」，所以他是行得正的，反而給治安當局幫了不少的忙。但是每逢到了過年過節，那些徒子徒孫就會自動孝敬老前輩一番，所以何仁壽老先生也是不愁吃不愁穿的，而且兒女成群，連孫子也上了大學了。

查大媽打聽出何仁壽老先生的住處，和駱駝登門拜訪，這位老前輩是白髮蒼蒼，銀髯飄飄，道貌岸然，不論一年四季，永遠是一身長袍馬褂，十足是一位華籍紳士，誰會知道他是靠「三隻手」起家的人呢？

駱駝在江湖上也是大有名氣的人物，何仁壽躬身迎在門前，讓進客廳，分賓主坐下。當然，駱駝的突然拜訪絕非是江湖上一般的禮貌拜訪，必然是有事故的，何仁壽肚子裡有數，吩咐獻茶敬煙之後，即將下人摒退。

駱駝也不拐彎抹角，開門見山的就說明原委，是打聽一個自稱「葛樂麗」的女郎而來。他將參加沙哇奴爵士古堡大廈「慈善舞會」的經過和發生竊案的詳情敘述了一遍，他說：「這個女竊犯年輕貌美，技術超群，身上又攜帶有兇器，像是「鐵鶱派」一黨的，我們對檀島的地頭不熟，所以特別來向老前輩請教！」

何仁壽哈哈大笑，說：「刁探長在案發後的第二天就到這裡來過了，差不多慈善舞會裡所有較為面生一點的男女賓客，他全拍有照片，請我幫同指認，但是那內中並沒有靠三隻手吃飯的人，假如說，查大媽也在舞會中出現的話，事情就麻煩了！」

駱駝說：「刁探長辦案也是狗屎，何老前輩就算在照片認出了人，在道義的立場上，也不會給刁探長指出來呀！」

何仁壽說：「但是贓物總可以追得到，免給警方太難堪了！」

駱駝再說：「那些照片可仍在這裡？我和那女郎接觸過，或許可以指認出來！」

何仁壽說：「刁探長當它是寶貝，給我看過之後就立刻取走了！」

「我的看法，會不會是新入行？或是新開碼頭到檀島來？還沒有到老前輩這裡『拜碼頭』報到？」

何仁壽撚著銀鬚，搖頭擺腦地說：「這種事情還沒有發生過呢，假如真是目中無人地貿然就去犯案，後果是可想而知的！」

駱駝感到困惑，因爲這事件好像與「扒手黨」是無關的了，他便道過打擾，有意和查大媽告辭了。

何仁壽說：「慢著，老哥既然和那自稱爲『葛樂麗』的女郎接觸過，必然會知道那串鑽石項鍊的下落了，您可否相告？我一定按照規矩辦理！」

駱駝搖了搖手，說：「不找出人的話，恐怕距離破案的時間尙長遠呢！」

何仁壽忙雙手抱拳，說：「官方逼得緊，這兩天凡是有過案底的『扒』字號的弟兄全被請進了牢裡猛挨修理，不到破案不會休止呢！」

駱駝也一抱拳說：「我也正在找尋線索！」

「你老哥就當是做好事，放那些小弟兄一馬吧！」

「當然，只要案破了，我會給他們好處的！」

駱駝和查大媽告辭，退出了何公館，他們此一行等於是白跑了，非但毫無收穫，反而洩漏了可能知道鑽石項鍊下落的底子。

不過，駱駝相信，以何仁壽在江湖上的資格和地位而言，他是不可能會出賣朋友的，否則，情報傳至刁探長處，這個糊塗探長又會找更多的麻煩了。

孫阿七也曾去拜訪兩位「飛賊幫」收山的老前輩，但是同樣的是一無所獲，誰也搞不清楚那自稱爲「葛樂麗」的女賊究竟是什麼來路？

駱駝剛回返酒店，刁探長就追蹤而至了。

他指著駱駝的鼻子就說：「騙子，你剛才和查大媽去拜會何仁壽幹嘛？有什麼作用嗎？」

駱駝提出警告說：「你以後假如敢用手指頭指我，再當面喊我一聲『騙子』的話呢，我準咬掉你的手指頭！」

刁探長說：「我是口直心快呀！」

「雜種！」

「你敢罵我？」

「我也是口直心快！」

刁探長對駱駝實在是無可奈何，他摸出身上的一份報紙，展開在駱駝的跟前，指著官方發佈的一段新聞說：「慈善舞會竊案，官方懸賞美金萬元，石油大王布魯克先生懸賞美金萬元，合計是兩萬元獎金，假如說，你知道鑽石項鍊的下落，只說句話，兩萬獎金便是你的了，我絕不追究！」

「太少！」駱駝說。

「少？」刁探長又跳腳，說：「一串鑽石項鍊不過價值十萬元，獎金出十分之二還不夠麼？」

駱駝故意戲謔說：「假如刁探長個人掏腰包，增加一萬元，合計三萬，事情就接近了！」

「呸！我的年薪才有多少……？」

「刁探長想不花錢破案，那是太便宜了！」

刁探長便扳起了臉孔，說：「我要調查你的紀錄，你和查大媽去見何仁壽老先生，目的何在？」

「很簡單！」駱駝笑嘻嘻地答：「我是看在那份獎金的份上！刁探長能怎樣下手去破這件案子，我的路線也相同！」

刁探長又說：「案子的發生，關係了扒手幫，你和扒手幫的老祖宗有了接觸，斷然脫離不了關係……」

駱駝冷嗤說：「我是教授的身分，乃心理學教授也，爲研究犯罪心理而訪問，有何不可？丟那星是探長地位，代表官方的，和扒手幫的『老祖宗』稱兄道弟的，宣揚出去恐怕更不好聽呢！」

刁探長大爲氣結：「哼，我遲早要收拾你的！」說完，怒氣沖沖地就走了。

駱駝非常得意，捧腹哈哈大笑。

晚餐後，孫阿七繼續「採線」，駱駝和查大媽同樣的再去拜會扒手幫。

但是他們的進行並不順利，所有在檀島的「老扒手」之中有點地位的，對「葛樂麗」這個女郎連一點影跡也沒有。

駱駝便下了斷言，說：「葛樂麗是個奇女子，她很可能是另一路人物呢！」

查大媽即說：「這樣我便無能爲力了！」

他倆徐徐步向酒店回去，卻發現有人鬼鬼祟祟地跟蹤著。

駱駝偷偷向查大媽說：「也許有耗子自動上門了！」

查大媽說：「說不定是刁探長派出來的……」

正在這時，駱駝的身後被抵著一支冰凍的東西，那是短槍。

「朋友，識相一點，向巷子裡走！」背後追上來的是一名大漢，用短槍逼在駱駝的身背後加以威脅。

那大漢威脅他們兩人進入了黑巷之後，攤大了手掌，向駱駝說：「鑽石項鍊在什麼地方？告訴我！快！」

駱駝捧腹，聳肩吃吃而笑：「我們也在找尋呢！」

「別跟我烏七八糟！我是葛樂麗派來的，知道全盤詳情！」那大漢揚著槍說。

駱駝用手輕撞了查大媽一下，擠眼說：「我早說過，耗子自動送上門了！」

查大媽會意，只含笑不語。

「葛樂麗現在在什麼地方？我已經找她好幾天了！」駱駝笑咪咪地說。

「別故意把話題岔開！快告訴我，鑽石項鍊藏在什麼地方？」那大漢又說。

駱駝一聳肩，說：「你這人別看塊頭那樣大，真是連一點腦筋也沒有呢，試想在我的前後左右全被警探監視著，我豈會將一串價值十幾萬美金的鑽石項鍊攜帶在身上？」

「不！我是問你將它藏在什麼地方了？」大漢也擔心駱駝的身後有警探跟蹤著，所以他也得及早將問題解決。

「試想，價值十幾萬美金的一條鑽石項鍊，我豈會隨隨便便的就告訴你？」駱駝還在挑他的心火。

「要知道，你在我的槍口之下！……」

「看在十幾萬美金的價值份上，我可以很有把握的告訴你，你不會扣扳機的！」

「你別逼我殺人！」

「嗨！這巷口間兩個鬼頭鬼腦的傢伙在幹什麼？是否刁探長的鷹爪？」駱駝故意指手劃腳地向查大媽說。

那大漢忙又回首一看，果真有人影出現，是否刁探長手底下的人？不得而知，但是既有人出現了，事情就麻煩啦。

「快告訴我，鑽石項鍊在什麼地方？」那傢伙情急了，手槍逼在駱駝的腦袋上說：「我要開槍了！」

駱駝知道，不敷衍一番是不行了，萬一這小子真的昏了頭，扣了扳機，活到這把年紀，為一串項鍊喪命，實在不上算。

他立刻自荷包裡摸出一把鑰匙，說：「放心吧，項鍊總在的，我還用鑰匙鎖著呢！」

那大漢立刻一把將鑰匙奪過去了，問：「什麼地方的鑰匙？」

「國會議員克勞福先生的私人保險箱，我暫存在他那兒呢！」駱駝說。

是時，在巷口間的人已趨向巷子裡來了，那大漢也實在膽怯，奪得鑰匙就向後巷跑了。

由巷口間進來的，果真就是刁探長的手下季坤虎，他發現巷子內立著的駱駝和查大媽，即說：「你們鬼鬼祟祟的在這裡幹嗎？」

駱駝含笑，說：「沒什麼，交換情報！」

「哼，我看你們一個也不是好東西，假如我是刁探長的話，先將你們逮捕，一點也不會錯的！」那警探怒氣沖沖地說。

駱駝笑嘻嘻說：「可惜你不是刁探長，又奈何呢？」

「我坦白告訴你，假如鑽石項鍊沒有下落，休想自由活動，也休想離境了！」

駱駝笑著說：「我本來就沒打算離境，也根本不想自由活動嘛！」

他和查大媽走出了黑巷，可謂有驚無險，那名警探是負責監視他們的行動的，雙手插在口袋裡，一副神氣不可一世的形狀。

這樣監視著又有什麼用處？駱駝絕不會那樣的傻，將那串鑽石項鍊藏在身上的。

「剛才你給那傢伙的一根什麼鑰匙？」查大媽問。

「旅館裡衣櫥的鑰匙，那伙傢真的拿走了！」駱駝說：「他拿走了沒關係，但是我的衣櫥可打不開了！」

他倆有說有笑的走回旅館去，在旅館的大門口間，查大媽笑嘻嘻地自衣袋中摸出一隻皮夾子舉在駱駝的面前，說：「這點東西，對你恐怕有點幫助吧！」

駱駝甚表驚詫，說：「呵！我就猜想你一定會施手腳的！」他說著，就急忙將皮夾子打開了，收穫並不壞，裡面有好些美鈔零錢，還有護照和名片，名字是「金煥聲」。

當然，這傢伙的名字叫做金煥聲是沒有問題了，他和那個自稱爲葛樂麗的女人是同夥的，也沒有問題了。

那張護照註明了是由越南來的，這傢伙還到過日本，可見得，是個活躍的人物，他卻是英國籍，豈不怪哉？

駱駝將那隻皮夾子全翻開了，裡面還有一張借條，上面寫著：「茲借到本月份薪水十元正！凌荊條。」

「啊，問題不簡單呢，居然還有薪水可借，豈不是有組織的麼？這樣該不是一兩個人的事情，究竟他們有多少人？」

查大媽不以爲然，說：「你不能憑一張條子就下此斷語！」

駱駝說：「你瞧！這裡有薪水兩個字，既借薪水就當然是有組織的！」

「也許是私人雇用的呢，豈不同樣的要發薪水麼？」查大媽說。

「可是做扒手需要雇什麼人呢？你沒考慮到這一點麼？」駱駝說著，搔了搔頭皮，說：「只可惜沒有他們住的地方！」

查大媽說：「別忙，還有呢！」她自衣袋摸出一隻彈匣，另外還有一捲紙片。

駱駝大喜，忙將紙片展開，差不多全是帳單，有洗衣店的，旅館帳單……

「嗨！有旅館帳單就行了！」駱駝高興極了，拍著查大媽的肩膊說：「祖奶奶，你真行！」

那旅館的名字是「威基基大酒店」，那個姓金的大漢必定住在那酒店內的。

也許那稱爲「葛樂麗」的女郎，也同樣住在那間酒店之內。

駱駝與查大媽回到旅館的正廳裡，就看見正當中的長沙發椅上楞頭楞腦地坐著一個高頭大馬的大漢，瓜皮帽，八叉鬍子，雙手抱臂，一副道貌岸然的形狀。

駱駝一看，竟是彭虎，他怎麼也到了？

「誰通知你來的？」駱駝問。

「嘿，有這樣的熱鬧，豈能不通知我？想把我甩開嗎？」彭虎笑哈哈地說：「難道說，不會碰上打架麼？」

「誰給你消息的？」查大媽也問：「想必是夏落紅了！」

「你們大可以想想看，誰和我是最好的搭檔？」彭虎說。

「唔，夏落紅那小子已姍姍來遲，還先行把消息傳遞給你，好哇，現在我們是人馬齊全，可以玩出一點苗頭了！」駱駝笑嘻嘻地說。

「哼，也說不定全撲了個空，偷雞不著蝕把米呢！」查大媽說。

「事情進展得如何了？」彭虎問道。

「小心隔牆有耳，這裡前後左右都佈滿了警探，正是監視著我們的！」駱駝說。

「爲什麼選擇這樣好的地方呢？」彭虎不由自主地，左顧右盼了一番。

「一定要這樣才有趣呢，我們等於是在保護之中！」駱駝朝著房間走，首先他先看門把，那上面所塗的擦銅油又有花花的指印，「媽的，又有人偷開我的房門了！」

「旅館應該負責！」查大媽說。

「現在旅館職員十有八九是刁探長的爪牙化裝的，這種小手法瞞得了別人，瞞不了我，他們在枉費心機呢！」駱駝說著，啓開了房門進內，眼睛向房間內略一掃射，肚子裡便有數了。房間內的各物都經過了移動，證明是被搜查過了，但非常技巧地儘量將各物置回原處，只有做警探的才有這樣的技巧。

查大媽和彭虎正要跨進房裡，駱駝伸手將他們擋住，教他們退出房去，邊說：「房間很可能被竊聽了，刁探長想研究我們談話的內容呢！先找出竊聽器！」

於是，他們同時進入房間去了，駱駝首先注意天花板上的幾盞電燈，彭虎移動沙發椅，檢查地板，床底下，欲發現電線，查大媽檢查窗戶、裝飾品，所有掩蔽處都不放過。

「加拿大的風光如何？」查大媽邊向彭虎閒聊。

「加拿大樣樣都好，就是天氣較爲冷一點。」彭虎回答說：「泰國的那間佛光孤兒院如何了？我真想念那些孩子呢！」

「孩子都長得不錯，最近美國有位電子業大王打算捐贈美金十萬元，給孩子們作教育基金，現在他們的營養和住宿的地方全改善了！」查大媽說著。

查大媽已經尋出了竊聽器所在處，那是藏在電話旁的花瓶裡，花瓶內插的全是塑膠花，麥克風只有一枚銅板般的大小，電線裝得非常技巧，由花瓶底下透出去，貼電話座機的電線盤出室外去。

「是否將它拆掉？」彭虎附耳向駱駝說。

「不！我們尋尋他們的開心！」駱駝說。

第三章　竊案外的竊案

刁探長得到消息，匆匆趕到旅館裡去，駱駝說得對，這旅館裡上上下下的人差不多有半數都換了警署的眼線了。

刁探長由後門上了頂樓，進了錄音間，負責竊聽的探員仍守在那裡。

「怎麼樣?有了新線索麼?」刁探長問。

探員猛搖頭，說：「不是這麼回事，你且聽聽!」他說著，扳開了機紐播放。

只聽得一陣大鑼大鼓的聲響過後，奏起了粵樂，還有人唱呢：

「那個賈寶玉，與你顰卿相交可誓天日，情非泛泛，我敢說，與天地相始終……」

刁探長氣得幾乎吐血，忙將錄音關掉了。「這是什麼把戲?」他問。

「這是粵劇名伶何非凡唱的，『情僧偷到瀟湘館』!下面還有呢!」那探員還是個粵曲迷呢，他又重新打開了錄音。

只聽見一陣：「飄——飄呀——飄飄飄，飄紅姐呀——將快歸來，知否我狂風暴雨追蹤來，倘若難尋嬌所在，我就袈裟捂著寧願進棺材，飄紅——飄紅，飄紅，飄紅，……」

「這又是什麼把戲？」刁探長彎著氣問。

「粵劇名伶何非凡唱的『碧海狂僧』！」探員答。

刁探長猛然一拍桌子，說：「我問的是，為什麼會錄出這一類的廣東大戲？」

探員噓了口氣，說：「我也搞不清楚，大概是竊聽器被他們發現了，他們用電唱機對準了麥克風不斷地播唱粵曲……」

「可惡，可惡！」刁探長不斷地跺腳。

正在這時，忽地有探員進來報告：「駱駝和他的幾個人又到機場去了！」

「又到機場去幹嗎？還有人要到麼？這騙子招這麼多的人到這兒來幹啥？」刁探長顯得有點手忙腳亂的，忙向那探員一招手，說：「我們快趕到機場去！」

到了機場，刁探長很快就發現了駱駝和查大媽、孫阿七等鬼頭鬼腦的擠在迎機的人群叢中。

刁探長至服務處索取旅客名單，查了一遍，只見在名單之中有「夏落紅」三個字。「媽的，豈不是全到齊了麼？」刁探長說著，擲下名單匆匆向駱駝趕過去。

「你所有的人馬都要到齊啦，將作什麼打算呢？」刁探長拍了拍駱駝的肩膊，以盤問方式說。

駱駝含笑，說：「我們一家老少抵檀香山渡假，足證檀島是個觀光的好地方，在我們所看到，治安是世界上首屈一指的，尤其是刁探長服務週到，隨時保護遊客的安全！」

「你別冷言冷語的，假如說在鑽石項鍊還沒有尋著之前，休想我會放過你！」

「浪費我的時間沒關係，反正我們是在渡假，浪費你的時間就造孽了，升官發財的指望全沒啦！」

是時，夏落紅已經通過檢查處了，在向他們招手，首先迎上去的是查大媽，他們真像母子般的親熱，還學了洋派加以擁抱一番。

其實查大媽是借此機會向夏落紅耳語，告訴他站在駱駝身畔的是檀島警署的刁探長，教夏落紅在說話時有所避諱。

孫阿七在大家不注意的當兒溜走了，他出了國際機場，招了計程車直馳往「威基基大酒店」而去。

「葛樂麗」小姐或許住在此一酒店之中，和她同夥的至少有兩個人，一個叫做金煥聲，就是楞頭楞腦持械逼駱駝在黑巷中交出鑽石項鍊的糊塗蟲；另一名叫做凌荆，那是由皮夾子內尋出一張薪水的借條發現的。

孫阿七也知道，「葛樂麗」必是那女郎的化名，她住在這間酒店內用了什麼名字，不得而知，但必須很快的就查出來。

孫阿七西裝革履，儼如華僑旅客，他來至帳房間，裝作要訂房間的模樣。

帳房先生早已經是笑臉相迎了。

孫阿七故意眼睛向四下裡一掃射，板著臉孔說：「奇怪，你們這間酒店的規模不小，為什麼冷冷清清的，客人並不多嘛！」

「哪裡話？」帳房先生連忙否認，說：「我們這裡是經常客滿的，不相信，你可以看旅客名簿，十有九室是住有客人的！」

孫阿七裝模作樣，架上一副平光眼鏡，去審看旅客的名冊，他要很快的尋出金煥聲和凌荆的名字，然後記住他們所住的房間號碼。

他一面翻著，一邊故作神秘地說：「我是旅行社朋友介紹來投店的，聽說你們這裡不大規矩，單身的女遊客都不願意在你們這裡投店！」

「那是胡說的！」帳房先生忙翻開名冊說：「我們這裡多的是單身的女遊客，你瞧！」他的手指頭隨便在名冊上亂指了一通。

「那麼你們這裡沒有應召女郎了？」孫阿七又問。

「應召女郎麼？……」帳房睜大了眼，喃喃說：「我們是以顧客第一，假如有此需要，我們可以代爲設法！」

孫阿七已經尋著金煥聲的名字了，這傢伙住四樓四一七號房間。

凌荆的名字也尋著了，住四一九號房間，和他同房的另外還有一個人，叫做查禮周。

孫阿七急忙查看在這兩所房間的附近有沒有單身女郎居住的，因爲那很可能就是「葛樂麗」的化名的，但是他很失望，沒有！

「四一七號房間是否靠窗的？」孫阿七問。

「我們這間酒店，是弧形的建築物，所有的房間都靠窗，不是前窗就是後窗，單號的都靠後窗！」帳房答。

孫阿七便說：「我訂五樓五一七號房間！」

「抱歉，已經有客人了！」

「那麼六樓六一七！」孫阿七說。

帳房先生捧著旅客名冊讓孫阿七簽字，孫阿七便簽了個洋名「羅勃特·孫」。

「哦，對了，我另外還有一個朋友，剛由美國東部到此，他委託我代訂一間客房！」孫阿七又說。

「無任歡迎！」帳房說。

「但是，我這位朋友有畏高症，他不敢住高樓上，最好是給他地下室的房間！」

「低樓層和地下室的房間多半是空的，因爲大多數的客人多不愛住！」帳房說著，又請孫阿七代替訂房簽字。

孫阿七還是寫洋字，「詹姆士·夏」，那當然是夏落紅的名字了。

簽完字後，帳房命僕歐帶領孫阿七去看房間。

這間酒店規模可真不小，樓下是寬敞的大廳、酒吧和餐廳，有四座自動電梯供旅客們上下。

孫阿七對四週的環境有了了解之後，感到非常的滿意，給僕歐賞了小費便離開了。

夜闌人靜，時鐘已指向凌晨二時了，威基基大酒店的後窗垂下了一根繩索，由屋頂的平台間下垂到四樓四一七號房間的窗外。

不一會，一個人影沿繩而下，他很技巧地避開了其他的窗戶，直至四一七號房間的窗前。

窗內正有兩個人在聊著天呢。

其中一人正在發牢騷。「媽的，做的全是吃力不討好的事情，偷一串鑽石項鍊，反把羊肉塞到狗嘴裡去了，自告奮勇去討項鍊，奪回來一根鑰匙，反而吃了一頓排頭！真不成話……」

「我們運氣不佳，還是多一事不如少一事，誰叫你自告奮勇呢？」

「唉，下次再有這種事情時，孫子才做！」那發牢騷者正就是曾經在黑巷中用槍指嚇駱駝欲索回鑽石項鍊的金煥聲，他的牢騷大了。「偷雞不著蝕把米」，連身上的皮夾子也丟啦。

忽而，窗戶上探出了一個古怪的人頭，他還在玻璃窗上猛敲了好幾下，好像叫門一樣。

「什麼人？」金煥聲已經拔搶。

孫阿七沒說話，一抬手，投下了一封信，便如猿猴般的快捷，蹬、縱、竄、攀繩重新上平台了。

金煥聲握槍已追至窗前，探首向外一看，投書者好矯捷的身手，分明像是顯本領來的。

「媽的，奸細！」他咒罵了一聲，跨出窗外去，預備沿防火鐵梯向平台追趕上去，那傢伙還在故意逗著他戲耍呢，只見那條黑影，自平台上探首下來，正在向他招手。

金煥聲怒沖沖地沿鐵梯追趕上去，在跨上平台時，那黑影卻又告失蹤了。

他舉目四下裡一掃射，哼，黑黝黝的，什麼也看不見，他正困惑間，忽地在平台的另一面，有一團黑影像夜貓子似的，長起身來，翻過欄杆，在那兒擊掌，這豈非像捉迷藏麼？

金煥聲舉槍正要射擊，黑影旋告不見，是翻欄桿外出去了。

「十多層的高樓，他能逃到哪裡去？」他心中納悶著，握著槍，追趕過去，攀欄桿下望，下面的狹巷靜幽幽的，沒有任何東西，那傢伙到什麼地方去了呢？

金煥聲甚感惶恐，在平台上巡了一轉，不再有任何發現，便復由原來的防火梯自平台下去了。和他同房的正就是打條子借薪水的凌荊，他手中握著那封自地上拾起的信，守在窗前，待金煥聲重新下來時，他舉起了信說：「怎麼樣？追到了沒有？」

「媽的，本領比我們高強多了！」金煥聲拭著汗說。

凌荊將手中的信，交給他的夥伴，只見信封上寫著：「勞金煥聲先生親交葛樂麗小姐拆閱。」

「哼！必是那騙子派來的，兜了我們的底啦！」金煥聲很不服氣地說。

「需要報告毛大姐麼？」凌荊沉吟一會問道。

「當然，應該立刻報告毛大姐！」金煥聲說著，立刻趨至電話機旁，拿起話筒，請酒店的接線生立刻接四四〇號房間。

夏落紅在「威基基酒店」是以風流華僑的姿態出現的，帶回來兩個舞孃，在樓下的酒吧裡吃宵夜飲酒，到現在還沒有散，兩點多鐘，他酒氣醺醺的，手中還端著琉璃杯，進入酒店的電話總機旁，和那位胖胖的中西混血女接線生搭訕。

先時，他是想借用電話，但接線生請他到外面去，不論用任何的一部電話都可以替他接得通的。

夏落紅說：「小姐，在這段時間，所有的人除了睡覺之外就是在享受，你不覺得辛苦麼？」

女接線生說：「不，這是我的職業！」

「每天晚上都守夜麼。」

「不！我們四天才輪一次，酒店裡總共有四位夜間接線生，我們是輪班的！」

夏落紅含笑說：「其實像你這樣漂亮的小姐，什麼差事找不到？把青春浪費在電話機旁，又熬夜，嘖嘖，實在不上算！」

女人是聽不得別人誇讚她美麗的，其實那位接線生胖得像頭大母豬，這時候聽夏落紅這麼一講也要顧影自憐一番了。

「我可以坦白告訴你，熬夜是女人最大的敵人，容易使人老啦，浪費了青春是可惜的！」

夏落紅一言一語都能惹得那位胖姑娘發笑。

算準了時間，四一七號房間，也應該和其他的房間通話了，果然，電話總機上四一七號的紅燈一亮，鈴聲大震，接線生應聲後，給他接通了四四〇號。

夏落紅在旁，看得清楚，即向接線生道過打擾，跨出總機室，來至帳房間，查過旅客名簿，四四〇號房間住著的是兩個單身的女人。

其中一位填寫的是毛引弟夫人，另一位是古玲玉小姐。

夏落紅很敏感，他相信那位古玲玉小姐，很可能就是「葛樂麗」小姐。

他回至酒吧內，將兩個舞孃打發走。

舞孃當然是很不高興的，夏落紅充華僑闊客，原是請她們盡歡而來的，但是現在尚未盡歡，就要將她們打發走，這簡直是豈有此理。

夏落紅送兩位舞孃小姐走出大門外去之後，即匆匆回到他在樓底下所開的房間。彭虎已有電話過來，原來彭虎在四樓四一七號房間對面也訂了一間房間，專為窺看四一七號房間的動靜的。

他向夏落紅報告說：「對門的兩個小子，跑至四四〇號去了，大概是要向他們的主子報告！」

夏落紅說：「我早知道了，你不必打草驚蛇，靜靜地在房間內守候著，讓我去對付他們！」

當毛引弟大姐拆開了那封金煥聲送來的信，和古玲玉共看時，她們房內的電話已響起。

那封信寫得非常的簡單，字跡歪歪倒倒的，上面寫著：「葛樂麗小姐，你的奸計已完全敗露，不如坦白說出真相，以免難堪？」下面署名是「土老兒」。

古玲玉小姐花容失色，大騙子駱駝竟然已經找上了門啦。

「媽的！這酒店內必然有他們的奸細！」毛引弟大姐說。

「這不是好兆頭，我們可能會被反勒索！」古玲玉說。

電話的鈴聲響震未絕。

毛引弟趨過去取起了聽筒，「喂，你是誰？」

對方嘿嘿笑了起來，故意彎著嗓子說：「土老兒二號！」

「媽的，你要幹什麼？」毛引弟很氣惱地說。

「藏頭露尾終歸不是辦法，我願意開誠佈公和你們見面作一次很誠懇的談判，要不然，白費了老半天的力氣，一條鑽石項鍊，在我們這裡毫無用處，派不上用場，實在是可惜呢！」

「你是什麼人？可是駱教授？」

「不！土老兒二號，比駱教授稍為小一號！」

「喂！開什麼玩笑？」

對方又是一陣怪笑，說：「老媽媽，現在絕非是開玩笑的時候，我猜想你們比我要急焦得多呢，四五個人住觀光酒店不是鬧著玩的，開支浩大，所到手的東西又像廢物一樣的塞在一個沒人注意的地方，派不上用場，多麼可惜？這只怪古玲玉小姐的罩子不亮，交錯了朋友，才會有這種錯誤，我正打算彌補這種錯誤呢！」

古玲玉一直是附耳在聽筒旁的，對方所說的每一句話，都聽得十分清楚。

這個化名為「葛樂麗」的女郎心驚肉跳。這不是好現象，一夜之間，那古怪的駱教授的手下人便像「風捲殘雲」似地撲到了，在金煥聲和凌荊所住的房間投了書，這時候又打來古怪的電話，好像玩弄她們於股掌之中呢！

「我們能見一面嗎？」毛引弟夫人似乎要屈服了。

「當然，我就是請你們來見面的，有什麼問題，我們當面就可以解決了！」對方笑著說。

「你約個時間，地點，我們一定恭候……」

「事不宜遲，最好就是現在，我在樓下的餐廳裡恭候！」

「駱教授在嗎？」她問。

「不！我只是駱教授的代表，所以稱為土老兒二號，現在坐在餐廳旁酒吧的第十六號桌，歡迎你和古玲玉小姐光臨，至於另外的那幾個耍槍桿的朋友，就恕不歡迎了！」

「喂……」毛引弟夫人再要說時，對方已經將電話給掛了，這個老婦人是一股子老江湖的味道，她目光灼灼，將問題在腦海裡滾了一轉，立時咬牙切齒地說：「媽的，向我們挑戰，直挑至我們的窩裡來了，簡直是狂妄已極，目中無人呢！」

「我們該怎樣打算？」古玲玉張惶地說。

「殺他們個狗血淋頭！」金煥聲還是那股子老粗脾氣，一拍腰間的短槍，殺氣騰騰地說。

「嗨，我立刻去叫查禮周，有我們三個人在，管他千軍萬馬，我們殺他片甲不留！」凌荊也暴燥地說。

還是毛引弟那老太婆比較沉著，她坐在沙發椅上啣著香煙，猛抽了一陣，說：「『蛟龍不過江，猛虎不過崗！』對方有膽量這樣來，當然『來者不善』，我們不得魯莽！」

這老太婆忽地拿起了電話機，向接線生查詢，剛才的電話是由什麼地方打來的？電話生回報說：「是由地下一〇一室接上來的！」

毛引弟道謝過後，掛斷電話，以指頭彈著桌面上的玻璃板，又在思索，喃喃說：「好大的膽子！居然住進酒店裡來挑戰！」

十數分鐘後，毛引弟打扮得儼如貴婦，和花枝招展的古玲玉由電梯降落，走出了大廳。

金煥聲和凌荊兩人向帳房過去了，要查看一〇一室住著是什麼客人。

凡是這種觀光酒店的餐廳和酒吧裡都是「不夜天」的，酒客不會有怎樣的多，但是也不會少，始終總會有幾個酒徒在那兒買醉的。

毛引弟的眼睛在酒吧裡匆掃了一轉，只見靠牆畔魚池的地方，那第十六號的桌子上，坐著一位臉色紅紅，似醉未醉的青年人，他的桌子上亂七八糟的堆著一些殘餚——是剛才和那兩個舞孃吃剩下的。

那青年正舉起一隻銀色的雞尾酒盅——斟滿了一盞盛有鹽橄欖果的琉璃杯，慢慢地盪著。

「土老兒二號？」毛引弟趨上前說。

「正是。」夏落紅起立恭迎裝瘋扮傻地說：「毛引弟夫人，葛樂麗小姐，大駕果然光臨，實在榮幸之至！」

毛引弟和古玲玉，不需再講客氣，自動向沙發椅坐下，毛引弟的一雙眼睛，便不斷地向夏落紅打量，她需得研究，這青年人究竟是什麼來路？

「咱們不妨開門見山，有什麼條件只管說？」毛引弟首先開腔道。

「噢，我想請兩位先喝杯酒，然後再談問題，這裡的椰汁酒是著名的，把鮮椰子啓開，滲了伏特加和薄荷酒，是夏威夷名產之一，喝過之後，會對檀島念念不捨呢！」

「我們對喝酒沒有興趣！」毛引弟說：「我們儘快把問題解決！」

「唉，不把僕歐打發掉，我們談話不方便呀！」夏落紅眼睛瞟向兩位女客身後立著的僕歐說。

毛引弟也是亂了方寸，到這時始才發現身旁有僕歐侍候著。

「好的，就來兩盅椰汁酒！」她將僕歐打發走了。

「先生，你貴姓？」古玲玉也開了腔。

「就稱呼我爲『土老兒二號』，又有何不可？」夏落紅說。

「哼！男人大丈夫何必藏頭露尾的？」

「當然，古小姐，你是方便得多了，太平洋方面只產生女性的颱風，『葛樂麗』就可以代表了你，我們男性卻不行啦！『土老兒二號』這稱呼並不壞！」

「你和駱教授是什麼關係？」古玲玉再問。

「噢，我們的關係嘛，是雇主與掮客！」夏落紅正色說：「掮客在我們中國人的習慣稱呼，就是經紀人！」

「哼，你做的是什麼經紀？」毛引弟冷嗤地說。

「啊，我的經紀範圍很廣，比如說，販賣物品啦！販賣情報啦！間諜讓渡啦！……我略收回扣就是了！」

「呸！別裝瘋扮傻的，我們要談正規的問題，我們極需要那串鑽石項鍊……」毛引弟說。

「瞧！僕歐送椰汁酒過來了！」夏落紅指著她們的身後說。

果然的，僕歐已捧上來兩隻開有孔眼的大椰子，孔眼上插有麥管還配上有鳳梨、櫻桃、薄荷葉，紅紅綠綠的煞是好看。

僕歐放下椰汁酒之後，夏落紅賞了小費，隨後將身畔魚池上的噴水器擰開較大，噴水器的水點灑在魚池上好像落雨似的，可以幫助遮掩他們說話的聲浪。

「現在，我們可以談正題了！」夏落紅說：「你們兩位急切地要那串鑽石項鍊，必有緣故，假如能坦誠相告，是否仍有買賣繼續可做？我必以掮客的身分向駱教授說明，將原物奉還，因為駱教授對新鮮的買賣至感興趣呢！」

「我們費了氣力弄來的東西，當然急需到手！」古玲玉說。

「不，這絕非是肺腑之言，何不開門見山，也許我們還可以合作呢！」夏落紅說。

「我們願意出代價！」

「就是因爲你們所出的代價過高，才引起駱教授的興趣的！」

「鑽石項鍊的價值是否値十萬美金尚不知道，但我們願將所值代價完全奉送，只借項鍊一用，在江湖道上而言，已經是很夠意思了，爲什麼還要苦苦相逼？」

夏落紅說：「現在警局方面已增加懸賞爲二萬元，布魯克也懸賞二萬元，刁探長個人另賞一萬元，合計五萬，爲的就是要找尋這串項鍊的下落，假如說我的目的只是爲錢的話，這五萬元可以說是最安全可靠的！何必擔驚冒險尋找你們的住處？又自動找上門來？說什麼先借那項鍊一用，再討那十萬元的價值，這豈不形同兒戲麼？」

「難道說，對我們不信任麼？」毛引弟很氣惱說。

「用什麼作爲保障呢？」

「憑我們母女兩人居住在此豪華酒店，交遊廣闊，舉止闊綽，人是活在此地，有兩條性命給你做保障還不夠麼？」

夏落紅哈哈大笑，說：「我的雇主，是個大騙子，同樣的居住在豪華酒店，交遊的是國會議員、石油大王、警察局長、社會名流，他對據說値十幾萬美金的價值並不感興趣，我又能奈何！」

「那麼你們的目的究竟爲何，何不坦白說？」

夏落紅說：「我們的興趣，在你們下一步的工作！」

「我們下一步有什麼工作值得你們感興趣的呢？」毛引弟說。

「不知道！」夏落紅正色說：「我們正盼望著能夠知道，並且願意通誠合作，均分利潤。」

「你們逼人太甚了，未免太不夠江湖！」

「據我們的分析，這好像是江湖以外的事情！」

「要曉得一句俗語，狗急跳牆，人急……」

「你寧可狗急，千萬別談流血，因爲幹我們這一行的，切忌流血，因爲流了血就難以收拾了。」

毛引弟抑制著滿腔憤怒，她實在搞不清楚對方究竟是什麼來路，爲什麼軟硬均不吃？瞧夏落紅這傢伙年紀輕輕的，一表斯文，但好像相當的厲害呢！

「你究竟是哪一行？」她問。

「掮客！」夏落紅答著，端起了酒杯，敬她倆飲酒。

「那位駱教授又是哪一行？」

「此馬來頭大！」夏落紅說：「你可曾聽說過『情報販子』？『陰魂不散』？駱教授者，駱駝是也！」

毛引弟一聽說，嚇得魂出軀殼，肚子裡埋怨著古玲玉瞎了眼睛，慈善舞會裡多的是各式人等，爲什麼偏要惹上這個「冤魂」？纏上了他，想脫身的話恐怕就難了。

「毛引弟夫人，相信你也是老江湖了，駱駝此人，你曾聽說過麼？」夏落紅問。

「唉！」毛引弟一聲咳嗽，點了點頭。

正在這時，一個年輕人冒冒失失地衝進餐廳裡來了，他向毛引弟深深的一鞠躬，立在一旁。

毛引弟不樂，揮手說：「你來幹什麼？去！」

那傢伙楞頭楞腦地說：「毛大姐不是召我回來有事嗎？」

「查禮周，這裡沒有你的事，你去吧。」古玲玉也說。

「金煥聲教我到這邊來看看的！」那傢伙在說話時，兩隻眼睛向夏落紅發直，好像是爲這母女兩人做保鑣來的。

夏落紅不和他搭訕，將酒一口飲盡，伸懶腰打了個呵欠，說：「今天談到這裡還沒有結果，只好暫時結束，我著實也倦了，由下飛機到現在爲止，還沒有好好休息過呢！」

「你由哪裡來的？」毛引弟問。

「波士頓！」夏落紅答。

「由老遠趕來，就爲這串項鍊的問題？」

「不，這串項鍊背後的問題！」夏落紅又說：「簡直是疲於奔命呢，所以，我們是只許成功不許失敗的，要不然，偷雞不著，連血本也無歸呢！」

毛引弟很焦急，說：「我們的好話已經說盡了，難道說沒有一點緩衝的辦法麼？」

夏落紅繼續打呵欠，說：「別忘記了，我只是掮客，你們雙方的意見，我都無法作主，至少我還得和我的雇主磋商一番呢！」

「我以人格保證，鑽石項鍊只需借我們充個排場，事後立刻交還……」毛引弟又說：「不談人格，我們講究實惠的！」

夏落紅說：「除了人格以外，還可以用什麼作爲保證？」

毛引弟甚感爲難，愁眉苦臉地說：「唉，我們並非是真有錢的人，但是由這串項鍊我們可以得到更多的錢，超過這十幾萬元的價值……」

夏落紅瞟了嬌小玲瓏的古玲玉小姐一眼，在醉眼之中，女人稍有幾分姿色都可以看成九十分，古玲玉原是長得端端莊莊的，不像是個下九流社會的人物。

「假如駱教授將鑽石項鍊交還之時，需索取抵押，你可交出價值十萬元以上的東西麼？」他動了腦筋說。

毛引弟皺著眉說：「我沒有……」

「你其實擁有不止十幾萬美金以下的財產呢！」

「唉！我們是剛出師到檀香山來的，出師不利，哪可能有餘財？」

夏落紅便指著古玲玉小姐說：「這位古小姐的價值，就不止十萬元以下！」

毛引弟驚愕不已：「你的意思，是要我的乾女兒做抵押麼？」

「也許可以商量，但是要徵求駱教授的同意！」

「唔！」毛引弟夫人兩眼一瞬，點首說：「這倒是一個折衷的辦法！」

「乾媽，這怎麼行？……」古玲玉嬌羞答答地忸怩著說。

「有什麼可怕？有這樣年輕英俊的風流才子陪伴著你，說不定還是你前生修來的呢！」毛引弟老氣橫秋地向夏落紅說：「我們就此一言爲定！嗯？什麼時候交手？」

「待我去找駱教授磋商一番！」

正在這時，忽地餐廳內出現了一個高頭大馬，蓄八字鬍，身穿短馬褂頭戴瓜皮帽的大漢，他趕至夏落紅的身邊，咬了一陣耳朵。

夏落紅嗤嗤笑了起來。

「這位是什麼人？」毛引弟問。

「鼎鼎大名，賣拳頭出身的彭虎是也！」夏落紅說。

「他來幹什麼？我們並不需要打架！」毛引弟說。

「有好的開始，就是成功的一半，我們之間的友誼，已經又進了一步了！」

毛引弟如丈二和尙摸不著頭，她不懂夏落紅在說些什麼。

「我所開的一〇一號房間已經讓給你的兩位手下人居住了！」夏落紅飲盡了最後的一滴酒說。

「爲什麼？他們自己在四樓上開有房間！」毛引弟說。

「你的那兩位冒失鬼擅自摸進我的房間，被彭虎發現，將他哥倆手足綑綁，扔在地上，可能會叫他們一夜睡到大天亮呢！」

毛引弟夫人大感尷尬，和她的乾女兒面面相覷，說不出話來，養著幾個飯桶手下出盡洋相，的確是夠教人氣惱的。

夏落紅付過酒資，復向毛引弟說：「明天請聽我的答覆吧！」於是他和彭虎雙雙走出了酒店。

查禮周守在廳門前，並沒有離去，這時候，他趨過來向毛引弟夫人請示：「毛大姐，要不要跟蹤他們？」

毛引弟惱怒不已，咒罵說：「跟你娘個屁！」

半夜三更的，在老騙子的房間內，電唱機仍播唱著「廣東大戲」。電唱機是對準了警方的竊聽器而播唱的。

正好遮蓋了房間內正在玩撲克牌又邊在商討問題的幾個人說話的聲浪。

駱駝、查大媽、夏落紅、孫阿七，四個人在玩牌，彭虎獨個兒在旁打盹。

夏落紅報告和毛引弟母女談判經過及最後的決定，他說：「我提供意見，將鑽石項鍊交還給她們，用古玲玉作爲抵押……」

查大媽立刻破口大罵，說：「兔崽子，我早就知道你會不懷好意；你義父說過，那妞兒長得很有幾分姿色，你就動此歪腦筋了？」

駱駝格格大笑，說：「查大媽也未免太小心眼了！這年頭，年輕人不去灑脫灑脫，難道說，讓你我老頭子老太婆去風流快活麼？要知道，人生幾何？青春不再，夏落紅能把握時機，我倒認爲是好的！」

「老不死，老不正經，我看你就是年輕時作了孽，所以才會收了這麼的一個承繼衣缽的義子，這是一種報應……」查大媽憤懣地說。

「唉，查大媽，我一直將你當做長者看待，何苦向我咒罵？」夏落紅撅著嘴說。

「要知道，你是有了未婚妻的人，不得在外胡鬧！」

「我們再浪費時間，刁探長那小子可能就要到了！」孫阿七說。

駱駝說：「我的觀點，那女江湖毛引弟是受雇於人，她們做的案子，是案中有案，竊案之外，還再有竊案，這次在慈善舞會之中顯身手，不過是媒介，證明她們的那套功夫，要不然，扒竊到手價值超過十萬元的鑽石項鍊，豈肯光只借回去一看，就將所値奉送？天底下絕不會有這樣笨拙的事情，很顯然的，他們有價值更高於十萬元的案子要去做！」

夏落紅便說：「義父認爲那尚未著手的，該是一件什麼案子？」

駱駝點著了煙斗，態度故作神秘，說：「檀香山群島是美國新成立的一州，它的別稱爲『太平洋的心臟』，可見得它在太平洋戰略上的價值，這件案子，我希望它是政治性的，最好是間諜案！」

「間諜案？」大家的精神爲之一振。

「你的意思是『情報販子』案，『陰魂不散』案，再翻版一次麼？」查大媽喜形於色。

「這一案，你打算訂爲什麼名稱？」夏落紅問。

「你做掮客，我做怪教授，這是給你出道的好機會！」駱駝說。

次日，在「威基基酒店」內，夏落紅和毛引弟又接了頭，夏落紅將駱駝的意思傳達。

毛引弟說：「只要將鑽石項鍊交還，一切的條件我都可以接受！」

夏落紅說：「現在官方追得很緊，恐怕要費一些週折！」

「難道說，鑽石項鍊並不在駱教授的手中？」

「當然，他收藏在一個極其安全的地點，爲吸引官方的注意力計，最好，我們立刻就動身到威基基海灘去，那不是刁探長的管區，他還得分出人來注意我們，分散他的人力，對我們有利！」

毛引弟說：「我討厭警方！」
夏落紅說：「誰說不是？」
古玲玉是人質，她得隨夏落紅赴威基基海灘去。
威基基海灘，是著名的渡假消暑聖地。刁探長得到消息，也感到有點迷糊，夏落紅是駱駝的義子，幹任何案子，夏落紅都是他最大的助臂，爲什麼他們竟分道揚鑣了？
兩號線索分開，需得更多的人力，刁探長甚感吃不消。
威基基海灘一帶的觀光酒店很多，甚爲豪華奢侈，短期渡假，尙無所謂，長期逗留，不知道需要多少鈔票呢！
負擔追蹤的警探自然得報公帳，但是假如破不了案時，這筆帳又該怎樣報銷呢？夏落紅所住的是最豪華的「海灣酒店」，佔用兩間華貴的套房，他們早午晚三餐都是在房間裡，吃的是山珍海味，開的是香檳美酒，使那些盯哨的苦哈哈警探，心嚮往之，羨慕不已。
夏落紅和古玲玉也不時在海灣上出現，嬉水爲樂，人多的時候不去，早晨和黃昏，就出雙入對的，儼如一對情侶。
警探們能採用的偵查方法全使用上了，但是這五星級觀光酒店拒絕他們在客人的房間內裝置竊聽器，因爲假如消息傳出去的話，會影響他們今後的生意。警探所能做到的，僅能竊聽他們房內的電話。

奇怪的是夏落紅始終沒和檀香山市通過一次電話，連那位古玲玉小姐也沒有。這對孤男寡女，雖然隔著套房居住，但他倆飲食和消磨時光又是在一起的。

有時候三更半夜的，又互通電話，情話綿綿的，說的儘是一些肉麻當有趣的話。警探守在電話機旁，不免會心癢難熬，實在不太好過。

刁探長在檀香山市方面也著手調查毛引弟夫人及她身旁幾個漢子的身分，研究他們和駱駝的關係。

但是刁探長所得到的資料，毛引弟夫人到檀島來的護照是屬於英籍的，古玲玉是她義女，金煥聲是她的秘書，凌荊是司機，查禮周是僕人，氣派好像非常的大。刁探長了解駱駝的底蘊，行騙了一整輩子，爪牙眾多，什麼身分的人全有。

毛引弟雖然有這樣的氣派，但是刁探長認定這個婦人的來路不正，需得特別注意。

凡是和駱駝接觸的，可能都是他的黨羽，刁探長就搞不清楚，駱駝邀這樣多的人到檀香山來，究竟打算幹什麼案子？

在這同時，駱駝帶了孫阿七，拜會了國會議員克勞福，由克勞福的辦公大廈出來之後，又去約會克麗斯汀邀請她一起去沙哇奴爵士的農場拜會沙哇奴爵士。

孫阿七暫充他的司機。

沙哇奴爵士的農場佔地甚廣，由農場的進口處就有著他的爵士盾形的家徽。反正這個世界就是這麼回事，唬人並不犯法的，有錢就要有地位，有了地位也不必查問他爵士銜頭的來歷了。
汽車在古堡大廈的門前停下，早有僕人迎出來，替他們啓了車門，駱駝攙克麗斯汀出汽車之前，遞上名片，聲明是：特地拜會沙哇奴爵士來的。
經過僕人的傳報後，沙哇奴爵士親自迎至門前，對淑女的禮貌，爵士是需得吻手的，隨後就迎進了客廳。
駱駝首先致謝當天慈善舞會招待之盛意。
他說：「克麗斯汀小姐對你的農場甚爲嚮往，她邀約我多次，就是想來參觀你的農場！」
沙哇奴看見美色就昏頭轉向的，他說：「這農場太大了，假如步行，一天看不完！坐汽車上不了山看不到全景，所以非得騎馬不可，克麗斯汀小姐可以騎馬吧。」
克麗斯汀立刻說：「我最喜歡騎馬，可是今天我沒準備騎裝！」
沙哇奴爵士笑了起來：「你別擔憂，別墅裡多的是騎裝，可以任你挑選！」
於是，這位風流爵士一方面教僕人備馬，一面領克麗斯汀小姐去選騎裝。
駱駝說：「我這把年紀，十八般武藝，件件都行，就是騎馬不靈光，恕我不奉陪了！」
沙哇奴爵士說：「你一個人留著，豈不是慢客了？」
駱駝說：「這只怪我自己不會騎術！」
「那麼失陪了，客廳、酒吧間、圖書室隨便走動，我們大概一個小時回來！」
「你請便！」
不久，克麗斯汀換上了騎裝，鮮紅色的襯衣，棗色絲巾罩頭，腰間紮黑緞帶，白馬褲，高跟短靴，瞧她的身段婀娜，如出水芙蓉，豔如桃李。

沙哇奴爵士如出征的獵人，獸皮，短袖猿皮衣，肩頭和胸脯間都垂著穗子，腰間束著子彈帶，短槍，還挾著一支雙彈筒的大號獵槍，窄身的牛仔褲，短統皮靴的邊上還鑲有豹皮，威風凜凜的，反正大爺有錢，愛怎麼玩就怎麼玩。

他攙著克麗斯汀小姐，欣然地走出了古堡的大門，僕人早已牽出兩匹碩壯的軍馬，鞍蹬齊全，沙哇奴爵士非常紳士，親自哈著腰雙掌兜起，給克麗斯汀墊腳。

克麗斯汀小姐上馬之後，這老傢伙一縱身也上了坐騎，馬鞭一揮，兩匹馬並轡而去。

駱駝送至大門口，向他們揮手，「待會兒見！」

孫阿七仍坐在門首的汽車裡，駱駝打手勢給他遞了話，孫阿七點首，扭開了汽車內的收音機，翹起二郎腿，伸出車窗之外，點著煙，自得其樂。

駱駝拜訪沙哇奴爵士，志在那串藏在盔甲內的鑽石項鍊，毛引弟已經將她的乾女兒交由夏落紅作人質，帶往威基基海灘去了。

毛引弟急需要那串鑽石項鍊派用場，駱駝聲明過在午夜之前，一定將鑽石項鍊交到毛引弟的手中。

他回至客廳，在客廳的門首間，有四個道貌岸然的穿小禮服的僕人，仰起了脖子，在聽令侍候著。

駱駝摸出煙斗，立刻有僕人趨上前燃著了打火機。

另一個僕人行上前立正一鞠躬，問：「駱教授，需要喝什麼酒？」

駱駝不能外行，說：「占酒摻馬丁尼，檸檬汁！」

不久，酒已經按照駱駝所說的方式調好，送至客廳。

駱駝說：「你們不必在這裡侍候我，各人有各人的事情，我會安排自己的！」

但是那四個僕人像木頭人似的，屹立著不動，好像根本沒聽到駱駝說話似的。

駱駝甚爲焦急，那兩座擦得雪亮的銅盔鎧甲人形，就置在客廳與餐廳之間。

這該要怎麼辦呢？駱駝飲完了那杯馬丁尼，吸著煙斗，故裝做無聊的樣子，背著雙手，在客廳內來回踱著方步，一忽兒，他向餐廳過去，四個僕人便跟了過去。

駱駝向後轉，他們一行也向後轉，簡直是把他釘牢了。

駱駝焦急不已，他不能失信，在午夜之前是無論如何也要將鑽石項鍊交至毛引弟的手中的，時間一分一秒地過去，再拖下去，沙哇奴爵士和克麗斯汀小姐便要回來了，到那時候可更難下手呢。

駱駝自命智慧超人一等，但四個僕人釘牢了他，又不聽他調度，簡直一籌莫展。「你們何必跟著我？把時間都浪費了，我反而覺得侷促呢！」駱駝又說。

「我們奉命不得慢客！」其中的一個僕人，脖子一仰，立正說。

「這樣多無聊呢？」駱駝又說。

那四個木頭人不再答話，只排列一旁侍候著。

駱駝無奈，背著手，哈著腰，到處亂轉，來回踱方步，那四個僕人，一步也不放鬆，釘牢了不放。

倏地，駱駝發現了酒吧間旁的彈子台，立時靈機一動，便脫下了外衣，揉了揉雙手，高聲說：

「給我來一杯雙份的威士忌！」

他揭開罩在枱子上的罩布，在桿架上選了球桿，立時，僕人已替他遞上彩色的彈球，同時記分的已經坐上了座位。

那是六面落袋的球桌，駱駝撞了兩桿，技術實在差勁。

「唉！起碼有四十年沒有摸球竿了，眼睛也不對，角度看不準，手勁也不對，一個人，年紀大了就什麼也不對勁啦！」他自言自語的說，喝了口酒，覺得乏味，推開窗戶，要吸口新鮮空氣，其實他是和孫阿七打暗號，教孫阿七準備行動。

「打彈子不賭博一番，實在乏味，誰來和我賭一盤？十元美金輸贏！」駱駝回首向那個僕人說。

古堡裡的傭僕閒來無事，都以打撞球爲消遣，連女侍在內，誰都會兩桿子。

立刻有人說：「假如二十元一盤，我賭！」

他們只看駱駝打了兩桿，對他的技術火候已經了解，和他賭博的話，簡直等於是「吃爛飯」，必贏無疑。

「二十元一盤，我也參加，同時讓你一枚黑球！」另一個僕人一本正經地說。

「你一個月薪水有多少。」駱駝問。

「六十元！」僕人答。

「萬一輸掉，豈不就去了三分之一？」

「我贏定了！」那僕人很有把握地說。

「贏定了？我就不服氣啦，我們立刻就賭！」駱駝故意裝做很不服的樣子，以手一比，又說：

「請開球吧！」

不一會兒，那間小小的彈子間已經擠滿了人，所有的傭僕全扔下了工作，擠到這兒來看熱鬧，正好給機會讓孫阿七下手。

這時候，這間大廈好像是一所空屋子，至少客廳和餐廳沒有人。孫阿七從容地來至餐廳門首的銅盔甲之前，探手進去，在護心甲內摸，不錯，有著一幅手帕包纏著一串鑽石項鍊塞在那裡，它還未被人發覺呢。

孫阿七再一撫摸，「咦」了一聲，覺得有點不大對勁，那甲冑裡有著許多樞鈕，「那是些什麼東西呢？」他搔著頭皮，沒敢亂動，便趨進彈子室裡去了。

這時候駱駝正好在付鈔票，他沒肯認輸，拉大了嗓子說：「我不服氣，誰敢再賭！」賺這種外快實在是太容易了，誰都願意參加一桿，孫阿七進入彈子間內，向駱駝一擠眼，表示已到手了。

駱駝點首示意，他還需得等候克麗斯汀小姐回來始能離去，所以花幾個錢逗著那些猢猻玩，當做耍猴把戲，既熱鬧又不傷脾胃。

孫阿七又從容出了大廈，進入汽車，將鑽石項鍊取了出來，用油布包著，塞進最爲骯髒的工具箱裡去，再次扭開了收音機，大睡其懶覺。

孫阿七正躺著，不久，只聽得一陣馬蹄的聲響，原來是沙哇奴爵士和克麗斯汀小姐參觀農場後回來了。

沙哇奴爵士下馬後，沒有僕人迎接，不禁惱了火，扔下了馬鞭，叫嚷說：「人都跑到哪兒去了？」

孫阿七自車中探出首來，鬼頭鬼腦地說：「他們全都在彈子間內，正在賭彈子！」

「豈有此理！」沙哇奴爵士攙扶克麗斯汀小姐下了馬，怒氣沖沖地趨進大廈裡去了。

是時，彈子間內仍是興高彩烈的，傭僕們又重新給駱駝斟了酒，廚房裡有上好的下酒菜餚也端了出來，爲的是提高駱駝賭博的興趣。

驀地，有人高聲說：「誰要賭的話，和我賭！」

大家偏過頭一看，剎時間連魂都沒有了，原來是他們的主人沙哇奴爵士回來了，誰還敢留著，一個個趕忙開溜。

駱駝倒無所謂，究竟他是客人，比較好說話，他便解釋說：「是我閒著無聊，才找他們賭兩盤彈子的！」

沙哇奴爵士一本正經地說：「我們也經常賭的。」

駱駝說：「我是遊戲性質，二十元一盤，他們還讓我三隻黑球呢！」

「我也可以讓你三隻黑球！」

「呵！奇怪了，你這間大廈，好像成了彈子世家，每個人都有一手！」駱駝捻著稀疏的八字鬍說：「我差不多有三十餘年沒有摸過球桿了，今天好像還很有點興趣呢！」

「我們下賭注多少？」沙哇奴爵士好像有點想出駱駝的洋相，很嚴肅地說。

「二三十元，五十元頂多了！」駱駝說。

「以我們的身分和地位而言，太少了！」

「沙哇奴爵士的意思如何？」

「一千元！」

「一千元美金打一盤彈子，這賭注不嫌太大了麼？」駱駝搔著頭皮說。

「我們此地經常以一千元賭注爲標準的！」

沙哇奴爵士表現他的闊氣，馬上就掏出鈔票。

「讓我三隻黑球麼？」駱駝問。

「讓五隻黑球，假如賭注增至二千元！」

「哈，五七三十五，豈不是讓了三十五分麼？——每隻黑球入袋七分——沙哇奴爵士，你這不是等於送我兩千元花用麼？」

沙哇奴爵士即掏出了鈔票，數點了二千元，邊說：「我們請克麗斯汀小姐做見證人！」

駱駝有旅行支票，簽了二千元，同樣交給了克麗斯汀小姐。

沙哇奴爵士立即吩咐傭僕給他們準備，並且給駱駝教授斟酒，給克麗斯汀小姐端過來椅子。

兩千元一盤彈子的賭注甚爲驚人，大廈裡又起了一陣騷動，很多傭僕都趕過來看這一場熱鬧，他們也在場外下賭注。

沙哇奴爵士撞球的技術大家都很清楚，差不多經常在他這農場消遣的貴族沒有人是他的對手，賭駱駝輸的佔百分之九十，賭注便非常的懸殊，是十與一之比。

但是有人看出，駱教授不過是在「扮豬吃老虎」。

比賽開始，駱駝連一隻球也打不中，可是也沒有扣分就是了，但就是不給沙哇奴爵士有特別好的機會。

沙哇奴爵士在美人面前，有意要給駱駝一點顏色看看，他賭兩千元美金一盤，一則是表現他有鈔票，二則是要表現他的撞球技術。

可是駱駝只求「不罰分」，儘量不給沙哇奴爵士有得分機會，沙哇奴爵士暗叫不妙，這傢伙精明到家！

瞧那盤彈子，沙哇奴爵士雖然佔先，但是他讓了三十五分，想贏回那些「讓分」甚感吃力。駱駝只保持著不罰分不給沙哇奴爵士有好機會，讓他自己找罰分的機會。

不久，他們的比數已漸接近，但是檯面上也剩球不多了，換句話說就是，駱駝的機會也不多了。駱駝反過了身子實行背桿，他一再計算，「拍」！的一聲，只見那枚白球亂滾。那簡直是像變魔術的一樣，駱駝的球桿一動，他的那枚白球，撞著了應撞的球，七拐八轉的，它滴溜溜而自然地落進袋裡去。

一連七八桿打過之後，兩個人的積分已追至平手，檯面上只剩下一枚黑球了，換句話說，便是「搶黑」！

誰能將黑球撞落了袋，誰便是優勝者。可是在這當兒，仍然是歸駱駝用桿了。白球和黑球相對的位置甚壞，好像根本沒機會可以將黑球擊落袋裡去。

此一擊，關係甚爲重要，因爲是最後的機會了，若無法落袋，機會便是對手的。駱駝持著球桿，當它是測量儀，東比西擬的，終於他下了桿，「拍！」的一聲，只見那枚黑球，左碰右撞，咕碌碌的竟入袋了。

所有圍觀傭僕，全爲他捏了一把汗，可是那枚黑球是進入袋去了，駱駝獲勝。

「唉！運氣！」駱駝扔下了球桿，聳了聳肩說。

克麗斯汀便將他們兩人的賭注遞交給駱駝，邊說：「我很奇怪，你永遠是勝利的，眼看著你要輸定了，結果又反敗爲勝！」他們離開了彈子間，沙哇奴爵士氣呼呼地連人影也不見了。

駱駝含笑說：「你今天辛苦了，無以爲報，沙哇奴爵士的二千元就算是給你的報酬吧！」

克麗斯汀小姐大喜，道謝不迭。

汽車已回返市區，駱駝吩咐孫阿七送克麗斯汀小姐回她的寓所。

克麗斯汀小姐暢玩竟日，又撈兩千元的外快，歡天喜地的去了。

汽車又來至駱駝所住的觀光酒店門前。

駱駝又吩咐說：「這輛汽車快還給毛引弟夫人吧，已經借用一整天了！」

駱駝剛下汽車，已經湧過來三四條大漢，都是刁探長的部下，刁探長搭著了駱駝的膀臂，說：「騙子，我知道任何贓物不會落在你的身上的，但是你的司機可要搜身呢！」

「媽的，簡直是妨礙自由！」駱駝故意發牢騷說。

探員在孫阿七渾身摸索時，孫阿七怕癢，左閃右躲的，醜態百出。

當然，在孫阿七的身上，任何東西也不會搜著，那些探員又在汽車內搜索了一番，凡是可以藏東西的地方都加以檢查遍了，就只是那隻積滿油垢骯髒得可以的工具箱沒有去動它。

刁探長沒搜出個所以然，只好將孫阿七放了。

孫阿七靠著車，臨行向刁探長說：「丟那星，總有一天我也會哈你的癢的！」

夏落紅在威基基海灘樂不思蜀，日以繼夜有美女同遊，威基基海灘原是「銷金窩」，除了海水浴場之外，什麼樣的娛樂場所夜總會全有，古玲玉也等於像是渡假一樣，反正花的是夏落紅的鈔票，只要夏落紅有邀請，她沒有不赴約的——甚至於上賭博場。

夏落紅原是揮金似土的闊少，既受命於義父，何樂而不為，他一夜之間可能輸掉幾千美金，何況為博取美人的歡笑。

這一夜，古玲玉接得檀香山市來的長途電話，刁探長派出的探員在電話總機旁偷聽。只聽得檀香山來的電話，只說了一句洋文：「哈囉，賣達玲，唉摟乎油！」電話便掛斷了。

刁探長的爪牙聽得莫名其妙，以洋文的直譯，是「喂！親愛的，我愛你！」這是什麼意思呢？他們被攪糊塗了。

但是像這類的情報，他們仍得報告指揮總部的刁探長。

刁探長聞報，喃喃說：「這一定是暗號！」

第四章　強盜遇著打劫

是夜似乎有點反常。

平常的時候，是夏落紅邀約古玲玉至他的寢室去宵夜飲酒，在今天晚上，卻是古玲玉邀約夏落紅到她的寢室去飲酒宵夜。

古玲玉說：「駱駝和乾娘的密契已經成交，我們也分手在即，所以今晚上我要請你喝酒！」

夏落紅不是傻子，他覺得情形有點古怪，但私下裡暗自警惕，扮傻說：「噢，真是春宵苦短，好在我們來日方長，今晚，我應該在你的臥室內盡歡……」

古玲玉臉上一紅，但是她仍引領夏落紅進入她的寢室，兩人舉杯言歡。

古玲玉又說：「你知道我是不會喝酒的，我用薄荷酒陪你！」

擺在夏落紅面前的是一瓶拿破倫威士忌，美人與美酒當前，夏落紅似已忘形，開懷痛飲。

拿破倫威士忌甚易入喉，可是後勁奇足，夏落紅大半瓶酒下肚，神智已經有點昏迷了，他忽然撲倒在古玲玉的身上，手腳俱不乾淨，竟向古玲玉求歡。

古玲玉心慌意亂，發嬌嗔說：「你這人怎麼搞的？……紳士風度全沒有了？」

夏落紅用了暴力，將古玲玉拖至床上。

古玲玉幾乎要喊救命。

「嗯，這瓶酒好像有點古怪……我只覺得腦海裡天旋地轉呢！」夏落紅喃喃說：「哦，我明白了，古小姐，你心黑手辣，可能在酒裡放下了蒙汗藥，對不……」他說完倒在床上呼呼大睡。

古玲玉大喜，她伸手掌摑夏落紅的臉頰，說：「喂，你喝醉了嗎？爲什麼不回答我的話呢？」

夏落紅在床上一翻身，仍然呼呼大睡。

古玲玉含笑，她的乾媽已發給了她「暗號」，要她快趕回去。此刻她自以爲將夏落紅制服了，大喜過望，趕忙更衣。

假如說，夏落紅不是醉倒的話，他在床上該可看到一幅「美人更衣圖」了。

古玲玉已換上了夜行衣，她不能由觀光酒店的正門出去，因爲有刁探長的爪牙在那兒把守監視。

她由窗戶外出，仍然是用她的「飛索絕技」。在這間新型建築的豪華酒店利用飛索爬牆是甚爲驚險的，因爲很難找到掛鉤的地方，可是古玲玉很快而安全的抵達地面。

她溜出了街巷，避過了警探的耳目，神不知，鬼不覺地來到一間出租汽車公司的門前，在那大門口，停放了許多等待著爲顧客服務的空車。

古玲玉匆忙鑽進一輛車子，招呼司機立刻駛返檀香山市去。

夏落紅自床上坐起，搔了搔頭皮，嘖著嘴，嘆息說：「不得了，簡直是挺而走險嘛！」

原來，夏落紅是裝醉的，他早料想到古玲玉會在酒中耍手腳。

夏落紅自床上爬起，躡至窗前，眼看著古玲玉的身手矯捷，縱躍落到街面上去了，借著黑巷掩蔽兔逸，甚爲老到。

別看這妮子的年紀輕，憑夏落紅的經驗，看她的那三兩下子的功夫，絕非是三年五載可以鍛鍊得出來的。

現在，古玲玉和她的義母毛引弟的身分還未摸清之前，夏落紅決意跟蹤。

在酒店的走廊和大門口間，都有刁探長的爪牙把守著，夏落紅也只有由窗戶下去，他的一身功夫，是向孫阿七學的。

在貫通檀市和威基基海灘的公路上，一輛出租汽車向著不遠的檀市急疾飛馳。

可是汽車還未抵達市區時，古玲玉就下車了，付過車資，將出租汽車打發掉後，她躲在暗蔽處，不斷地徘徊。

過了片刻卻駛來了一輛沒亮著燈的汽車，在那街邊的行人道旁悄悄停下，車廂的側門打開了。

車廂中有人燃著了打火機吸煙，古玲玉便如飛似地閃身進入車廂內去。那輛汽車始才亮了燈急疾而去。

夏落紅也乘了一部出租汽車由威基基海灘追蹤而來，等到他發現古玲玉所乘的那輛出租汽車放空去時，心中暗叫不好。

他下車攔住了那部汽車向司機盤問。

司機說：「一個穿黑衣的女郎，在進市區前就吩咐停車，下車去了！」

夏落紅問：「她走的什麼方向？」

「沒注意，我離開時，尚見她在那兒徘徊！」

夏落紅心中暗叫糟糕，古玲玉一定是在那兒等人了，很可能她在事先已經和毛引弟連絡好的。

夏落紅即按照司機所指的路線急疾追過去，但哪裡還會有人呢？他指揮著車子向附近的街道繞了好幾個轉，不再發現古玲玉的芳蹤，終於還是被那小妞兒逃逸了。這也是夏落紅大意輕敵所致，被「小雛」戲弄了是很不好消受的事情。回去該怎樣向義父交代呢？

他考慮了半晌，決意到「威基基大酒店」去，他猜想，古玲玉就算逃掉了，也不外乎是和她的義母或是黨羽會合。

只要毛引弟、金煥聲、凌荊、查禮周等任何一人仍然居住在酒店裡的話，便可以再將古玲玉尋著，不怕她會逃到哪裡去。

豈料夏落紅走進酒店之後，帳房就告訴他，毛引弟一行人在午後就完全搬走了。

這一下子夏落紅可楞住了！

驀地，有人拍他的肩膊，他回過頭時，只見彭虎站在他的身後。

「落紅，駱大哥吩咐我在這裡等候你，叫你我一同回旅館裡去商量事情！」

夏落紅大愕，說：「義父怎知道我會在此！」

「他剛才打電話來，是這樣吩咐我，我就這樣轉告！」彭虎說。

夏落紅甚爲尷尬，說：「古玲玉逃掉了。」

「這是意料中的事情，駱大哥說過，夏落紅是經常墜入迷魂陣的！」彭虎笑呵呵地說。

「唉，憑良心說，這些年來我都沒有鬧過笑話呢！」

「別囉唆了，駱大哥在等著你去呢！」

夏落紅硬著頭皮，和彭虎走出了酒店，招來了出租汽車便和駱駝他們會合去了。駱駝和查大媽孫阿七全在房間內，他們似在商量著什麼事情。

夏落紅走進門，他目光看著那部停擺著的電唱機，說：「不用顧慮竊聽器了麼？」

駱駝說：「識破了西洋鏡之後，刁探長已經將它拆走了！」

查大媽忽地訕笑了起來，她注視著夏落紅的臉色，說：「瞧你那副德性，是否又墜入迷魂陣了，嗯？」

夏落紅大窘，說：「被小妮子擺脫了！這是意外！……」

駱駝哈哈大笑，說：「瞧你，要了那麼多年，竟然還是被『小雛』玩弄了。」

夏落紅不服氣，說：「義父，你又何嘗不是受騙了呢？你辛辛苦苦弄來的鑽石項鍊不是也被弄走了麼？」

駱駝慢吞吞地自衣袋裡摸出一串霞光四射，亮閃閃的鑽石項鍊，舉到燈光底下，給夏落紅過目。

夏落紅看得眼花撩亂，說：「怎麼？義父沒將它出手，竟又奪回來了？」

駱駝搖了搖頭，說：「不！那個老太婆倒是言而有信的老江湖，她聲明借用這串東西，只一兩個鐘頭就交還，果然的，就如期交還了，另外還送了五千元的紅包！」

夏落紅大感意外，搔著頭皮，說：「這倒奇怪了，這鑽石項鍊本來應該屬於她所得的，只是古玲玉瞎了眼睛栽到你的口袋裡，借用之後歸還，還另送紅包五千元，怪事……」

駱駝摸出了那隻紅紙封，抖了一抖，現出了花花綠綠鈔票，便又說：「這問題很簡單，毛引弟是希望我不要再干擾她的事情！」

查大媽便插嘴說：「假如按照江湖上的規矩，我們再繼續找他們的話，就是不情不義了！」

駱駝不以爲然，說：「五千元就把我打倒了麼？況且我召集你們大夥到此，也不光只是爲那串項鍊或者是五千元紅包，我的目的原是下一個節目！」

夏落紅說：「下一個節目誰有把握？」

「假如沒有把握，我會輕易讓你給古玲玉逃掉麼？」駱駝說。

夏落紅臉上一紅。

「事情已經漸明朗化了！」駱駝說：「孫阿七應該佔頭功！」

孫阿七便說：「毛引弟夫人取得項鍊之後，大夥兒在『瑪娜瑪』餐廳聚合，那是一間猶太人開的俄式餐廳，前半截佔半間店面，還是伙食行！」

駱駝插口說：「孫阿七是監視著他們最後一個離開『威基基酒店』的查禮周，駕車至市郊，便將工具箱內收藏的鑽石項鍊取出，至『瑪娜瑪』餐廳和毛引弟會合，有趣味的事情便開始了，餐館的老板竟和毛引弟十分熱絡，他們好像老朋友般的，還進入餐館的辦公室聊事情，案情便可趨明朗化了，竊盜鑽石項鍊的幕後主持人，便是那餐館的老板！」

「嗨，那麼鑽石項鍊經過他過目之後立即就交還，他幕後主持這竊案是什麼名堂呢？」夏落紅非常不解地問。

「鑽石項鍊只是表現毛引弟一夥人幹竊案技術的憑證，好的節目在後面！」駱駝說。

夏落紅不肯相信，搖首說：「義父，你的腦筋太發達了，恐怕想得也太玄了吧？」

駱駝說：「幹我們這一行的，原是冒險家的生涯，押準了它便會像聚寶盆一樣，吃不盡用不完，假如押輸了呢，就當是『打茶圍』丟盤子一樣，嘻哈了之！」

夏落紅對駱駝所說的，仍不感到滿意。

駱駝指著那串項鍊，又說：「譬喻說，這串項鍊，價值就至少是十萬美金，我們平白得來，包括你們的旅費和一切的開支，什麼都夠了，『用他們的錢砸他們的肉！』只當做半投資，又何樂而不爲呢？」

驀地，電話鈴響了，駱駝很快的拿起電話聽筒，對方說的卻是「行話」，局外人不會聽得懂的，駱駝知道，是找查大媽說話的，便將聽筒交給了查大媽。

原來，查大媽發動了何仁壽的徒子徒孫嚴密釘牢了毛引弟那一夥人。

查大媽出的是最廉價的工資，但是工作的成效比雇用私家偵探還要突出，因爲「扒手幫」裡「三山五嶽」什麼樣的人物全有，尤其他們最擅長的技能，是能混跡在各種不同階層之中。

毛引弟等的一夥人在「瑪娜瑪」餐館用餐之後，即驅車到了市郊的一棟獨門獨院的普通住宅。

據說這間住宅在數天之前還貼有「FOR RENT」的字條，現在毛引弟和她的手下全體進去了，非但如此，「汽車售賣所」還給他們送來了一輛一九五五年出廠新修的「雪佛蘭」汽車。

很顯然的，毛引弟好像身負有什麼重大的任務。

汽車也是那幕後的操縱者送來的，那輛汽車有牌號，欲調查它的來龍去脈，並不怎樣困難。

在夏落紅還沒有由威基基海灘回來時，他們已經有情報傳給查大媽一次，說是那輛雪佛蘭汽車已經出動了，因爲他們沒有預備跟蹤的汽車，所以徒喚奈何。

駱駝聞說便另外出了錢，教他們到舊車廠去租了一輛較好的汽車停放在附近，以備不時之需。

不久，情報又傳來了，說是雪佛蘭汽車接回來一位穿黑衣的女郎。

駱駝便知道是古玲玉回來了，而且將夏落紅甩掉了，駱駝知道，夏落紅必會至「威基基酒店」去找尋的。

夏落紅在威基基海灘已玩昏了頭，根本「行情」已經不靈了，所以駱駝叫彭虎去將他接回來。

這時候，是第三次情報傳回來了。查大媽捧著聽筒，嘻嘻哈哈唯唯諾諾的，好像有重大的事情將要發生。不久，查大媽放下了聽筒，說：「今晚上他們有行動，那輛雪佛蘭汽車駛往珍珠港去了，毛引弟所有的人全在車上，他們的態度神秘，沿途上隨時停車故意檢查機件，以防有人跟蹤！」

「好消息來了！」駱駝拍著腿說：「下一個節目已經開始了。」

查大媽卻搖了搖頭，說：「依愚見，這件事情應該到此爲止，我們撈了一串鑽石項鍊，連旅費什麼都夠了，還何必擔驚險？駱駝，你也活到這把年紀，十多年前就已經收山，收入所得，足夠我們大夥兒安度餘年，毛引弟是老江湖，委屈到家，請你別再干擾她的事情，假如我們硬要插腳進去，便是

『不四海』了。」

「不！不！不！」駱駝連聲說：「現在是興趣問題，我們勞師動眾的，假如到此收手，豈不窩囊？」

「嗨！真是老天真，活轉頭了！」查大媽感嘆說。

駱駝又開始施計，說：「在這間旅館裡，必有刁探長的鷹爪佈伏著，我們要將他們擺脫！」

「前門出不去，唯一的辦法是我們爬窗戶！」孫阿七說。

「我有同感。」夏落紅說。

「好的！」駱駝說：「彭虎，你到樓下的櫃台去找帳房吵架，吵得愈熱鬧愈好！」

駱駝再關照孫阿七和夏落紅說：「你倆全有飛索的技術，可以由窗戶下去，我們在距珍珠港三里左右的公路上會合，等到彭虎一吵架，你倆就行動！」

查大媽沒聽到駱駝派她的差事，很著急，說：「我呢？」

駱駝說：「你與我同走，到何仁壽公館去裝著找麻將打，我們由前門進去後門出來，然後到公路上去和他們一起會合！」

不久，彭虎已在樓底下的帳房間發動吵鬧了，吵了還不說，還要揍人，帳房先生當然慌張，立刻打電話上來向駱駝報告說，他的一位同來的客人在樓底下發神經，找岔要揍人。

當然彭虎一鬧事，刁探長派出監守著他們的人必會注意。

駱駝便向孫阿七和夏落紅揮手說：「是時候了，你們可以開始行動啦！祝你們順利！」

孫阿七皺著鼻子，向夏落紅說：「你準備好了沒有？」

夏落紅說：「毋須要準備什麼東西，我們立刻就走！」

夏落紅爬繩索的絕技，的確已經不弱，只片刻間，他和孫阿七已經落到地面上了。他們由巷內溜出去，雇用出租汽車，趕往珍珠港去。

駱駝向查大媽一鞠躬，說：「老太婆，我們也該走了，要不然，彭虎那傢伙在下面不知道會鬧成什麼名堂了？」

駱駝和查大媽在帳房前出現，帳房先生趕忙趨上前打躬作揖地告饒，說：「駱教授，您的這位朋友，一口咬定我們的侍役要給他介紹應召女郎，其實我們的這間酒店，向來是規規矩矩做生意的，那會替客人拉這種皮條？」

駱駝一本正經，說：「假如爲招徠生意，哪一間觀光酒店會沒有應召女郎呢？你們的這玩笑也未免開得太大了，像我們這種老頭兒，倒還無所謂，獨身漢可受不了啦！」

帳房先生猛打躬作揖，在這種情形之下，他唯有自認不是。

駱駝便招呼彭虎說：「大塊頭，別鬧了，何大哥剛打電話來，他有大批的乾女兒，吵著要打麻將，六缺三，我們三個人去正好，十步之內必有芳草，天底下佳麗多的是，何必要在這裡吵？」

彭虎指著櫃枱上掛鐘說：「現在是什麼時間了？還去打麻將？」

「你別管，跟著我走就是了！」駱駝說著，便吩咐帳房說：「替我叫一部計程車！」

帳房先生唯唯諾諾，立刻從命。不久，汽車已在門前按喇叭。

駱駝便向彭虎擠眼，說：「我們就走吧！」

當駱駝和查大媽、彭虎三人走出了酒店，坐上汽車時，刁探長派下的幾個人卻感到恐慌。他們是奉命監視著這幾個人的，不能出什麼差錯，於是立刻分出去跟蹤，另一方面即和刁探長連絡，報告實情實況。

「現在，駱駝、查大媽、彭虎都已走出酒店，可是他的房間內仍留著兩個人……」

「什麼人？」刁探長問。

「夏落紅和孫阿七！」探員答。

「媽的，夏落紅不是帶了一位女郎在威基基海灘嗎？」

「不！在一個多鐘點之前，他和彭虎一起回來的！」

刁探長聽說，立刻讓連絡組和派出在威基基海灘上的探員連絡，查詢夏落紅和那女郎是否已經離開了酒店。

不久，消息傳回來了，古玲玉和夏落紅全失蹤啦。

刁探長幾乎要吐血而亡，這位賣水牛肉出身，花了近三十年才按部就班往上爬的華籍探長，跌坐在座椅之上，他患有「假性血壓高症」，現在完全變成了真血壓高啦。

「你們再看看夏落紅和孫阿七是否仍在酒店之內？」刁探長最後吩咐說。

不到幾分鐘，刁探長已經得到答覆，駱駝所租住的房間內，已沒有人跡了。

現在，刁探長最著重的線索，便是何仁壽的公館了，駱駝和查大媽彭虎三人離開了酒店就驅車往何仁壽的公館去。

據說何仁壽有著大批的乾女兒等著他們打麻將，其實那是謊言，何仁壽在事前根本不知道他們會光臨。

到了他們光臨時，將家中的人喚起來勉強湊了一桌麻將。

打麻將是國人的嗜好之一，在檀島也不算違法，只要不騷擾鄰人。

何仁壽公館甚爲寬敞，獨門獨院的，和鄰居隔開條巷子，麻將牌桌上鋪上了海綿墊褥就不會驚吵到鄰居了。

刁探長派出跟蹤著他們的人員，到了何仁壽公館去後，探首由那矮圍牆望進去，果真的他們是開了檯。

玻璃窗上現出的人影，有男有女，正在築方城之戲，彭虎是上了桌子了。

駱駝和查大媽可卻是由前門進後門出，溜出了巷子雇了出租汽車匆匆趕往珍珠港。

在一座十餘層樓的大廈上，正值天色尚未明的時間，大多數的人尚在夢中，一條飛索飛上了第九層樓，跟著一個人影往上爬。

那是古玲玉，她穿的是一身夜行衣，動作熟練快捷，像是一頭縱牆的黑貓，刹時，她已爬上了九層樓上的一扇窗戶。

窗戶是敞開的，玻璃窗也沒有關上。

房內是一個呼呼大睡的洋人，這傢伙很怪，他躺在床上，手腕上卻用鐵鍊銬上一隻笨重而巨大的公事包。
古玲玉不慌不忙，自腰間掏出了一小瓶的「哥羅方」，傾在一幅毛巾似的小手帕之上，灑滿了後，給那「洋赤佬」連嘴帶鼻給蒙上。
然後，她摸出百合匙，七配八換的，配成了鑰匙之後，對準了「洋赤佬」連著了公事包的手腕上的手銬匙眼插進去。
「咔嚓」一聲，手銬打開了。
古玲玉大喜，得到皮包之後，挾在腋下，收起哥羅方手帕，即匆匆的跨窗出去，仍然是由她的那樹掛鉤長繩下樓。她的技術動作是經過了長時間訓練的，比猿猴更爲熟練。
可是當她垂至了半空間，忽然的，自高樓上另垂下一條繩索，懸著繩的是另一個「黑衣人」，「啪」的一聲，如閃電似地將古玲玉腋下挾著的公事包奪去。
「小姐，借你的皮包一用！」那傢伙是飛賊出身的孫阿七，他的技術較古玲玉技高一籌。
古玲玉大驚失色，她還來不及伸手去奪回那被搶的皮包，孫阿七像蜘蛛垂絲曳網，落下去又昇高了，他貼著牆，雙腿一蹬一縱的，便像盪鞦韆似地，輕飄飄的飄到對面的大廈上去了。
古玲玉想追趕，但是她的能力達不到。
只見那奪了皮包的黑影，將鉤索收起，又沿著那所大廈溜了下去，刹時間，遁走在黑巷之中，不見蹤影了。

一隻滿載了各式各樣奇形怪狀藍圖的皮包，在駱駝所住的旅館房間內打開了。孫阿七、查大媽、彭虎和夏落紅都看不懂，究竟是什麼東西？但是它是晒製的藍圖，它的每一張紙上都有著軍事所用的代稱，符號、數字。

駱駝含笑說：「我說的沒錯吧？下一個節目，精彩就在此了！」駱駝說時又仔細地檢查了一遍那隻空皮包，突然，猛拍著它說：「嗯，這個皮包我認識，它是與我同天到檀香山的，可也真怪，當時我一看到它就有種特別的感覺，似乎覺得它是個可以發財的好寶貝，現在果然應驗了，哈……」駱駝非常得意的暢笑了起來。

「你可估計過它的價值？」孫阿七問。

「問題很簡單，毛引弟肯放棄那價值十幾萬美金的鑽石項鍊，而挑這隻公事包下手，它的價值該不至少於十萬元以下吧？」

「也許她們只是間諜組織？」夏落紅提出了意見說。

「不可能，毛引弟是標準老江湖，她的義女古玲玉所學的偷竊飛簷走壁技術都是來自黑社會，不過她們是被間諜組織雇用的，是毫無問題的了！」駱駝很主觀地說：「究竟是哪一方面的間諜，我們就不得而知了！」

「現在，我們又該如何下手呢？」夏落紅問。

「這個嘛，先要查明毛引弟究竟是被什麼人雇用的？她的幕後主使人是誰？」駱駝說。

「毛引弟的幕後主使人是『瑪娜瑪餐廳』的猶太人老板，不是已經很明顯了麼？」孫阿七說。

「間諜組織是很複雜的，絕不會這樣簡單地單線發展，毛引弟必會想到奪公事包的是我們，我們還怕他們不自動上門嗎？」

查大媽提出了相反的意見，說：「毛引弟一定會責怪我們不遵守江湖上的道義！」

駱駝呵呵大笑，說：「毛引弟母女如真是受人利用的話，她們應得的報酬，究竟應該是多少，我們絕對一文錢也不能佔她們的便宜，而且還要另賞佣金！」

「錢從何來？」夏落紅問。

「主持盜竊這公事包的，他們需要這些文件；它的失主，也急切要找尋失物；我們還愁鈔票不源源而來嗎？」駱駝說。

「哼！別太天真了，若搞得不對，弄個間諜的罪名被捕，那時候吃不完兜著走，坐電椅有你的份兒！」

彭虎一直在窗前瞭望，忽說：「那陰魂不散的刁探長又到了！」

駱駝不慌不忙，將文件收藏起，那隻公文皮包卻塞進沙發椅底下去了。

「刁探長這番來，是爲公文皮包還是爲那串鑽石項鍊？我們現在就可以下賭注了！」查大媽說。

「以刁探長一向是後知後覺的，公文皮包的問題，相信他仍矇在鼓裡！」駱駝笑嘻嘻地摸出那串鑽石項鍊交給了查大媽說：「這串東西，對我們而言，已失去了利用價値啦，照說也應該還給刁探長讓他結案消災了。」

不久，房門上有人在敲門了，不消說，那是刁探長，駱駝示意，彭虎即啓了門。刁探長還是那股神氣，啣著煙眼睛向房間的每一個人打量了一瞬。

「你們剛才每一個人都溜脫了。」他嘖著嘴說：「好像技術都很高明嘛！」

彭虎說：「我在何家打牌，一直有人監守著我，八圈麻將完後，又有人送我回來，真是寸步不離，愛護備至呢！」

「駱駝，你們哪裡去了？」刁探長問。

駱駝笑口盈盈，說：「鑽石項鍊已經有下落了，是好消息吧？」

刁探長神色一征，半信半疑地說：「是真的嗎？在什麼地方？」

駱駝說：「且別急，石油大王布魯克先生的二萬元懸賞及警署的二萬元懸賞和你的一萬元懸賞，歸什麼人所得？」

刁探長怪叫說：「誰說我出了一萬元懸賞？」

「沒有五萬元，鑽石項鍊取不回來的！」駱駝說。

「不過我可以靜靜的告訴你，布魯克離開檀島時已經將賞格增加至三萬元了！」

駱駝擊掌說：「有五萬元賞格，事情就好辦了，因爲它是失物所值的半價！」

「現在告訴我，項鍊在什麼地方？」刁探長很著急地問。

駱駝復又搖首說：「別急，懸賞是否應該我得？」

「假如你告訴我的情報是正確的，當然應該由你得！」

「丟那星，你不會食言麼？」

「絕不食言！」

駱駝喜形於色，又說：「什麼時候領賞？到什麼地方去領？」

刁探長的頭上冒著汗珠子，跺腳說：「你別煩人，反正項鍊尋獲之後，我寫出證明，你即到警署去拿錢，隨到隨給！」

駱駝即笑呵呵地招手說：「好的，我們就此一言爲定，你快跟我來！」

於是，他啓開了房門，領在前面，刁探長迫不及待，匆匆忙忙跟隨在後。

駱駝走下樓梯。

刁探長無可奈何，只有從樓梯追著下去，來到樓梯的轉彎處，駱駝卻停了步，伸手說：「你請！」

「什麼意思？」刁探長莫名其妙地問。

「你走下去，就可以取得鑽石項鍊了！」駱駝說。

刁探長像被耍猴把戲似的，按照駱駝的吩咐落下那層樓去了。

「站住！」駱駝吩咐說：「現在向左轉！」

刁探長一看，左轉是走廊，並不是再下樓梯的方向，「左轉到什麼地方去了？」

「向前走！」駱駝像喊操兵的口令。

「向前走到什麼地方去嘛？」刁探長再問。

「你要聽我的，否則怎能取得鑽石項鍊呢？」

刁探長像傀儡似的，再向前走，前面再出去，便是走廊的末端，有著一扇通出太平梯的窗戶。

「媽的，駱駝，你是故意整我麼？」他擰轉身說。

「立定！」駱駝再發號令。

刁探長非常惱火，但也立定了。

駱駝一本正經，指著刁探長，昂昂然地說：「現在，把你的左手，伸進西裝上衣的口袋去！」

刁探長按照駱駝的吩咐，真伸手探進口袋裡去，「咦？」他一聲怪叫，他的左手已觸著了一串長長的東西，摸出來，在燈下是亮晶晶的，一串鑽石項鍊！

刁探長楞了，再抬頭時，駱駝笑呵呵地說：「明天，我到警署裡去領賞格，假如你食言的話就是王八蛋！」他說著，裝出怪模怪樣，匆匆忙忙奔上樓梯去了。

「王八蛋……」刁探長咒罵。

原來，在房間內的時候，查大媽已經施了手腳，將一串鑽石項鍊，偷偷地滑進了刁探長的上衣口袋裡去了呢！

但是，只要鑽石項鍊尋獲，刁探長已經可以向上司交差了，甚至於還可以記功哩。刁探長不再找駱駝計較，匆匆下樓，回警署向上司報功去啦。

駱駝回到他的房間去。

夏落紅不滿意地說：「你把鑽石項鍊還給了刁探長，打算領五萬元賞金，但是假如刁探長黃牛，你又如何？」

駱駝聳肩，自荷包裡摸出了兩枚黃豆大的鑽石，皺著鼻子吃吃而笑，說：「我早施了手腳，將項鍊中最大的兩枚鑽石挖出來了。」

鑽石項鍊的主人已回國去了，誰也沒見過它的形狀是如何的，也沒估計過它的價值，上面少掉了一兩枚鑽石，誰會知道呢？

駱駝什麼時候施了手腳，弄了兩顆鑽石下來，大家全不知道。

這時候大家見到兩枚鑽石，都喜出望外，而且都在打主意。

查大媽心中想，用它鑲一對耳環，該多麼的好，于芃一定喜歡得很。

夏落紅也有想法，那兩枚鑽石正好鑲一隻S型的鑽戒……

駱駝忽地向他們搖手說：「你們別用一雙賊眼盯著這兩顆鑽石，我另有用場的！」他說著，又將鑽石收藏起了。

「義父恐怕是要把這兩枚鑽石送給克麗斯汀小姐吧！」夏落紅呶著嘴說。

「哼，別來這一套，我不吃激將法，反正這兩枚鑽石，我是要留著派用場的！」駱駝說。

查大媽也不高興，說：「照說，你應該將它送給未來的兒媳婦才對！你莫名其妙地把她的未婚夫弄到檀島來了！」

駱駝說：「不管你們說些什麼東西，我是說什麼也不給！」

刁探長興高彩烈的，駕著汽車回返警署，是時，天色尚早，局長尚未上班。

刁探長爲了領功，先將鑽石項鍊辦了歸案手續，還替駱駝打出了領賞格的證明，呈請局長批准。

豈料警察局長還未到天亮之時，就打電話來找刁探長，召他到局長公館去。

刁探長感到奇怪，莫非是局長大人的情報靈通，已經知道他將鑽石項鍊尋找回來了，招他到公館裡去加以獎勵吧？

他興致勃勃，取了那串價值十餘萬元的鑽石項鍊，駕著車便興匆匆地趕往局長公館去了。

走進門，還未及掏出那串項鍊，警察局長已經拍著桌子大罵。

「混蛋真混蛋！你幹的什麼探長？檀市的治安究竟是怎麼回事？」

刁探長大驚失色，又不知道發生什麼事情了，他自荷包之中摸出那串鑽石項鍊舉在局長的跟前，吶吶說：「石油大王失竊的鑽石項鍊我已經尋回來了……」

在燈光下，鑽石項鍊的確光彩奪目，使人眼花撩亂，局長將它一把奪下，扔在桌上，說：「現在石油大王的鑽石項鍊已無關重要了，珍珠港的海軍招待所丟了一件軍事秘密文件！」

刁探長一聽，魂都沒有了，幾乎要昏倒，真個是流年不利喲！為什麼可怕的事情全堆在一起了？

「軍事秘密是屬於ＦＢＩ的事情……」他說。

警察局長又猛擊桌子，「軍事秘密是被偷走的，九層高的大樓，居然有人進到窗戶內將文件偷走，哼！」

刁探長撫著腦袋，喃喃說：「是怎樣的公文？……」

「什麼樣的公文，關我們屁事，檀島出了大飛賊，我們就得負責，居住在海軍招待所的軍事專家，還是將那隻公事包用手銬銬在手腕上的，飛賊由窗戶進入，打開了手銬將公事包取走，復又由窗戶外出……」

「怎樣證明他們是由窗戶進來，又由窗戶出去的呢？」

「窗台上有著腳印！」

「盜取軍事秘密，除了國際間諜之外，不會有其他人，這恐怕和飛賊沒有關係吧……」刁探長說。

「也許飛賊被國際間諜買通了呢？」警察局長指著刁探長的鼻尖說：「我限你一個星期之內破案，否則你自寫辭呈！」

刁探長走出了局長公館，垂首喪氣地坐上汽車，忽地靈機一動，將問題想通了。

「媽的，準和駱駝那老騙賊有關！這個騙子忽然肯把價值十萬美金的鑽石項鍊歸還，只討五萬元賞格，這內中就含有問題！哼！必然是他有了新的買賣！」刁探長喃喃自語說：「這王八蛋，是以販賣情報起家的，而且他的黨羽之中，孫阿七就是飛賊之一，這案子和他們絕脫離不了關係！」

刁探長想通了問題，要以迅雷不及掩耳的方式搜查駱駝所住的旅館。

他用無線電話通知警署他的部屬，要立刻包圍駱駝所住的旅館，不得放走任何一個人。

駱駝的狡黠是著名的，假如他真個是這軍事秘密文件盜竊案的主使人的話，他該不會將文件藏在旅館裡，要逮捕他的話，應該有個罪名，無贓無證的，也許會鬧出事情來的。

駱駝在檀島結交的達官貴人也頗多，萬一鬧出了事情，他照樣的會砸飯碗。

好在關於軍事秘密的方面，是可以隨意逮捕人的，只要在廿四小時之內尋找出積極的證據，就可以治之以間諜之罪，間諜罪名是可能坐電椅的。

刁探長不敢逮捕駱駝，但是他決意逮捕孫阿七！

孫阿七是駱駝的有力助臂，駱駝失去了孫阿七，等於是「沒有爪的螃蟹」，沒法橫行了。

刁探長和他的部下同時趕至包圍了駱駝所住的旅館，但是駱駝的黨羽早已人去樓空了。

刁探長派在酒店裡負責監視駱駝一夥人的探員，被甩掉了，是旅店內有一名觀光客驚惶地要求櫃台馬上向警方報案，說是有竊賊偷進了他們的房間將行李竊走了。

櫃台立即向負責監視駱駝的探員報告，他們幾個人立刻過去一窺究竟，在此一剎那間，駱駝和他的黨羽全溜走了，之後，客人的行李在旅館的平台上發現，絲毫沒有損失。

不消說，這又是駱駝的詭計，誘開了警探們的注意力。

刁探長又撲了一空，駱駝溜走，等於斷了線，再找尋那個老騙賊的行蹤時，恐怕又要費上一番手腳了。

夏落紅奉義父之命，又重新來到「威基基海灘」，仍住在那間最爲華貴奢侈的「海灣酒店」裡。

夏落紅裝做一個失意人，也不知道他是失戀還是失掉了什麼東西，反正是每天酗酒，賭博和在海灘上呆坐。

這天，夏落紅又呆坐在沙灘上，倚著一株椰樹，裝出了疲乏的姿態在打盹。忽而，海灘上來了一位穿比基尼泳裝的絕豔中國女郎，膚色白皙嫩滑，差不多海灣上的老色迷都向她行注目禮。

那是古玲玉，她是奉毛引弟之命又重新來到這海灘的，要找夏落紅，以刺探在珍珠港半空間搶奪她們竊到手的軍事秘密的惡賊，是否是駱駝等的一夥人幹的？「嗨，你怎麼還沒有離開威基基？」古玲玉故意問。

「啊，古小姐，我想煞你了，這兩天，你溜到什麼地方去了？」夏落紅扮傻說。
「乾媽找我有事，非得趕回檀市去一趟不可……」
夏落紅以苦戀者姿態，抱著古玲玉就要接吻。
「嘖嘖嘖……海灘上這樣多的人，在眾目睽睽之下，多難爲情？」她嬌嗔說。
「唉，在美國這地方，是無所謂的！」夏落紅故意說。
「我們何不回酒店裡去？」
「我等不及了！」
古玲玉掙扎，推開了夏落紅，說：「我才不相信你一直在海灘上等我呢！」
「我能到哪兒去呢？」
「你沒回檀市去麼？」
「我到檀市去幹嗎？尤其是義父將你交給了我，我又並沒有什麼對你不住的地方，爲什麼不辭而別？把我一個人扔在海灣酒店？」
古玲玉笑了起來，說：「你有義父，我有義母，義母讓我回檀市去有重要的事情，我不得不去呀！」
「那你是故意撇開我的了，但是我該向義父怎樣交代呢？」夏落紅說。
「你的義父，也對你那樣的嚴麼？」
「可不是嗎，你有養母，該也知道做人養子的苦痛！」
「可憐的傢伙！」

「你也不見得是幸福的人啊！」夏落紅站立起來，扯著古玲玉向觀光酒店走去，「我實在等不及了，等不及，要痛吻你一番！」

「色狼！」

「任由你怎樣罵我都好！」

走進那所觀光酒店，他們原先所租用的兩間豪華的套房，仍然是由夏落紅租用著。

夏落紅進飯店便吩咐侍役擺餐，並要了香檳酒。

古玲玉說：「我需要先將身上的鹽水洗淨！」

夏落紅也說：「我也在海水之中泡了一整天，也需要沖個澡，但是我有著一個信念，你是會回來的，所以今天看見你，我很高興！」

於是，他倆分別各自回房去。

在這段時間，古玲玉趁機向侍役打聽，夏落紅究竟有沒有離開過海灘酒店？

侍役是早被夏落紅買通了，說：「他是個癡心漢，他深信你一定會回來，所以一直在此地寸步不離！」

古玲玉歷世不深，半信半疑。

經過沐浴後，她穿著睡衣，趨進了夏落紅的套間。

是時，晚餐已經在夏落紅房間內擺好，還開了香檳酒。

夏落紅油頭粉臉，穿了一套紫紅色的睡衣和睡袍，渾身用古龍水灑得香噴噴的。

古玲玉有了戒心，她擔心著這色狼會有不軌的企圖。

「玲玉小姐，今晚上我們應該痛快喝一杯，因爲也許到了明天，不是你死了，就是我死了。」夏落紅打開了酒瓶，邊斟著酒，邊說。

古玲玉大愣，說：「爲什麼？」

「你的乾媽昨晚上去竊盜美軍的軍事秘密，她失手了，幾乎被擒，現在我和你又交了朋友，大家都有坐電椅的可能！」夏落紅說。

「你別胡鬧……」

「事實就是如此，我幹嘛要騙你呢？甚至於我懷疑那爬樓偷文件的就是你，因爲只有你有這樣的技術！」

古玲玉被唬楞了，說：「你怎會知道的？」

「義父今天早晨給我電話！」

「那麼在半空之間奪走文件的是你們了？」古玲玉說。

夏落紅故意露出了驚詫之色，說：「怎麼？你們竊盜到手的文件又被人奪走了？該死，是誰幹這樣的事呢？」

古玲玉怔對著夏落紅，也搞不清楚他說的話是真是假？那是由於缺乏經驗的關係，她著實沒有把握呢。「你裝蒜麼？究竟是真不知道或是假的不知道？」她問。

「嗨！假如真有這樣的事情？我們一定設法替你奪回來！」夏落紅一本正經地說：「經過的情形是怎樣的呢？」

古玲玉將經過的情形詳詳細細複述了一遍。

夏落紅連喊可惜不已，「你們可有希望再將文件奪回來？」

古玲玉微有慍色，說：「你不必擺噱頭了，一定是你們搗的鬼！」

夏落紅雙手亂搖，說：「呃！稍安勿躁，我們現在是一條陣線上的人了，應該聯合起來，對付外侮，相信憑我們雙方的力量，將文件奪回來並不困難！」

「其實，你們只須將文件交出來就行了！」

「唉，你小小年紀怎可以血口噴人？要知道我並未離開過酒店半步，有酒店的侍役爲證，怎會對你們奪取文件呢？」

古玲玉又糊塗了，說：「不可能和你們沒關係的！」

夏落紅含笑，取起酒瓶，斟滿了兩杯酒，他自己先乾了一杯，又在餐盆上撕了一條雞腿，邊說：「急也沒有用呀，我們慢慢的商量吧！」

古玲玉呶著嘴，賭氣說：「毛夫人很惱火，她說你們的一夥人，毫無江湖道義可言，爲那串鑽石項鍊，只因爲我瞎了眼睛，看錯了對象，將駱駝教授誤當做『土老凱』，惹來了一身的痲煩。但是事後，我們已經將鑽石項鍊完全奉贈，另外又送紅包五千，換句話說，等於是低聲下氣，委屈求全了，但到最後，你們仍然來給我們搗亂，豈算是道上的朋友？」

夏落紅笑了笑說：「這樣說來，你是奉毛引弟夫人之命，又重新來到此地的了？」

「坦白說，是的！」

「嗯！」夏落紅說：「我也打開天窗說亮話，鑽石項鍊已經物歸原主，送還警署去了！」

「真送還給警署了麼？」古玲玉驚愕地說。

「要知道，爲這串項鍊，多少靠三隻手指頭吃飯的朋友，挨了『修理』？我們交還項鍊，等於是做了好事！」

「哼，你們也像做好事的人麼？」古玲玉真生了氣！

「別焦急，在文件還沒有下落之前，我們好好的商量，也或許有挽回的餘地呢！」夏落紅邊嚼著雞腿，邊嬉皮笑臉地說。

「唔？你們有什麼條件，只管說罷！」

夏落紅借著酒意，上前雙手兜住了古玲玉的腰，又說：「既然需要合作，又何必傷和氣？坐下來，我們好好的磋商一番！」

古玲玉急忙甩開他的一雙手，說：「毛夫人叫我談條件來的！」

夏落紅一聳肩膀，繼續飲酒，又說：「你首先應告訴我，你的一身飛索絕技，是誰教授你的？」

「這些你管不著！」古玲玉發嗔地說：「我們要立刻取還文件，開出你們的條件吧！」

夏落紅一把揪住了古玲玉的膊胳，正色說：「我們的條件就是要知道誰是你們的幕後主使人？誰教你們甘冒坐電椅的危險，盜竊軍事秘密呢？」

古玲玉大驚失色，夏落紅便去吻她的臉，又說：「像你這樣美麗的女郎，坐上電椅，該多可惜！」

古玲玉畢生之中還未有經過異性的這種接觸，一時方寸大亂，急忙掙扎開，如飛似地奔回她的寢室去了。

夏落紅借酒裝瘋，緊追在她的背後，又是嬉皮笑臉地說：「古玲玉，你是一個可人兒，憑你的美貌和你所練就的一身工夫，到處都可以吃飯，何需要冒這種危險被間諜利用？……」

古玲玉砰然地將房門關上了，她堵在門上，心在怦怦的跳。

夏落紅守在門外，繼續說：「古玲玉，誰是你們的幕後主使人？請告訴我，讓我們和他周旋，這就是最重要的條件之一！」

古玲玉芳心大亂，夏落紅所提的問題關係至大，在她還沒有向毛夫人請示之前，她不敢擅自作主，隨便地就告訴了夏落紅。

「古玲玉，在今晚上，你必須回答我的問題，否則你不再有機會了！」夏落紅仍在門外叫著。

古玲玉心如鹿撞，扣上了門閂，她沒有勇氣再和夏落紅說任何一句話，悄悄地爬上了床，倒臥床上，許多奇異的問題翻覆在她的腦海之中。

「古玲玉，假如你不開門的話呢，我會衝進你的房間的！」夏落紅仍在門外說。古玲玉沒有做聲，只以大被子蓋住了頭，也不知道過了多久，門外始沒有聲息了，夏落紅好像離去了。

古玲玉在床上，輾轉反側，怎能睡得著呢？夏落紅所說的是對的。

她們冒著生命的危險，究竟是爲什麼？古玲玉是隨她的義母「出山」的，頭一次做案就如此的不順利。

幕後的主使者究竟是誰？連古玲玉也搞不清楚。

她曾經隨義母在「瑪娜瑪餐廳」和那名猶太人老板磋商過好幾次，如何盜竊美國海軍招待所內那名神秘客人的秘密文件。

招待所的建築圖形，週圍的地勢和環境，守衛者的交班巡防的情報，也完全是由那位猶太人老板所供給的。

這傢伙雖然出面連絡指揮，但是他仍然隨時要向某一方面請示，毛引弟和古玲玉每次和他磋商時，有了問題就見他撥電話，說些什麼誰也沒聽見。

相信和他通電話者，才是真正的幕後操縱者。

沙哇奴爵士慈善舞會的鑽石項鍊竊案，就是那位猶太人餐廳老板指示毛引弟和古玲玉去幹的。舞會的請帖和一切費用也全是由那位猶太人供給，這只是一項「技術性」的示範表演，主使者要看過她們的手法才肯給她們特別任務。

古玲玉的手法做得乾淨俐落，只可惜錯看了駱教授其人，「功虧一簣」，反而惹來了更大的紕漏。

古玲玉正在想著，忽而，聽得窗外似乎有點聲息，她的出身是「夜行人」，任何聲息她即會警覺。

那扇窗戶，是面對著後街的，和夏落紅所住的房間正相連。

古玲玉揭開被單，只見黑黝黝的一個人影自半空中飄盪過來。

那是夏落紅呢，這傢伙大概是喝醉了酒，正利用飛索的技術，爬窗戶要進房來了。古玲玉大驚，急忙爬起身來打算去關那扇窗戶，但是夏落紅已經竄進窗內來了。瞧夏落紅的飛索技術，和那天晚上在半空中奪取她的秘密文件的「黑衣人」技術相同，同時，和她的「師山」也是一路的。

「古玲玉，你阻擋不了我的，你得回答我的問題！」夏落紅笑嘻嘻地說，已經在房間內立定了。

古玲玉不樂，說：「原來你也懂得這一手！」

「當然這也不是你們的獨門技術！究竟你是哪一個『山頭』呢？毛引弟是否就是你的師父？」

「這？你管不著！」

「但是你所學的，其中尚有缺點呢！」夏落紅說：「很容易會在半空中失手的！」

古玲玉含忿說：「你少嚕嗦，快滾出我的房間去，否則我要高喊救命！」

夏落紅嬉皮笑臉地說：「我假如害怕的話呢，也不會爬窗進來了，就算你的嗓子更尖，驚動了左右鄰舍，我被莫名其妙的人擒住了，送到警署，頂多我也不過被判個非禮罪或意圖強暴未遂；但是假如我要檢舉你的罪狀的話，要知道，你竊盜美國國家的軍事文件，海軍招待所內有你的指紋和足跡，FBI正在調查，危害國家的安全，是什麼罪刑？」

古玲玉歷世不深，立時被嚇住了，啞聲問：「什麼罪刑？」

「坐電椅，連你的乾媽、金煥聲、凌荊、查禮周，各處十年以上，或是無期徒刑！」夏落紅說。

「你說鬼話，你懂得美國的法律嗎？」

「家父駱教授，是法律系的教授，我不懂，他全懂！」

「你別嚇唬我……」

「我絕不嚇唬你，其實我是愛你的，自從那天晚上和你見面之後，我就一見鍾情，無時無刻不在惦念著你，我爲你，內心之中熱情如火，神魂顛倒，廢食忘寢，只爲你的安全和未來的前途著想……唉，你又何必爲國際間諜賣命，我愛你，愛你，愛你……」他一把摟著了古玲玉的纖腰，以餓虎撲羊的姿勢狂吻。

古玲玉正値情竇初開年華，經不起夏落紅的挑逗，她癱軟了，半推半就，接受了夏落紅的熱吻，雙目緊閉，羞人答答，像一頭待宰的羔羊。
夏落紅像久旱逢甘霖，窮兇惡極，除狼吻之外還加上愛撫。
古玲玉如癡如醉，一切半推半就……

刁探長因爲美國海軍招待所的秘密文件失竊，被警局長一陣痛斥，以「打太極」的手法，將責任全推在刁探長的身上。
刁探長尋獲的鑽石項鍊已經是無關重要了，最著重的是尋找那軍事機密文件的下落。
刁探長漏夜趕至駱駝所居的觀光酒店去，但是這批王八蛋早已人去樓空了。
刁探長撲了一空，夏威夷是有著無數的島嶼，這幾個可惡的傢伙躲到什麼地方去了？竟無從捉摸。
美國聯邦調查局的特務人員也已經開始調查這樁軍事秘密失竊的怪案。
他們所獲的資料，是該海軍招待所出事房間內的足跡和指紋。
足跡所留的痕跡甚小，指紋也不多，證明了攜秘密文件的官員曾被「哥羅方」迷魂，但是足跡和指紋都沒有用處。
夏威夷是世界著名的觀光勝地，往返的旅客每日多若蚊蟻，過境的旅客是不用留指紋的，所以有了指紋也沒有用處。
這件怪案，首先被扣押的是攜帶軍事機密文件的那位官員，他會在丟失「國家機密文件」的罪名下而受審判。

檀島所有的治安機關全是焦頭爛額，「限時破案」的命令一道接一道的猛下。刁探長自命聰明，他唯一的線索就是在駱駝身上。

駱駝是因爲「情報販子」一案名氣鬧大了，騙子是應該「有門有路」的，爲什麼會拖進國際間諜的案件之內？使得全世界聞名，任何國家的治安人員生畏？

刁探長發揮了他的「治安」力量，在整個歐胡島，找尋駱駝下落。但是狡獪的大騙子駱駝和他的手下人竟不知道躲到哪兒去了，刁探長枉費心機，毫無所獲。

駱駝究竟哪裡去了？

怪事，他在得到那份軍事機密文件之後，竟真的去渡假養病啦！

在威基基海灘稍遠接近鑽石山，又不到恐龍灣的那一帶乃是威基基海灣，除了豪華建築的觀光酒店之外，還有許多的漁民住戶，他們也是適應環境，成爲變相的「觀光酒店」了。

許多自遠道而來的客人，就愛租借這些漁民的「別墅」作爲居留之地，它的租費極廉，借住上一月半月絕「不傷脾胃」，還由房東供應伙食呢！

所謂的伙食，全是海鮮，「靠山吃山，靠水吃水。」漁民們每日均出海捕漁捕蝦，售給市場不若售給旅客爲高，因之，這些免納稅的「觀光旅館」，比任何的生意更爲興隆。

駱駝、查大媽、彭虎，全寄住在威基基海灣附近的漁村裡，每日均以吃喝玩樂的姿態出現。

他們一則是監視夏落紅的動靜，免得他經不起考驗，向女色歸順了。二則是逃避官方的騷擾。只有孫阿七一人是留在檀島市上，孫阿七有他飛賊幫的弟兄給他掩護。

孫阿七的任務便是釘牢了「瑪娜瑪」餐廳的那位稱爲猶太人的店主。

經調查後，那位猶太人的姓名甚怪，稱爲「奥堪波羅斯拉矢夫」。

孫阿七要注意的是這位「奥堪波羅斯拉矢夫」先生，經常和一些什麼人接觸？因爲他好像就是毛引弟夫人的幕後主使人之一。

但是在奥堪波羅斯拉矢夫先生的背後，好像還另有主使人呢。

「瑪娜瑪餐廳」的生意並不好，甚爲清淡，它每日所有的客人極爲有限，總是那麼幾個人。

孫阿七得到「同門」的弟兄們掩護，在「瑪娜瑪餐廳」的對門找到一座出租的空屋，在那兒住下，日以繼夜的窺探著「瑪娜瑪餐廳」，和它的主人奥堪波羅斯拉矢夫的一切動靜。

毛引弟夫人曾到該餐廳去好幾次，孫阿七看得清清楚楚。

當然，每一次毛引弟夫人和奥堪波羅斯拉矢夫都是不歡而散的，不用推測，就知是爲那失竊的文件下落的問題。

毛引弟夫人已經是敗北者，已無足重視，孫阿七著重的是要尋出誰是奥堪波羅斯拉矢夫的幕後主使人？

孫阿七寸步不離地守候了好幾天。

「瑪娜瑪餐廳」經常出進的客人他全注意到了，有些是居住在附近的客人，在那兒喝一杯咖啡，或是附近的公務員在那兒包一頓午餐的伙食。

孫阿七在外混了這麼多年，閱人多矣，根據由駱駝處學來的看法，他直覺地覺得這些人並無可疑之處。不過，在那間餐廳側門的地方附設的伙食行，經常進進出出的顧客倒是挺複雜的。

尤其有三四個人，每當他們出現在孫阿七望遠鏡的玻璃片中時，孫阿七馬上有面善之感。

「是在哪兒見過的呢？」孫阿七曾一再的反覆思考，他自認腦筋遲鈍了，這樣面善的人，竟然會想不起來是在什麼地方曾見過面？

當然，這不會是未來檀島前的事情，在過往的經歷中，一見如故的朋友，可稱爲是「老友記」了，這些半新不舊的臉孔必定是在檀島新見面的！

孫阿七憑他作案的經驗，發現了這一要點，就是那幾個似熟非生的臉孔，他們每次至「瑪娜瑪餐廳」附設伙食行購物時，都是乘汽車大模大樣而去的。

他猛然拍了大腿，詛咒說：「媽拉個巴子，沙哇奴爵士古堡大廈的廚子……」

事情便非常的顯明了，沙哇奴爵士古堡大廈的廚子每天均到「瑪娜瑪餐廳」來採辦伙食，也藉此機會和奧堪波羅斯拉矢夫交換情報。

孫阿七有了這樣的想法，就得立刻和駱駝傳遞消息，同時，他想起了沙哇奴爵士古堡大廈銅人盔甲內的神秘機件，也許那些古怪的機鈕，就是全案的關鍵了。孫阿七便離開崗位親赴威基基海灣去。

駱駝在漁村的簡陋別墅內聽得孫阿七的報告之後，喜出望外，格格大笑說：「我就猜想是這麼回事，事情在那兒發生，就在那兒了！」

孫阿七說：「假如我研判沒錯的話，沙哇奴爵士古堡內，兩尊盔甲銅人裡的機關，就是他們幹勾當的總樞紐！」

「這並不難查出！」駱駝說。

查大媽不以爲然，說：「你活了這把年紀，什麼樣的風頭和把戲都全玩盡了，幹嘛還去冒這種險呢？醫生叫你到夏威夷休養，是調養精神和身體來的，不是教你賣老命呀！」

駱駝搖首說：「我們每個人的腦筋都有智慧的發條，若發條停止走動的話，是會生鏽的！」

「你偌大的一把年紀，還是老命要緊！」

「活著的人假如不去運用智慧的話，活著，也等於白癡！」

於是，駱駝和孫阿七等人研究，該如何混進沙哇奴爵士的古堡裡去？再實行調查那兩尊盔甲銅人的機關以得到明確的答案！然後毛引弟的幕後主使人，甚至奧堪波羅斯拉矢夫的幕後主使人，都可以一網打盡了。

「沙哇奴爵士是個好色君子，克麗斯汀還是有著她的利用價值！」孫阿七說。

「對，我們還是走老路，利用克麗斯汀，比較容易著手！」駱駝說。

他立刻下決心，要馬上趕回檀市去。

查大媽說：「那麼夏落紅該怎麼辦？讓他獨個兒和古玲玉窮泡麼？夏落紅的性格我們大家都了解的，他看見女人就等於蒼蠅沾了糖，遲早不是被殺，也要忘記生辰八字的！」

「唉，查大媽，夏落紅最近非常的進步，你別把他看扁了，這偏見，純是你爲于芃著想呢，其實一個男人，除了有妻室，或未婚妻之外，偶而是應該有『外快』的……」孫阿七說。

「呸！剪舌頭的孫阿七！你遲早死了就爛得剩這張嘴巴！」查大媽說。

他們一行人，乘汽車回檀市，孫阿七仍然權充司機，在他們一夥人之中，只缺夏落紅，查大媽獨對夏落紅不放心，但駱駝卻毫不介意。

駱駝首先要找到克麗斯汀，但是這位在檀市著名的交際花寓所內的女傭說：「克麗斯汀小姐到沙哇奴爵士的別墅去了！」

駱駝嘖嘖稱奇，到底，交際花有交際花的手段，克麗斯汀竟然獨自到沙哇奴爵士的古堡大廈去了。究竟是沙哇奴爵士約她去的？還是她自動去走動的呢？沙哇奴色瞇瞇的程度，克麗斯汀不會看不出，難道說，克麗斯汀是自動送上門去麼？

沙哇奴爵士若真的是「國際間諜」的話，又豈會輕易上克麗斯汀的當？

駱駝也正好有藉口，爲找尋克麗斯汀到沙哇奴爵士的古堡大廈去。

孫阿七是充當司機的，他輕車熟路，疾駛往沙哇奴所擁有的農場上去。

不久，汽車已來在那棟年代頗爲古老的堡壘型大廈的門前停下。大廈內的傭僕，好像是意外來了客人，慌慌張張地出來迎接。駱駝跨出車廂，說：「我是來迎接克麗斯汀小姐回去的！」

傭僕們立刻認出這位教授，將他們一行，迎進了客廳，斟茶遞煙倒酒。

「克麗斯汀小姐和沙哇奴爵士騎馬出遊去了！」一位穿大禮服的老僕人答道。

這位老僕人，因爲曾在彈子桌上贏過駱駝五十元美鈔，所以顯得特別的客氣。

「天色已近傍晚，相信他們也該回來了！」駱駝說。

「沙哇奴爵士已經吩咐好，他將在七時半左右和克麗斯汀小姐共進晚餐！」

駱駝毫不客氣地說：「多預備幾個人的晚餐，我們也不打算走了，預備在此盤桓到半夜，我高興和你們打彈子，有誰高興和我比較兩盤？」

「在下願意奉陪，我們來三盤，以一百五十元爲賭注，三打兩勝！」

「打三盤彈子恐怕時間不夠，你的主人很快就要回來了呢！」駱駝說。

「不，主人回來的時間是七點左右，我們有玩兩盤彈子的時間，在這時間內，我要贏足兩盤！」

「你這樣有把握麼？萬一是兩盤彈子一比一怎辦？」

「我是有把握才和你賭的！」

「萬一是一比一時，你的主人回來，該怎麼辦？」駱駝又問。

第五章　情報掮客買賣

「那麼算是平手，大家不傷和氣！」那老僕人說。

「沒有輸贏該多麼的沒勁！」駱駝裝出掃興的樣子。

「我是十拿九穩贏你的，這樣，如在七點鐘之前，一對一平手，我算輸你十元！」老僕說。

「十元多沒勁！」

「那麼二十元！」

駱駝說：「一二十元的賭注太小了，這樣，我們以五十元一盤為基數，假如在你的主人回來時，我們是一比一和局，你輸我五十元！」

那老僕搔著頭皮，說：「好的，但是假如在主人回來時，我第一局贏你，第二局我佔上風，你仍得輸我一百五十元！」

駱駝說：「這樣我豈不是太吃虧了？」

「好的，我們就此一言爲定，我們要找出兩個公證人，各自指定一個人！」

「一句話，我們兩人先將一百五十元交給公證人，所有的條件大家不得反悔！」駱駝即摸出一百五十元交給查大媽，邊說：「我的公證人就是查大媽！」

老僕也找出了公證人，是大廈內的廚子，他也交出一百五十元，說：「我們雙方均不得賴皮！」「我姓駱的，是堂堂的教授，怎會賴皮呢？」

於是他們雙雙磨拳擦掌，挑選了球桿下場，猜拳是駱駝輸了，由他先開球。駱駝的頭一桿，便是來了一個「炸彈開花」，打得滿桌的各色球亂滾。

打了好一陣子，忽然，戶外起了一陣急疾的馬蹄聲響。

已落居下風的老僕人一驚：「主人回來了……」趁機扔下了球桿便跑。

「王八蛋，你別賴皮！」駱駝咒罵說。

果然是沙哇奴爵士和克麗斯汀小姐騎馬回來了。

沙哇奴爵士聽說他有客人在彈子間內打彈子，便匆匆的趨進彈子間裡來了，當他一看，所謂的客人，就是那老騙子駱駝時，大爲憤懣，說：「你怎麼又來了？」

駱駝說：「我是來接克麗斯汀小姐到威基基海灣去的，那兒有慶祝豐收的嘉年華會，熱鬧非凡，我們是觀光旅客，豈能放過這個機會？」

克麗斯汀一直認爲駱駝是個奇人，而且給她的好處不少，所以，她在看見駱駝時，雀躍得幾乎和駱駝擁抱。

駱駝也自作風流狀，和克麗斯汀擁抱，去香克麗斯汀的臉頰。

招呼打完之後，駱駝向沙哇奴爵士說：「不管你的家法是怎樣的嚴明，但是你的傭僕可全是賴皮貨呢！賭球輸了一半，你一回來便溜走了！」

克麗斯汀小姐說：「駱教授，你要賭球，應和強者賭，像爵士這樣球技高超的人，才是你的對手，贏下人的錢，又有什麼意思呢？」

「沙哇奴爵士已是敗兵之將，沒什麼好賭的！」駱駝說。

「我的主人是個君子人物，穩操勝券的賭博他是從來不賭的。」查大媽插口說。

沙哇奴爵士經不起激將，說：「駱教授，我們以三盤兩勝，賭三千元！」

駱駝哈哈大笑，說：「沙哇奴爵士，你已經輸過一次了，難道說，你還要再冒險麼？」

沙哇奴大怒，說：「今天的比賽，你就沒有這樣好的運氣了！」

駱駝向克麗斯汀說：「今天假如我贏了，三千元賭注完全是你的，你敢代替我下賭注嗎？」

克麗斯汀一聽說要她拿出三千元來下賭注，不禁有點猶疑。

但查大媽立刻啓開了皮包，說：「她不來我來，我有三千元現鈔，就下此賭注！」

駱駝故意做出輕浮之狀，在克麗斯汀的耳旁輕聲說：「我的女秘書已經替我下了注，不過我贏了沙哇奴爵士的錢，我還是送給你的！」

克麗斯汀大喜，登時媚眼猛向駱駝拋，一面孔死要錢的樣子。

沙哇奴爵士在克麗斯汀的面前，爲了表現他的不在乎，立刻打開皮夾子取出三千元現鈔，扔在桌上，說：「這是我的賭注！」

於是賭球開始，由駱駝開始打第一桿，他還是以老方式，打了一記「落地開花」，滿桌球亂滾。

沙哇奴爵士沒得到好的機會，「虛幌一槍」球碰球，沒有得分。

駱駝首開紀錄，紅球跟著「巧克力」色球落袋，領先了四分，沙哇奴爵士也撞球落袋，一紅一黑，得八分，反領先四分，駱駝不慌不忙藍球落袋得五分，又一分超前。

在場之客人，查大媽和克麗斯汀小姐全部希望駱駝得勝，沙哇奴爵士手忙腳亂，打了一記「賣拉斯」，倒扣四分，便是輸五分了。

駱駝便顯了神威，一桿打了十分，便是領先十五分了。

克麗斯汀為了駱駝所允諾的一句話，賣足力氣，猛拍馬屁，嗲聲叫好為駱駝加油，更惡劣的是沙哇奴爵士一打球，她就開汽水。

沙哇爵士又氣又妒，為了表示大方，便向克麗斯汀小姐說：「你別亂起鬨吧，我假如贏了駱教授的三千元還是贈送給你的！」

克麗斯汀小姐大喜，說：「這樣對我是太好了，可是現在是駱教授領先呢！」

在這時間之內，由於球賽緊張賭注又大，所有大廈裡的傭工全來作壁上觀，使整間的古堡大廈，又成為真空狀態。

孫阿七是最懂得運用時機的，立刻溜出傭間後門，跨窗戶進入大廳，來至那兩尊盔甲銅人把守著的客廳的大門間。

他先行摸索，要了解那尊盔甲銅人的甲冑內究竟安裝著的是些什麼東西？「間諜機關」的佈置，都非常的可怕，萬一誤觸，警鈴大作，就會誤事，露馬腳了。

孫阿七是藝高膽大，以試探性地伸手進內去撫摸，那裡面有三道樞紐。頭一道，孫阿七不去碰它，他大膽地去扳第二道，只聽「嗆」的一聲，在那扇門另端的銅盔甲人來了個大轉身，只見那盔甲人的身背後，現出了一扇洞門，足可供一個人的出入。

孫阿七大喜，這不是機關密道還是什麼？但他心中想，在沙哇奴爵士古堡，男女傭工不下好幾十人，不可能每一個人都是「國際間諜」，他欲進入密室時，不可能將此洞門大開，內中必有蹊蹺。

孫阿七膽大心細，第一個樞紐絕對不能去碰它，孫阿七在這畢生之中，幹這一號的買賣幹多了，上當也頗多，從來第一個樞紐都不是好玩意。

他便伸手去扳第三個樞紐。

哈，怪哉，只見那盔甲銅人像兵操似的，一拐一正，重新貼在牆上恢復了原狀。「嗯！這就是了，第一個樞紐，有什麼把戲不得而知，第二個樞紐是『大開門』，第三個樞紐大約是『一開自關』……」

孫阿七有了把握，便再次的去扳第二個樞紐，他有意要進那扇門去。

是時，彈子室內又起了高潮。

孫阿七在此空檔時間內溜進了密道，那密道是漫長的，走了一節道路之後，要落石級向下走，那便是古堡大廈的地窖了。

地窖底下，通路甚多，很難搞得清楚什麼道路，橫七豎八的，孫阿七是個精明人，他每走過一條通道的門口時，都用粉筆在牆門上留了一個記號，以作退路。

即使是一個技高膽大的人，走進這樣的地窖，也會心驚肉跳！

伸手不見五指，在這樣的情況之下，會有誰去摸電燈的開關是裝在哪兒呢？

孫阿七是隨身攜帶夜行裝備的，尤其是照明的小型電筒和硫磺火炬用物，但孫阿七不敢隨便運用，萬一地窖內有著沙哇奴的爪牙留藏著，很容易就會穿幫了。

他慢慢地摸索前進忽地來至一間敞廳，這地方甚爲寬敞，嗅覺中傳來了機器油的味道，但就是聽不到有人的聲音呢。

孫阿七靜了好半晌，然後始才摸出手電筒向四下裡一照射，嗨，他媽的！好龐大一個地下室，它下面擺了許許多多的機器，有電報機、接收機、雷達掃射機、電子計算機、和一些難以了解的，不知是些什麼名目的機器。

這不是間諜機構，還會是些什麼名堂？

孫阿七不覺欽佩駱駝的眼光獨到，在這樣防衛森嚴的古堡內，修建有地下室，規模是那樣的宏偉，又有這樣多的電訊設備裝置著，不是「國際間諜組織」，會是什麼呢？

在這段時間內，駱駝和沙哇奴的球賽仍在繼續進行。

駱駝是很奇怪的，他不需要領先，也不需要落後，一直保持了「拉鋸戰」，一兩分超前或是一兩分落後，很能控制局面——這是主動的打法。

古堡大廈的員工，自然爲沙哇奴加油的，可是克麗斯汀也替駱駝加油，這位美豔的金髮女郎，很能領導情緒，經常她的一舉一動會引起哄堂大笑，影響了雙方的心情。

此時，孫阿七已經自地道遁出來了，全場的人都在注意著這場緊張球賽，只有駱駝注意到孫阿七在門首向他打手勢，表示已經調查出內中的蹊蹺啦。

駱駝便要速戰速決了，他突然間好像變成「郎中」了，每一記球都打得十分古怪，而且必擊中入球，剎時間，他已是遙遙領先。

沙哇奴爵士心慌意亂，又打了一記滑桿，扣四分，他氣忿地扔下球桿，投降了這一局。

「駱教授，我們再賭一局！」他悻然說。

駱駝看了手錶，說：「爵士，我們全都沒有吃飯，我餓了呢！」

沙哇奴說：「我們吃完飯再較量吧！」

晚餐已經擺開，沙哇奴爵士哪還有心緒進餐，他多喝了幾杯酒，由於他心情不愉快，喝的是悶酒，更是迷迷糊糊的了。

孫阿七在窺過地下室之後，出到宅外坐回汽車之中，這時候，他也被召進宅內共同晚餐。

餐後，駱駝道謝告辭了。

沙哇奴爵士說：「不再比賽了麼？」

駱駝說：「是克麗斯汀小姐不願意比賽了！」

克麗斯汀小姐也向沙哇奴爵士致歉意，說：「我在晚間還另外有事情，恕我失陪了！」

克麗斯汀拿得支票之後要告辭，最後的一局球便比賽不成啦。

沙哇奴爵士在無可奈何的情況之下，只好送客。

隔天，刁探長代表了官方，在檀島的各華文報上刊出了一則啓事——

「石油大王布魯克先生慈善舞會之鑽石項鍊竊案業經破獲，現已物歸原主，盼告密者在三天之內至警署領取獎金，逾期作廢！」

駱駝看過報紙之後，哈哈大笑，說：「刁探長可能是被逼得走投無路，所以出此下策！」

查大媽很不樂，說：「不管怎樣，我們的失敗和成功，死活全捏在你的手裡，你的一念之差可能就導致全局的傾覆，我們的敗局不打緊，留給後人的卻是笑柄，你應該再三考慮！」

駱駝說：「我早考慮過了，我們只有成功不會失敗的！」

「瑪娜瑪」餐廳在檀市也算是相當著名的一間羅宋餐廳了，生意並不挺好，但由於它是「吃到飽」的吃法，付一份大餐的錢，可以儘吃管飽，所以也爲一些食量大收入卻不高的老饕客所愛戴。

儘管如此，它出名還是出在它的「伙食行」的門市部，生意做得很大，很多的大戶人家和小型的餐館，全都是由它供應各型各類的歐洲食品。

它的主人奧堪波羅斯拉矢夫是一位身材高大的猶太人，在檀市做買賣已經有十多年的歷史了，遠在檀島還未成爲美國的一州時就已經開始。

猶太人的吝嗇是出名的，但是奧堪波羅斯拉矢夫的買賣卻做得十分殷實，誰也不會懷疑到他和國際間諜會有什麼牽連。

駱駝可謂是異想天開的，輾轉曲折，七拉八扯的，他竟然懷疑到珍珠港海軍招待所的軍事機密文件會和這間羅宋餐廳有密切的關係。

這天，「瑪娜瑪餐廳」的辦公室內電話鈴聲響了，奧堪波羅斯拉矢夫匆匆抓起聽筒。

對方是一個古怪的聲音，先是陰森森地起了一陣嗤嗤的怪笑。

「你找誰？」羅斯拉矢夫不樂地問。

「奧堪波羅斯拉矢夫，我要找他說話呢，不用說，當然你就是了！」對方說。

「喂，別開玩笑！我忙得很吶……」

「沙哇奴古堡大廈的伙食送去了沒有？」

「嗨！大清早就派車送去了，而且回條已經回來啦……」羅斯拉矢夫有點驚惶，忙問：「喂，你是誰？」

「沙哇奴農場的蔬菜牛肉你可有購進？」對方又說。

「何止蔬菜和牛肉……喂！你是誰？」

「情報掮客！」那傢伙說完又在大笑。

「喂，什麼掮客呀？我沒空和你胡扯！」羅斯拉矢夫已經有點惱火了。

「情報掮客，你不懂麼？就是專門介紹買賣情報的！」

「你有什麼指教不妨直說，我實在沒空呢！」

「奧堪波羅斯拉矢夫先生，你會有興趣的，因爲我介紹給你的是一筆大買賣！非但是你，連你的主人，和毛引弟夫人、古玲玉小姐，他們都會喜歡聽到這個消息！」

提到這幾個人，奧堪波羅斯拉矢夫愕然了，吶吶道：「你究竟是要些什麼把戲？快直說吧！」

「珍珠港海軍招待所失竊的軍事機密文件，你們不是急著要找尋它麼？我知道它的下落！」

「開什麼玩笑？誰說的？你是誰？」奧堪波羅斯拉矢夫好像是經驗不足的間諜，立刻起了慌亂，連話也說不清爽了，「你是誰？」他一再急問。

「情報掮客，我不是說得很清楚了嗎？」

「誰說我要收購軍事機密文件呀？」

「當然，這件事情你作不了主意的，你尙得向你的主子請示吧！這樣，我是做掮客的，介紹一筆買賣只需抽佣金若干，成交與否，還得看買主與賣主的討價和還價，我需聲明一點的，就是我知道文件現在在什麼地方；在什麼人的手裡；他現在正等候著買主出價錢！」

奧堪波羅斯拉矢夫已滿額大汗，兩眼也發直，他實在搞不清楚對方究竟是什麼來路？是開玩笑的？是反間諜組織？或是真的是「情報掮客」呢？

「喂，朋友，你貴姓大名？在什麼地方？我們可否會上一面，可否到我的餐廳裡來一趟，我招待你吃大餐……」

「不必了，羅斯拉矢夫先生，你還是從速向你的主子請示，晚間十二時正，我再和你通電話！」於是，電話便掛斷了。

奧堪波羅斯拉矢夫像是喪魂落魄似地，頻頻拭著汗，他的方寸大亂，已經是毫無主見了。

「情報掮客」是什麼人？電話由什麼地方打來？介紹買賣那件失竊的軍事機密文件究竟是真是假？這時候該到哪兒去找這個人？一切的問題，羅斯拉矢夫完全無法解決。

他真的要向他的主子報告了，他撥了電話向沙哇奴爵士請示。

沙哇奴爵士接得電話之後，也感到驚愕，問清楚詳情之後，跳腳不已。「你馬上來一趟！」

奧堪波羅斯拉矢夫放下聽筒，手忙腳亂地將店務交給了店裡的手下人，即駕車匆匆向沙哇奴爵士農場馳去。

這時候，查大媽和彭虎正在餐廳內喝咖啡，那間經理室，雖然是和餐廳相隔開了，但是它有半截的牆是玻璃透明的，室內的情形可以一目瞭然，幾乎連奧堪波羅斯拉矢夫接電話的表情，他們全看得一清二楚。

查大媽感嘆說：「這樣看，駱駝的判斷並沒有錯，很可能就是這麼回事了！」

「事情已漸告明朗，問題是要看孫阿七看守的地點是否正確了？」彭虎說。

孫阿七停放了一輛汽車，守在檀市和沙哇奴爵士農場的必經之地。

奧堪波羅斯拉矢夫是駕著他的伙食行的送貨汽車疾馳而去的。

孫阿七不慌不忙，駕車跟隨著，悄悄跟蹤著奧堪波羅斯拉矢夫，看他是否到沙哇奴爵士的農場上去——他的任務便達成了。

奧堪波羅斯拉矢夫的送貨汽車，如一般的送貨人一樣，停放在大廈後門。

他匆匆忙忙的，沒頭沒腦向內便走，通過廚房，先趨至管家的辦公室。

管家是個美籍華人，是個精明強悍的壯年人，名叫杜雲生，他早經主人關照過了，奧堪波羅斯拉矢夫抵達時，立刻帶見。

「有沒有人跟蹤？」杜雲生問。

「當然沒有！」奧堪波羅斯拉矢夫答。

「瞧你那副喪魂落魄的形狀，真好像經不起一點風浪，不可以冷靜一點麼？」

奧堪波羅斯拉矢夫跺腳嘆息說：「唉，我是正當的生意人，不習慣做這種事，你們能怪我麼？」

杜雲生便帶奧堪波羅斯拉矢夫上樓，進入沙哇奴爵士個人的起居室。

這時候，這位爵士正咬著煙嘴，神色凝重，在室內不斷地來回踱步，已不像他在追求異性時的一副神情了。

「坐著，把經過情形再詳細述說一遍。」爵士吩咐說。

奧堪波羅斯拉矢夫戰戰兢兢、結結巴巴地將詳情敘述了一遍，連毛引弟、古玲玉都提到了。

「爲什麼會忽然間冒出這樣的一個人？他好像對我們的情形很清楚呢！」爵士說。

「不知道。」羅斯拉矢夫直在抖嗦。

「事前有什麼跡象沒有？」沙哇奴爵士見奧堪波羅斯拉矢夫的那副神色，隨時都可能會昏倒，便吩咐杜雲生斟給他一杯酒，藉以壓驚。

「事前什麼跡象也沒有，電話忽然打來時，我也感到很意外！」羅斯拉矢夫吶吶地說。

「當時餐廳內可坐著有些什麼樣的客人？」杜雲生很精明地問。

「那時候客人不多，因爲不是用餐時間，大多數是喝飲料的！」

「或許是有人故意開玩笑……」杜雲生說。

「這不可能是開玩笑的，對方連毛引弟夫人和古玲玉全知道！」沙哇奴爵士說。

「對方可有提到沙哇奴爵士？」杜雲生又問。

「沒有……」奧堪波羅斯拉矢夫拭著汗，話猶未完即頓了口，旋吶吶說：「在電話剛開始時，對方曾提到『瑪娜瑪餐廳』和『沙哇奴』農場的交易……」

杜雲生說：「我們是有買賣往返交易的，也許對方還搞不清楚，仍在試探之中。」

「但是，奧堪波羅斯拉矢夫放下電話立刻到這裡來豈不是就露底了？」沙哇奴爵士有了憂鬱之色。「對方難保不會派人跟蹤他的！」

杜雲生說：「我也是這樣想，事情或許馬上搞到我們這裡來了，我們應該有應付的準備，假如是敲詐的話，我們逆來順受，了解敵情之後，再將他們消滅！」

沙哇奴爵士矜持地說：「毛引弟方面應該有更多的情報，文件到手之後是怎樣失落的？她們曾經和一些什麼樣的人接觸過？消息是怎樣洩漏的？奪回工作進行如何了？」

奧堪波羅斯拉矢夫已有吃不消之感，說：「爵士，何不直接找毛引弟夫人接洽呢？我對這種事情完全不內行！」

杜雲生便加以警告說：「拉矢夫！別以爲你可以脫離關係，你既然參與這件事情，就脫不了身，案子若被破獲的話，你起碼是無期徒刑，在監獄裡老死終生！」

沙哇奴爵士再說：「不管怎樣，我們和毛引弟夫人是要絕對保持距離的！她們的一夥人由你連絡！問清楚詳情，立刻報告，同時，由現在開始，對於餐廳內的客人應該多加注意，你的那間經理室，應該用窗簾掩上，和餐廳的視線絕對隔開！」

羅斯拉矢夫又喝了一杯酒，仍戰戰兢兢地說：「我畢生之中沒……沒有這種經驗，也許我會替你們把事情搞砸了！」

沙哇奴爵士便拉開了辦事桌的抽屜，取出一隻像指頭大的藥瓶，交給了奧堪波羅斯拉矢夫說：「假如事情到了無可收拾的程度，只需要一粒藥丸，就可以解決問題了！」

羅斯拉矢夫魂飛魄散，幾乎要跪倒在地，他以哀傷的語氣說：「爵士，我一家人有老有少，你可憐可憐我吧……」

沙哇奴爵士說：「我會照顧你一家人的，但是你個人要犧牲！」

「這太殘酷了…」羅斯拉矢夫哭了。

「王八蛋，真是窩囊！我們並不一定要你死的！」杜雲生在旁咒罵了起來，說：「以後儘少和我們的農場接觸，但隨時有什麼動靜都需要報告，並接受命令！」

沙哇奴爵士又說：「那情報掮客再有電話來時，可以接受他的條件，設法和他接觸，毛引弟方面多的是行動人員，通知她們要設法將他擒獲！」

羅斯拉矢夫仍是那句老話，吶吶的說：「我的經驗不夠啦……」

杜雲生說：「你現在可以去了！」

奧堪波羅斯拉矢夫果然如命，「瑪娜瑪餐廳」內他的那間半玻璃牆的辦公室，立刻就裝上活動的窗簾了。

他即招毛引弟夫人至餐廳裡來午餐，並查問詳情。

毛引弟夫人也非常苦惱，案情毫無進展，而且駱教授等的一夥人還失去了下落。毛引弟夫人說：「現在還搞不清楚究竟是否駱教授他們一夥人幹的？好在他還有一個義子被古玲玉纏住了，這條線索丟不得的，我們卻苦只苦在被警方釘牢了，行動大不方便！」

奧堪波羅斯拉矢夫慰勉她說：「我奉上級的命令，到現在爲止，不管任何線索我們都不能放過，若再有差錯時……」他即摸出身上的一隻藥瓶，舉在毛引弟跟前，又說：「這是上級給我的一瓶藥，若我們再有差錯時，各吞一粒，就可以解決問題了！」

毛引弟大感恐怖，拿起那藥瓶觀看。

羅斯拉矢夫再問：「你們總共有多少人？」

毛引弟說：「我、古玲玉、金煥聲、凌荆、查禮周，總共五個人！」

羅斯拉矢夫便打開藥瓶，傾出了五粒藥丸，交到毛引弟的手中，再說：「我們若再有失敗的時候，就吞此丸同歸於盡！」

毛引弟大爲哀傷，捧著那幾顆藥丸，不知道如何是好。

毛引弟原是江湖賣藝人，並且是「蜘蛛賊」當代留下的女性弟子「掌門人」。

大陸易手後，當局看中她的技能，將她逮捕，非但不加殺害，而且還派她在「國際間諜訓練所」之中給她一席教官的席位。

所以，古玲玉、金煥聲、凌荊、查禮周，都是她的「學生」。

古玲玉天資聰明，體格也是天賦的，雙臂特別有力，很適合做「蜘蛛賊」，毛引弟將她訓練成功後即收她為義女，對她也是極其地愛護。

毛引弟只差的是不懂間諜工作，她雖經過嚴格訓練，但她的頭腦仍是那樣的呆板，遇見了駱駝，算是她倒了八輩子的楣。

可是，禍是古玲玉闖出來的，毛引弟還不忍心責怪這可憐的義女。

古玲玉實在是太可憐了，自幼無父無母，被收容在孤兒院裡，大陸易手後，被發現她的天資高人一等，所以交給了毛引弟將她訓練為具有「蜘蛛賊」技藝的間諜人才。

毛引弟知道，古玲玉是一個天真、心地純良的女孩兒，只是她的性格，卻不適合做一名「蜘蛛賊」，毛引弟是不願毀滅這可愛的女孩兒，才呈報上級，許可她早日「出山」的，以便隨時帶在身邊。

古玲玉真可憐，在頭一次「出山」就遭遇到這樣不如意的事情，毛引弟為她哀傷而流淚。

在這同時，古玲玉在威基基海灘，和夏落紅纏得難分難捨。

夏落紅的「德行」，正如他義父所說的，平時很有理智，對各方面的技術及作爲也是近乎「爐火純青」了，但是一旦遇上女色，就是昏頭轉向的，幾乎連自己姓什麼都會忘記了。

駱駝知道夏落紅的毛病，但是在這件案子中，也正需要有一個像夏落紅這樣的人，這條線索是不可以斷的。

毛引弟讓古玲玉留在威基基海灣上，和駱駝讓夏落紅留在威基基海灣上是有著同樣的道理，他們雙方面都認爲可以牽制對方。

這一來便宜了這對青年男女，他倆如真似假地打得火熱。

查大媽早就對夏落紅擔心了，不因爲別的，只因爲夏落紅的未婚妻于芃遠在美國念書。于芃和查大媽的交情甚殷厚，查大媽又自認爲是夏落紅的長輩，有監督這小子的責任。

駱駝居留在威基基海灣的漁村之中，他不許可任何一個人和夏落紅有較多的接觸，因爲，那很容易敗露行藏，尤其是爲了應付刁探長等的一夥人。

刁探長隨時隨地都可能發現夏落紅的蹤跡，而追蹤到威基基海灣上來的。

不過駱駝也要爲夏落紅安全著想，他每天都派孫阿七和彭虎化裝成爲各種身分不同的人，到該觀光酒店裡去打聽，只要知道夏落紅仍居住在該酒店內，沒有離去就行了。

夏落紅像動了真感情，和與于芃初戀時的情況完全一樣，簡直是神智無知了，所謂只羨鴛鴦不羨仙，好像就是以他這種迷糊的情形而吟詠的。

查大媽知道夏落紅經常會犯這種毛病，便故意將于芃由美國寄來的情書直接轉寄到那間豪華的觀光大酒店去。

于芃所寫的情書，等於是千里寄相思，有說不盡的纏綿話語，有數不盡的相思……

夏落紅每讀過一信之後，便如癡如醉惶惶不可終日，他是一個有良知而又感情豐富的青年人，聰明又過人一等，只可惜入錯了行，假如說，他去做一個學者、詩人、畫家、工程師，或是做律師、政客……都可能會有很好的成就，只可惜他跟隨駱駝做了騙子。

駱駝也看出夏落紅是個大器之材，但是這個老頑固認爲做騙子也並不壞。做一個了不起的騙子，最著重的，第一是要不下流！做下三爛的騙子就沒意思了——做騙子也需要很多的學識，尤其是急智、應變、了解環境……並且做騙子的宗旨應是鋤強扶弱，行動的方式應深獲人心，要使大多數的人認爲他的行騙是對的，而且騙得十分可愛……

夏落紅最大的弱點就是他的感情無法自制，隨時搖擺不定，他在每次讀過于芃的情書之後，心中老是內疚不已，對于芃深感抱歉。

可是在夏落紅的這個年齡，所需要的是很多的，以于芃和古玲玉而言，她們兩人可以說是同一典型的女郎，怯弱、畏羞、溫柔、又自視甚高而且自命堅強的女人。對這種女人，她的「防線」一攻即破，然後，她就是需要愛護和被愛了。

夏落紅不知道該如何是好？一個是遠在天邊，一個是近在眼前，夏落紅沒什麼好怪的，唯有怨他的義父，將他由老遠的美國拐到夏威夷來。

他需要很長的時間，「感情」和「理智」又要鬥爭一番。

夜靜更深，瑪娜瑪餐廳內，奧堪波羅斯拉矢夫的那間裝上了活動窗簾的辦公室裡，剛到了約定的時間，電話的鈴聲大震。

奧堪波羅斯拉矢夫的準備工作早已做好，他暗地裡請了電器工人在電話上裝有竊聽器。電話的鈴一響，他首先將錄音機的開關打開，開始錄音，聽那怪嗓子又要說些什麼。

「誰？」他問。

「情報掮客。」對方說：「你準備好了沒有？」

「我準備好了，打算要購買你介紹的情報文件，首先希望能知道個價錢！」奧堪波羅斯拉矢夫很鎮靜地說。

「你向你的主子報告過嗎？」對方笑嘻嘻地問。

「無需要向任何人請示，我自己就可以作主的！」羅斯拉矢夫答。

「別開玩笑，憑你個人的財力是無論如何也不夠的——你可有和毛引弟夫人商量過？她的人手較多，或許可以多給你幫一些忙的！」

羅斯拉矢夫沉著了氣，說：「別扯到題外去了，我只和你談交易！」

「這也痛快，但是問題只是在你出不出得起價錢？」對方陰陽怪氣地說。

「我只要那隻公事包，價錢當然也要公平合理！」羅斯拉矢夫說。

「當然是公平合理的，我的售主索價二十萬美金！」

「二十萬……」

「我只是掮客，提佣金百分之十，就是兩萬元正，不痛也不癢，我還胃口缺缺呢，實在是那傢伙開價太低了！」

「還說是開價太低麼？」羅斯拉矢夫大驚小怪地說：「二十萬美金？我可以開二十家店……一塊二角伍一客的羅宋大餐，可以管你吃到死都吃不完……」

「唉！」對方一聲長嘆，說：「要知道，這是軍事機密，人家研究這秘密，花掉好幾億，你們出二十萬就可以到手，不是太便宜了麼？」

「噢，我沒有那麼多的錢！」奧堪波羅斯拉矢夫說。

「去向你的主子請示，他會肯出那筆錢的！」對方說。

「告訴我你的電話號碼，我立刻請示，然後打電話給你！」

對方說：「我的電話是699933，假如你打不通，一點鐘正，我會再給你電話的！」於是，電話便掛斷了，奧堪波羅斯拉矢夫聽得聽筒內回復了嗡嗡之聲。

奧堪波羅斯拉矢夫自以爲聰明，因爲他已經得到對方的電話號碼了，不難查出他的地址。

他立刻就撥了查號台：「請問699933是什麼地方？」

「699933是市警察局長辦公室的電話，你連這個號碼也不知道麼，開什麼玩笑？」查號台的服務生打了官腔，「咔」的一聲把電話掛了。

奧堪波羅斯拉矢夫愕然，當然，鄺局長是絕對不會做這種「情報掮客」的買賣的！是否對方故意開玩笑？或是有人利用鄺局長辦公室的電話？

他經過考慮再三，終還是試探性的撥了699933的號碼。

電話的鈴聲響了很久，沒有人接聽，很顯然的，鄺局長的私人辦公室內並沒有人，可能鄺局長私人的辦公室的大門也是鎖著的。

奧堪波羅斯拉矢夫自感對處理這類問題的智慧不夠，唯有向主子請示。

沙哇奴爵士自夢中驚醒，接電話即大爲跳腳咒罵道：「這問題還需要請示我？你自己稍用一點腦筋，就可解決，別說是二十萬，就算是二百萬也要接受！也可以一文錢也不需花，毛引弟多的是人聽你的支配，約好一個地方，教毛引弟的槍手埋伏著，只要對方的人到，連人帶命及交易文件一併給它奪下來……」

羅斯拉矢夫唯唯諾諾，連屁也不敢放，即時又撥電話，請毛引弟和她的槍手們在一時以前到「瑪娜瑪餐廳」集合聽令。

沙哇奴爵士對羅斯拉矢夫還不肯放心，立即派了那華籍管家杜雲生趕至「瑪娜瑪餐廳」，給奧堪波羅斯拉矢夫技術上的指導。

杜雲生是駐檀島的「國際間諜」的監督，負有監督沙哇奴爵士和「解放同路人」的重責，在需要時，他不惜殺死任何一個人滅口。

以奧堪波羅斯拉矢夫的「窩囊」情形，實在沒有多大的利用價值，遲早是誤事比成事多。

所以，杜雲生在這次的任務之中，又是負有雙重的責任，一是談判成功，以金鈔作餌，引誘情報掮客入彀，奪取軍事機密文件，並消滅敵對分子。

二則，奧堪波羅斯拉矢夫的身分已經暴露了，被人捉住了狐狸尾巴，若是留著他的話，等於是一枚有火藥引線的炸彈，被任何的一方面燃火點著，都是會爆炸的。

子夜一時正，果然的，奧堪波羅斯拉矢夫的辦公室內的電話鈴響了。

羅斯拉矢夫的情緒非常緊張，立刻抓起聽筒。

毛引弟夫人和金煥聲等人在旁直發急，瞪著眼睛，等待著下文。

對方說：「怎麼樣，你的主子關照你怎樣做？」

羅斯拉矢夫吶吶說：「我已經請示過了，別說是二十萬元，就算是兩百萬元，我也依你的，我們該在什麼地方會面接洽？」

杜雲生是躲在另一房間內，他早在羅斯拉矢夫的辦公室電話上裝妥了竊聽器。只聽得對方說：「你的現鈔準備好了麼？要知道販賣情報是不收支票的！」

奧堪波羅斯拉矢夫說：「二十萬現鈔早已經準備好了，我們在什麼地方會面談交易呢？」

「不必談什麼交易了，我們一手交錢一手交貨！」對方說。

「我已經將現鈔準備好了，我們在什麼地方交貨？」羅斯拉矢夫很著急地又說。

「你不必著急嘛，只要雙方有誠意，我們的交易，是一定會成功的！」

「我們在什麼地方交易？」羅斯拉矢夫急問。

「在檀市西區，你可知道有一條叫做『奔舟街』嗎？」

「我知道。」

「在『奔舟街』的中央，是否有一條橫巷？由橫巷內進，約走過三四十號，我在那兒恭候！」情報掮客說：「記著，我們是一手交錢一手交貨，大家都不必要弄狡計，在十五分鐘內會面，要不然，兩敗俱傷，大家一同死亡！」

羅斯拉矢夫說：「你要的是錢，我們要的是文件，大家各得其所，不需要玩什麼狡計！」

「那麼一言爲定了！」對方說完，即將電話掛斷了。

毛引弟夫人是以經過嚴格訓練的老特務的姿態，展開了檀市的詳細地圖鋪在辦公桌上，向她的爪牙指著奔舟街說：「這地方並沒有多少街巷，我們很容易的就能將敵人消滅！」

金煥聲、查禮周、凌荆等幾個人爲了表現自己的能耐，都不惜聲明願意以性命相拚。

「毛引弟夫人，現在我們尙有十五分鐘的時間，在此時間之內，希望你立刻進行佈置，否則，我們雙方都是死路一條！」

毛引弟說：「只要接洽的地點正確，我們是不會失手的！」

羅斯拉矢夫甚爲焦急，即向毛引弟拍胸保證說：「一切後果問題，由我負完全責任！」

於是在奔舟街，還沒有到相約定的時間，毛引弟夫人的三名槍手，早已化裝成各式各樣的人物，在那兒佈置妥當了。

有兩名睡地鋪的流浪漢，在那地方各展草蓆，睡在街內橫巷口間。

另一名是以快槍著名的金煥聲，他扮作癮君子，打量過奔舟街的地形之後，選了一個自認爲有利的地點，在牆角抖縮著。

毛引弟和奧堪波羅斯拉矢夫卻是坐在一輛汽車之中，悄悄地停置在較遠處馬路的一旁，向那街口覬覦著，隨時注意過路的行人。

杜雲生始終未與毛引弟夫人及她的手下人碰面，他坐在另一輛汽車之中，盯牢了他們的汽車。

在這同時，檀市警局華籍探長辦公室的鈴聲響了。

刁探長自從珍珠港海軍招待所內發生的那件「軍事機密文件」失竊案後，等於是賣了身，一天廿四小時，全留在警局指揮偵破工作，最著重的是聽取手下人的報告，如以新聞記者的措詞形容，那更是不眠不休了。

刁探長在他的辦公室內架了帆布床，哪敢安心睡大覺，電話的鈴聲一響，他立即抓起聽筒：「我是刁探長！」他先報身分說道。

「嘻，你猜猜，我是誰？」對方慢條斯理地說。

刁探長一聽那聲音，就已經聽出了，即詛咒說：「王八蛋，你除了是那個大騙子之外還會是誰呢？」

「別胡亂罵人，我是有要事和你磋商，所以打電話給你的！」駱駝說。

「王八蛋，你躲到什麼地方去了，我找了你好幾天了呢！」刁探長急促地說。

「你是王八蛋的灰孫子，你的嘴巴裡再帶髒字的話，我就要掛電話了！」

「不要掛，有什麼話只管說！」刁探長已向旁邊值夜的探員揮手，命他立刻調查對方通話所在。

「刁探長不要賣弄聰明，我是在一所馬路邊的公用電話亭內，你查出也沒什麼用處，我是幫你的忙來的。」駱駝一語道破說：「你不是奉命找尋軍事機密文件的下落嗎？我有情報……」

「快告訴我，它在什麼地方？」刁探長幾乎急得連氣也透不過來了。

「我上次幫助你，找回石油大王布魯克先生的鑽石項鍊的五萬元獎金還沒有領呢，獎金是否仍可以領到？」

刁探長忙說：「獎金早已發下，鎖在我的保險箱裡……」

「現在，我命你立刻將獎金五萬元攜來奔舟街交換我這項情報，限三十分鐘內到達，逾時不候，再見！」他說著，「咔嗒」一聲，將電話掛斷了。

「喂，喂……」刁探長大窘，拉大了嗓子，可是聽筒已恢復嗡嗡之聲了。

從來沒有聽說過做探長的要親自把獎金送去的，這太窩囊了。

打電話向電話局調查的值夜探員回報，說：「報告刁探長，因爲對方的電話掛得太快了，電話局查不出它的電話所在……」

「滾你的！」刁探長一揮手，電話的地點已無關重要了，最重要的還是五萬元獎金的問題，該不該替駱駝送去？

不久，他忽地下了決心，打開了保險箱，提出五萬元現款，用手提公事包裝著，並召來一名親信心腹，說：「走！立刻跟我走！」

他的心腹是一名夏威夷土人，名叫黑齊齊威爾。

「BOSS，我們上哪兒去？」他問。

「準備汽車，我們上奔舟街！」刁探長說。

不久，刁探長的專用警車停在奔舟街的大路口邊，毛引弟夫人和奧堪波羅斯拉矢夫都在注意著。

尤其是杜雲生，他更需要看那警車內走出的是什麼人？

只見刁探長下了車，向他的隨員說：「若在我發緊急號令時，一定不要給任何人逃掉了，一定要追截，甚至於用汽車去撞他！」

黑齊齊威爾不斷地點頭。

不久，刁探長便挾著公事包，悄然向奔舟街走進去了。

毛引弟夫人目睹當前的情形，吶吶說：「奇怪，怎麼刁探長也來了……莫非是情報掮客那傢伙，故意把他弄來的？」

刁探長的脇下挾著公事包，徐步踱向了奔舟街一直進去，在那條街巷之內，可說是夠幽黯的，所有的街燈幾乎都「拋了錨」，有些燈泡是被缺德的小偷破壞的，僅是一些「不夜天」的住戶人家，自窗簾內透出一些微弱的光亮，映在那條像是死沉沉的巷子中。

刁探長走在巷子內只像是一個幽靈的影子，他東張西望地找尋和他約會的朋友。在那條街的中央，有著一條十字橫巷，刁探長踱了進去，這地方也正是駱駝和奧堪波羅斯拉矢夫約會的地方。

奧堪波羅斯拉矢夫是未經過大戰局的人，神色緊張不已，他忙向毛引弟夫人建議說：「我看苗頭不對，最好馬上把你的手下人撤退吧！……」

毛引弟手底下的幾個爪牙是夠糊塗的，毛引弟還不及下決定，那幾個寶貝已經向刁探長動了手，他們誤將刁探長當做情報掮客——和他們約會的人。

刁探長在黑巷裡走著，忽地見幾條大漢自暗處竄出來，其中一人猝不防自背後將刁探長抱住，另外的一個人便奪去他腋下的公事包……。

這簡直是在太歲頭上動土了！

「王八蛋，你們瞎了眼睛了！」刁探長一面咒罵，一面掙扎，他就要拔出手槍和手銬了。

可是那奪皮包的傢伙在另一個人的掩護之下，竟逃之夭夭了。

刁探長卻被那自背後撲上來的彪形大漢掀翻在地，他來不及摸槍就被打了兩拳，眼睛裡直冒金星，手槍剛摸出來，手腕就被那大漢擒住啦。

「王八蛋，你是自討苦吃呢！」那大漢罵著，又當胸給了刁探長兩拳頭。

刁探長受創，痛苦不堪，他幾乎連招架的力量也沒有了，手槍也被踢落到陰溝裡去了。

那大漢再要打時，刁探長的腰間卻跌出了一副手銬，這樣苗頭就不對了。

凌荊心中想，可能是揍錯人，情報掮客的身上怎麼會有手銬？他再定眼一看，啊，那被毆打的，唇上竟有著一撮小鬍，好像是檀市警局的刁探長。

凌荊打了個寒噤，掉頭就跑。

奪得公事包的，正是查禮周，他奔出了巷子，即跑向毛引弟的汽車停放處，公事包先塞進了車廂，隨著人也鑽進車廂內去。

替他作掩護的金煥聲也趕到了。

毛引弟便咒罵說：「唉，糊塗，你們打倒了的是刁探長呀！」

「砰！」槍聲響了，是刁探長的心腹，充扮司機的黑齊齊威爾發現刁探長在黑巷內受到襲擊，由黑巷追了出來，向兇手射擊。

黑齊齊威爾連打了好幾槍，擊中了後車窗的玻璃，可是沒傷及人，汽車逃掉了。刁探長受了重創，昏頭脹腦地自黑巷地上爬起。

埋伏在黑巷裡向他暗襲的人是誰？這未免太過於膽大妄爲了！奪走的公事包內有著五萬元現鈔——是駱駝協助破案的獎金呢！

刁探長撫摸身上被毆傷了的地方，心中在想，這地方是駱駝約他來的，剛走進巷子就遭遇這樣的暗襲，這可能是駱駝幹的事麼？會是他故意佈置的圈套麼？

這筆錢本來就是要送給駱駝的，他何須要用這樣卑鄙的手段呢？

不久，黑齊齊威爾復由巷子進來，他讓兇手跑掉了。

「歹徒總共有幾個人？坐什麼汽車跑掉的？」刁探長問。

「好像是一部雪佛蘭汽車，汽車內早坐有人在等候著，三個歹徒進入汽車之後便逃掉了，我開了三槍，一槍擊中了後玻璃窗，兩槍擊在後行李廂，不難很快就可以查出……」黑齊齊威爾說。

「汽車的牌號可曾看見？」

「他們熄掉了牌號燈，黑黝黝的沒瞧見！」

刁探長不樂，申斥說：「我不是關照過叫你守在汽車內巡邏的嗎？若你駕著車追趕，不就可以知道他們的下落了嗎？」

黑齊齊威爾大喊冤枉，忙解釋說：「我是發現你在黑巷之中吃了虧，汽車又駛不進巷子裡去，所以棄了車衝進來，特別是爲救你的！」

巡路的警察聞得槍聲過來，看見刁探長立刻行敬禮，刁探長便打發他幫忙到黑巷陰溝裡去找那支失落了的短槍。五萬元公款丟掉了，刁探長不知道該如何是好？他無法向上級交代，連氣也不敢吭，心中唯有詛咒駱駝，不知道他究竟是要弄什麼花樣和狡計？

「媽的！被我抓住的話，準剝他的皮！剜他的眼！抽他的筋！」

毛引弟夫人一行人打開了那只公事包，全傻了眼。乖乖！那全是花花綠綠的，一扎一扎的鈔票！略加點數，那是五萬元之數，偌大的一筆款子，刁探長爲什麼在午夜之間很神秘地將它攜進奔舟街的黑巷間呢？

查禮周正要用他那積滿了油垢的手去撫摸那一束一束花花綠綠的鈔票。

毛引弟急忙揮掌「拍」的一聲打在他的手上，一面叱斥說：「你打算留下指紋麼？這十成是詭計！」

「詭計！什麼詭計？」查禮周不解。

「唉，這等於是天上掉下來的鈔票，爲什麼說它是詭計？」凌荊忍耐不住而問。

「也說不定是僞鈔？」金煥聲自作聰明說。

毛引弟夫人撿拾起一扎鈔票，細細檢查了一番，說：「鈔票倒是真的，只恐怕所有的鈔票號碼全被抄錄存案了，誰花這些鈔票誰就會倒楣，這是美國人慣用的手法！」

「將它帶出國去用，他們就一點辦法也沒有了！」查禮周說。

「看！這兒還有一張空白的收據！是協助破案的獎金！」奧堪波羅斯拉夫矢有了新發現，自鈔票堆中找出一張收據，「說不定就是鑽石項鍊案的獎金！」

「哼！莫非駱駝真的將鑽石項鍊還給警局？」毛引弟恍然大悟說：「這是他應獲得的獎金？這老王八蛋竟然出賣我們了！」

「這樣說情報掮客和駱教授是一個人了？」查禮周說。

「可不就是這老王八蛋麼！除他以外，還會是什麼人？」毛引弟咬牙切齒地說。

「這老傢伙，我恨不得剝他的皮、吃他的肉……」金煥聲也說。

奧堪波羅斯拉矢夫的精神，好像受了頗大的刺激，已經有吃不消之感了。「唉，非常簡單的事，爲什麼會忽然變得這樣的複雜？」他跺腳說：「這些錢怎麼辦呢？」

「很簡單，這些錢我們分文不能動用！警方憑那些抄錄下的號碼，很快就會找出使用鈔票的人；當然，刁探長會展開全力找尋這些鈔票的！」毛引弟夫人鄭重其事地說：「也正好這兩天我們的手頭上十分的拮据，假如說你在經濟上再不支持我們的話，我們就非得動用這些鈔票不可了！」

「這會有什麼樣的後果呢？」羅斯拉矢夫戰戰兢兢地問。

「我們任何的一個人被捕，就會將你供出來，因爲，是你邀請我們來的，到了緊要關頭又不給我們經濟上的支援，豈非要看我們坐以待斃？到最後，我們唯有破釜沉舟了……」

「唉！」羅斯拉矢夫一聲長嘆說：「你們一事無成？豈能怪我？」

毛引弟不樂，臉色一板，說：「兩件案子我們都順利得手，只怪半道裡另外殺出人來破壞，使我們功敗垂成，再因處在經濟困境之中，所以無法扳回頹勢！」

查禮周也發了牢騷說：「我們擔驚冒險拚性命，總不能讓我們挨餓，連麵包都沒得啃吧！」

金煥聲指著桌面上的鈔票說：「這筆錢已到手了，我們就有動用它的權利，至於該怎樣去用，我們另作考慮就是了！」

「不！」毛引弟正色對羅斯拉夫矢夫說：「這筆錢很顯然是屬於官方的，內中有什麼狡計不得而知，我們若動用它，必會出紕漏！不如這樣，我們交由你保管，調換一些錢來交我們應用！」

羅斯拉矢夫大恐，說：「怎樣調換法？」

「明天我們先送二萬到你的餐廳去作爲抵押，換出兩萬元來，我們好作手頭零花。」毛引弟說。又是兩萬元，這位猶太人幾乎要昏倒，他吶吶說：「那麼其餘三萬元呢？」

「其餘的三萬元由我們暫時保管，等到需要用錢時再到你那兒去調換！」

「那我豈不成了臨時的錢莊？」奧堪波羅斯拉矢夫大爲懊惱，說：「我得要去向主子報告……」

毛引弟便悻悻然地說：「我爲你擔驚冒死拚命已經有這樣長久的一段時間了，你的幕後究竟是誰，到現在爲止，你還不肯讓我們直接發生關係，居心叵測，這無異等於對我不加以信任呢！」

「我向上面報告了再說，明天請聽我的回話。」奧堪波羅斯拉矢夫情緒緊張地就要告辭了。

他想打電話召車，毛引弟卻制止他說：「你別胡塗，想露出行跡麼？像你這樣的外行，也不知道你的幕後人怎麼會信任你的？」

奧堪波羅斯拉矢夫無奈，只有步行外出，在午夜的馬路間，是很難叫得到計程車的，他的心情頹然，踏在那晨霧迷漫的大馬路上，好像跌入了痛苦的深淵。

第六章　險中弄險逞能

次晨，一大早，奧堪波羅斯拉矢夫便假裝做送貨員到沙哇奴爵士的農場去了。

他趨進了大廈的總管室後，杜雲生雙拳捶桌加以咒罵說：「爵士已經吩咐過你，沒得到召喚，禁止到這裡來！你是故意違抗命令嗎？」

羅斯拉矢夫是失眠竟夜，神色沮喪，吶吶地說：「事情又出乎意外，我不得不親自到這裡來報告！」

杜雲生指著羅斯拉矢夫說：「我知道，你的事情我全清楚，昨晚上你和毛引弟夫人赴情報掮客之約，結果卻將刁探長給劫了！」

「這是意外，在事先，毛引弟的手下人沒考慮到在赴約地點會出現了警署的刁探長，就奪了他的公事包！」

「公事包內，裝的是什麼東西？」

「五萬元現鈔及一張領賞金的收據！」

杜雲生也爲之一怔，昨晚上他原是在現場監督著羅斯拉矢夫和毛引弟的，當他發現出了差錯時，怕惹禍上身，便匆匆溜走，至於後來發展情形，他就完全不知道了。

「鈔票現在在什麼地方？」他急切地問。

「由毛引弟保管著……」

「我得警告你，這些鈔票可能都被警局做了紀錄，誰花這些錢，誰可能就會倒楣！」

奧堪波羅斯拉矢夫愁眉苦臉，說：「就是因爲這樣，我受到了要脅，毛引弟需要錢，她要將那五萬元抵押給我，讓我另外支付給她五萬元……」

杜雲生說：「不管怎樣，你在經濟上是無論如何也要支持毛引弟的！」

「老天！我墊付的錢已經不少了，憑我的那間小店，能有多少錢可以週轉？」

杜雲生矜持了半晌，心中想，刁探長方面必然在偵查那筆失款的下落，毛引弟夫人在經濟上已受到恐慌，羅斯拉矢夫是猶太人，提到錢好像是要他的命一樣，假如不替他們將問題解決，可能會出更大的亂子。

杜雲生決意去報告沙哇奴爵士，他命奧堪波羅斯拉矢夫在小會客室內待著。

杜雲生來至沙哇奴爵士的起居室敲門。

「進來！」沙哇奴爵士似乎起床不久，正在室內發怔，臉帶隱憂之色，咬著煙嘴，讓紙煙在上面插著並沒有點燃，似乎他的心中有著極大的懸疑無法解決。

「奧堪波羅斯拉矢夫求見！」杜雲生報告說。

沙哇奴爵士碧綠的眼珠一睜，沒有說話，似乎他並沒聽見杜雲生說什麼，仍在怔忡之中。

「他們昨晚竟劫奪了警署的刁探長，得手有五萬元，現在不知道如何是好？」

沙哇奴爵士心不在焉，沒聽清楚杜雲生的報告，他鬱然地長嘆一口氣，邊推開他的起居室房門，指向內廂，邊道：「我被戲弄了！」

杜雲生探首向房內，只見沙哇奴爵士的那張宮廷式帶著了幔帳的席夢思床畔，在那裝有輕紗和絲絨雙重的窗帘的旁邊，高高在牆頂，竟掛著有一隻連著了手銬的公事包。

「那是什麼東西？」杜雲生吶吶說。

「誰知道？我在剛起床時，就發現牆上掛著這東西，想必掛這公事包的人，是由窗戶進來的，而且有著極高的技藝！」沙哇奴爵士咬牙切齒地說。

杜雲生趨了過去，他沒用手去接觸，仔細地端詳了一番，公事包好像是空的，鎖扣已經打開了。

「這隻公事包，莫非就是珍珠港海軍招待所失竊的那一隻……」

「當然是那一隻，但是看情形文件並不在內！」沙哇奴爵士說：「分明是向我們示威來的呢！」

「唉，這傢伙膽大包天呢！竟然敢在我們這地方賣弄這種手法！」杜雲生氣惱地說：「看情形，珍珠港海軍招待所半空裡截奪古玲玉的，也就是這個人了！這是中國飛賊的手法。」

沙哇奴爵士咬著煙嘴，仍在沉吟著，杜雲生忙捺亮了打火機替他將香煙點上。

「這樣用意何在呢？」他喃喃自問。

「大概是向我們示威，表示我們關係著這件案子！」杜雲生自作聰明說。

「不！」沙哇奴爵士搖了搖頭，彈去了煙灰，表現出他的智慧，嚴肅地說：「這是有意給我們傳話，並提出了證物，表示文件是落在他的手中，要和我們談這筆買賣的序曲！」

「談買賣麼？」杜雲生恍然大悟，跺腳說：「我爲什麼這麼笨？哼，他一則表現他的技高膽大，以江湖上挑樑的做法，再進一步談買賣，恫嚇我們不得反擊……」

沙哇奴爵士矜持著，復又在地板上來回踱步，忽說：「這樁買賣恐怕很難談呢，恐怕將是一筆很大的竹槓！」

杜雲生倒是個「黷武主義」者，他說：「只要他肯露面談買賣的話，事情就好辦了，我們不會吃他的虧的！」

沙哇奴爵士說：「他已經在我們的面前露過本領了！」

「這不算什麼，雞鳴狗盜的把戲，在這一方面，我肯相信他必比我們強，但是在搞行動的方面，不是我誇口，我已經有十多年的經驗了！」杜雲生很自豪地說。

「以你的研判，這人是否和擾纏著羅斯拉矢夫、毛引弟夫人的情報掮客是同一夥人呢？羅斯拉矢夫昨晚上進行的事情怎樣了？」

杜雲生一怔，沙哇奴爵士的被戲弄問題使他幾乎把正事都給忘記掉了，於是他將奧堪波羅斯拉矢夫昨晚上所遭遇的事情詳細複述了一遍。

當奧堪波羅斯拉矢夫提著沙哇奴爵士給的五萬元現款，坐上他的那輛送貨汽車離開沙哇奴爵士的古堡大廈沒有多久的時間，沙哇奴爵士和他名義上的管家杜雲生正小心翼翼地，用手帕將高高懸掛在牆壁上的那隻帶手銬的公事包取下來。

他們打算在公事包上取得指紋或有可供參考的線索，所以儘量不用手去接觸。那隻公事包早已空了，裡面的機密文件不翼而飛，皮包上的鎖扣，像是用百合鑰打開的，那不鏽鋼的鎖殼上有著刮花了的痕跡。

揭開皮包的上蓋，裡面有著華盛頓五角大廈的標幟，證明它確是和軍事有關的。

除此以外，皮包內空無一物，沙哇奴爵士甚感困惑，但他不敢大意，因爲搞軍事機密的人，各有智慧不同，尤其是在防諜的運用上。

他戴上手套，用小鐵鉗子四下裡翻閱。

正在這時，寢室內床畔的電話鈴聲大響。

沙哇奴爵士趨至電話機旁拈起聽筒，「誰？」他問。

對方傳來非常古怪的聲音，先是一陣像是山羊鳴春似的笑聲，接著道：「是沙哇奴爵士嗎？我猜想除非在你的寢室內，在別的地方是找你不到的，因爲你正在忙著！」

沙哇奴爵士心中一怔，他知道問題來了，忙說：「你是誰？」

「情報掮客！」對方說。

情報掮客直接找上門來了，問題必不簡單，這和在高牆上懸掛公事包是有關連的。

「你究竟是誰？找我有什麼事情？」沙哇奴爵士又問。

「買賣的樣品看過了沒有？」對方又問。

「什麼樣品？」

「唉，何必裝糊塗？我指的就是那隻公事包！」

沙哇奴爵士很沉著，他存了心，要把這個傢伙逮住以後再作道理，便說：「怎樣交易法？你只管說吧！」

「公事包內的東西，請你出個價錢！」

「你索價多少？」

「說多了，你出不起錢，說少了，我不划算，我們折衷一下如何？」

「你只管說。」

「一百萬美金！」

「一百萬……」沙哇奴爵士像是觸了電般的跳躍起來。

「怎麼樣？價廉物美？」對方又起了怪笑聲。

「你發瘋了，就算獅子大開口也不應該到這個程度……」

「嘿！笑話了！你總應該明白文件的內容和它的價值吧？人家費了多少億元才建成的軍事秘密基地，就憑你雇一個女飛賊，又讓一名猶太商人出面，以為就可以把文件偷到手了？這豈不等於是白日做夢一樣嗎？向你討價一百萬，實在是太便宜你了，憑心而論，以最低的估價應該是六億美金！」

沙哇奴爵士頓時熱汗涔涔而下，吶吶說：「我哪來這麼多的錢？把我的農場和古堡統統賣掉，也不值此數……」

「打開天窗說亮話，你當然出不起這個價錢，但是你的幕後主使人卻非得要出這個價錢不可，因爲這是屬於戰略上的價值呢！」

「你憑什麼指我有幕後操縱人？」

「這是瞞不了人的事情，要不然，我大可以直接和你的主子談交易，那對你的面子上更不好看啦！」情報掮客說：「話說到此爲止，假如說你出不起價錢，我只好另找客戶了！」

「慢著！可否打個折扣？」

「爵士，貨物不是我的，我不過是介紹買賣的掮客，事成之後提取一成佣金！」

沙哇奴爵士咬緊牙關說：「我出價五十萬如何？」

「談都不要談！」

「這樣，六十萬，總應該成交了，這是盡我的所有啦！」

對方想了一想，說：「多出五萬元，算是我個人的車馬費，別給我的賣方知道！」

「好吧，一言爲定，怎樣成交？」

「成交的方法非常簡單，不得耍弄詭計，否則誰也討不了好，要知道我們是誠實的商人呢！」

沙哇奴爵士的情緒有點緊張，說：「我急切需要成交，絕不耍手段！怎樣接洽，你只管說！」

「我們要的是現鈔，你得用一隻粉紅色的皮箱裝起，裡面不得少掉一文錢，同時也不得用僞鈔，否則後果由你負責！」

「當然，我們以最誠摯的方式交易，誰也不騙誰！」

「唔，好的，就此一言爲定！至於接洽的方式，可以到你的地下室，在那一架電報機的末端，有著一座錄音機，我已經替你將錄音帶裝好了，應該怎麼做，錄音帶會詳細告訴你，再見！」於是，電話便掛斷了。

沙哇奴爵士呆著發怔，和杜雲生面面相覷。

這是奇事了！這個稱爲情報掮客的傢伙也未免太厲害了，他怎會知道這座古堡大廈內有著地下室？而且還是利用來做地下電台的？

在沙哇奴的這間古堡大廈裡工作的員工，差不多都是他的心腹人，但是在平常的時候，任何人沒得到允許，誰也不許隨便進入地下室去，除了在密室中擔負有任務的，奇怪的是情報掮客已經派人探過他的密室了，而且還在他的錄音機上裝上了錄音紙帶。

「媽的，這傢伙這樣厲害，假如不除去的話，遲早是大患！」沙哇奴爵士喃喃自語說。

杜雲生也說：「剛才爵士和他談價錢，我就覺得奇怪，反正是文件到手之後，不管他們有多少人，我們是一律要將他除去不可的！」

沙哇奴便叱斥說：「我不過是要裝得像一點罷了，否則怎能引他上鉤呢？」

他說完，匆匆向門外走，落下樓梯，奔出大廳走廊，來到餐廳門首的那兩座盔甲銅人面前，伸手向甲胄裡，摸觸了樞鈕，扳了一下，只見那銅人徐徐地旋開，牆上便露出了一扇門洞，沙哇奴爵士氣沖沖地向內便走。

杜雲生一直跟隨在後，他替沙哇奴爵士將暗門的機關門關上。

沙哇奴爵士馬不停蹄，急促奔下石階，轉了幾條甬道，即來至那地下電台的密室。順著那排列成一行各式各樣的收發報機走至最末端靠牆角的地方，有著一座錄音機，平常的時候，沙哇奴爵士是用來記錄電報密碼和發佈命令用的，但這會兒卻被情報掮客那廝用作指示他該如何接洽交易的工具了。

的。

沙哇奴爵士拭著熱汗，在錄音機前坐了下來，果然錄音機是有人動過了，而且錄音帶也換上了新

杜雲生見沙哇奴爵士神色詭異，忙說：「爵士，你爲什麼這樣緊張？」

沙哇奴爵士沒有答話，即扭開了錄音機，當錄音帶轉動時，即又聽得那古怪的聲音在說話了：

「沙哇奴爵士，你聽著，我們做這樁買賣，雙方都亟需誠意，別賣弄聰明，一山還有一山高，別以爲你會玩弄技巧，可能有人會比你棋高一著！現在我是在你的地下室秘密電台說話，請你將現鈔準備好，數字你是知道的，用一隻粉紅色的皮箱裝好，不得缺少一文錢，也不得用僞鈔，今晚上六點半鐘，再聽我的電話，我會告訴你該怎樣接洽！」聲音便沒有了。

「媽的，這算是什麼名堂，不就是在賣弄技巧麼？表示他曾經到過我們的地下室裡來以聲先奪人，壓倒性的姿態……」沙哇奴爵士怪叫起來。

杜雲生惶然，吶吶說：「這傢伙怎麼會進入到我們的地下室來的？我們竟然連一點也不知情！」

「可見得我們的門戶鬆弛，已面臨到敗露的地步了，假如我們這件事情搞不好擺不平的話，我的爵士也別當了，這間古堡大廈也應該結束了！」沙哇奴爵士喘著氣擦著汗說。

「這傢伙相當的棘手，假如不能達到他的目的，可能和我們不干休呢！」杜雲生說。

忽而，沙哇奴爵士似有感觸，他將錄音帶倒了回去，擰開最大的聲音，重新又聽了一遍。

杜雲生說：「他六點半給我們指示接洽的方法，豈不是故意要我們措手不及？」

沙哇奴爵士臉上露出一絲陰森的笑意，又再次放錄音帶聽了一遍。

「你可聽出了什麼蹊蹺沒有？」他問。杜雲生尙懵然中，呆了好半晌，搖了搖頭。

沙哇奴爵士又再播放了二遍，邊說：「在那傢伙說話的聲音背後，你可聽到什麼聲音？要細心的聽！」

「嗯……」杜雲生驚覺了。「那是浪潮的聲音……」

再仔細聽時，當情報掮客說到「今晚上六點半鐘再聽我的電話」時，夾著浪濤聲音，還可以聽到有很輕微的輪船汽笛聲響！

「這傢伙賣弄聰明，千顧萬慮，用盡狡詐，但仍還是有一失呢！」沙哇奴爵士的臉上露出得意的神色。

「爵士想必是有了最好的對策了？」杜雲生問。

沙哇奴爵士說：「我們不難想出他的窩藏地點，他在錄音時，不慎將週圍環境的聲音錄進去！」

「爵士認爲他們藏匿在什麼地方？」

「我並不能百分之一百的確定，不過可能的結果是毛引弟的義女古玲玉在威基基海灘纏住了他們其中的一個人，當然，對方也會認爲毛引弟是線索之一，也需得將她盯牢呢，所以，他們的一夥人，也都是在威基基海灘之上！」

「威基基海灘的地方那樣大，我們無從下手吧……」

「你豈沒聽見有輪船的汽笛聲響？」沙哇奴爵士以料事如神的姿態說：「杜雲生，你是經驗豐富的，那是什麼輪船的汽笛聲？」

杜雲生搔著頭皮，默想了好半晌，說：「好像有馬達的聲浪，噸位不重，可能是漁船！」

「那不就得了麼？他們必定是躲在威基基海灣上！海灣和海灘是不同的地方，沒那麼繁華，但也有歐美的風光，除了小型觀光旅館之外，還有整個的漁村，所有的房屋差不多都是可出租給旅客居留的，他們必是匿藏在那漁村之內！」沙哇奴爵士很有把握地說，似乎已想好對策。

時間接近六點，古堡內的人員行動調配差不多已經完成，隨時準備出動。

沙哇奴爵士卻守在電話機旁，一心一意等候著電話。

這位掛名爵士的大間諜，雖然很夠沉著，但終究這是面臨最大的一個決戰之局，他的情緒也頗顯緊張，時間漸漸逼近了，他有如熱鍋上的螞蟻，不斷地繞著電話機打轉。

六點鐘不到，派往威基基海灘的行動員已經有報告回來了，毛引弟夫人的義女古玲玉和夏落紅是居住在一間叫做「海灣酒店」的觀光大旅館，據調查，他倆每日均是吃喝玩樂，除此以外，不作任何的活動，同時，也沒有什麼人和他倆有接觸，至於漁村方面，他們的調查工作仍在進行，到目前爲止，還未發現有「情報掮客」一夥人的蹤跡。

沙哇奴爵士十分擔心，時間漸漸逼近了，假如他的估計錯誤，此一仗可能全盤傾覆，那麼局面就無可收拾了。

杜雲生已經七拚八湊的湊足了六十萬元鈔票，另外的卻是五萬元美金旅行支票。杜雲生將它分疊在粉紅色的旅行皮箱內裝置好，並請沙哇奴爵士過目。

沙哇奴爵士便吩咐說：「這隻皮箱便交由你保管，一定要等到接觸後文件過目時證實無訛，我們再臨機應變，不得有誤，否則後果問題由你負全責。」

杜雲生大感惶恐，對這次的行動，他不敢樂觀，因在敵我不明的狀況之下，他們是處在被動的地位，一切於他們不利。

這時候，威基基海灘方面又傳來了消息，刁探長和他的從員也陸續在威基基海灘出現，他們的企圖不明，也同樣的盯牢了夏落紅和古玲玉，但是沒有採取任何的行動……

杜雲生大驚失色，吶吶說：「刁探長爲什麼也趕到威基基海灘去了？莫非是對方的詭計？這對我們是不利的……」

沙哇奴爵士跺腳說：「唉！這必定是毛引弟夫人一夥人引出來的，是我疏忽了，他們正被警方注意監視著呢！」

「警方參與其中會妨礙我們的事……」

「事到如今，管不得那麼許多了，我在檀島是有地位的人，就算出什麼差誤，刁探長和我說話還得在法律上站穩腳步，他是不敢胡來的！」

杜雲生卻指著那一大箱的鈔票，說：「可是這內中有著五萬元是屬於官方的呢！」

沙哇奴爵士也抓耳揉腮的，考慮再三，說：「你替我把飛機準備好，必要時，我們避風頭去！」

「爵士，我們還需要逃亡麼？」杜雲生張惶地說。

「不！在必要時，我們得緊急應變！」

原來，沙哇奴爵士還是有自備飛機的人物呢，他的飛機雖是農業上用以噴射殺蟲藥劑的飛機，但是到了必要時，他卻可以利用這架飛機逃出檀島去。

六時卅分正，驀地，沙哇奴爵士寢室中的電話鈴聲大震。

沙哇奴爵士忙看手錶，嚇，那是情報掮客約定最後連絡接洽的準確時間。

他忙抓起聽筒，只聽得對方仍還是那個古怪腔調：「冒牌爵士是嗎？」

「正是！我在等候著，聽你的吩咐！」沙哇奴爵士忍氣吞聲地說。

「王八蛋！」對方開口就罵，說：「我曾一再聲明過，不得用詭計，也不得用毛引弟那些局外人，你自作聰明，卻把警方的大批人馬引到威基基海灘上來了！」

沙哇奴爵士大爲尷尬，吶吶說：「威基基海灘，又與你何干呢？」

「呆瓜！我和你接洽的地點，就是在威基基海灘！」

沙哇奴爵士再次含辱忍氣，說：「毛引弟的一夥人，是奧堪波羅斯拉矢夫引去的，於我無干，她是爲乾女兒著想……」

「不必多說了，鈔票準備好了沒有？」

「六十萬現鈔，五萬元美金旅行支票！」

「是否用粉紅色的旅行皮箱裝載著？」

「一切按照你的吩咐準備完成，現在等候著你最後的指示！」

「這樣很好，你聽著，要完全按照我的指示去做，否則我們的交易便告吹了！你反正已經有了許多人派在威基基海灘上了，要知道刁探長是我們談交易最大的阻礙，要設法先將他們引開，否則，事情鬧穿了，我倒無所謂，你們是國際間諜罪名可不輕，這一點，相信你也會明白的。」

沙哇奴爵士佈局了老半天，等於底牌被揭穿了，大感狼狽，只好說：「我一定照辦！」

對方又說：「我們既要做成這筆買賣，一定要鼎力合作，不得有欺詐的行爲，現在，我手下正有一個人在威基基海灘渡假，這個人相信你也認識，他和你轄下的奧堪波羅斯拉矢夫所僱用的爪牙古玲玉小姐在一起，名字叫做夏落紅，住在海灣酒店五樓的第五〇五號套房，你可以到那兒去找他，把鈔票帶齊了，交由他點數檢查，其中若是沒有僞鈔，數字又是正確的話，他即會告訴你如何取得文件的方法，我們的買賣就算成交了！」

沙哇奴爵士即說：「這樣不嫌太費週折了麼？」

「因爲你存心不軌，我爲自己的安全計，不得不這樣做，你去找夏落紅時，最好在七點鐘以後，要是去早了，這小伙子可能還在享受海水浴呢；在海灘上談買賣恐怕不太方便，至於誠意如何？還是要由你自己決定了，再見。」電話便掛斷了。

沙哇奴爵士甚感不安，似乎這場交易會凶多吉少，他對著電話發怔不已。

但是事情到此又不能歇手，那份秘密文件他是不惜任何代價非得弄到手不可的！沙哇奴爵士最難了解的是，情報掮客既然知道他派有大批的人至威基基海灘去活動，而且刁探長等的一幫人又跟蹤而至，他仍還要在威基基海灘地方談交易，可謂是膽大包天了，究竟這個怪物有著什麼三頭六臂的本領敢如此的狂妄？這豈不是咄咄怪事麼？

夏落紅和毛引弟的義女古玲玉正在他的爪牙的監視之中，想不到情報掮客就是利用他作爲接洽者，所有的鈔票還得交由他數點檢查，這樣也真是自己枉費了心機，而對方也未免太高深莫測了！

沙哇奴爵士是經過嚴格訓練經驗豐富的國際間諜了，足跡走遍世界各地，對他的主子而言，是頗有建樹的。

「情報掮客」這一案，頗爲棘手，搞得不對，可能會前功盡棄，一敗塗地，砸到底了呢！

杜雲生再三考慮之後又提出建議說：「今天的情況對我們不利，不若改期進行，從長計議！」

沙哇奴爵士忽然猛拍桌子說：「還有一點對我們是有利的！」

杜雲生說：「我們一直處在不利的地位中……」

「不！有一個夏落紅，也就是他們的接洽人，我們大可將他掌握在手中，以他的性命扭轉大局！」

杜雲生說：「情報掮客既然派這小子做接洽人，當然是有把握的，也許他們還另有詭計呢！」

「但這是我們的最後機會！我們是只許成功不許失敗的！」沙哇奴爵士一貫的作風是敢作敢爲，有了決斷之後絕不改變意志。

於是，他吩咐杜雲生和他的爪牙準備停當，如計進行！

威基基海灘是個好地方，每年由世界各地到這兒來渡假遊玩的旅客，總有數百萬至上千萬人。它的風光綺麗，加上有計畫的觀光性的建設，原是珊瑚礁的海岸，竟自美國本土硬搬來了數以億萬噸的金色沙子，鋪成這舉世聞名的威基基海灘，特別能使旅客流連忘返。

觀光酒店林立，夜夜笙歌，是一個好的去處，在這兒，會使你忘掉了世局的緊張，譬如：「冷戰」或「熱戰」！

但在這天的晚上，在這秀麗的觀光海灘之中，卻成爲間諜戰的另一個戰場。

沙哇奴爵士帶著他的黨羽，悄悄地來到了威基基海灘，立刻就展開一連串的緊急行動。

據情報報告，這時夏落紅和古玲玉正在「海灣酒店」的餐廳裡跳舞。

這對青年男女，簡直像是在度蜜月般地打得火熱，天下的大事都置諸腦後了。

刁探長追蹤毛引弟到了威基基海灘之後，也發現了夏落紅古玲玉的蹤跡，他派有人在餐廳內監視著。

夏落紅是「情報掮客」的接洽人，但是和他接觸的話必會引起警方的注意，沙哇奴爵士甚感困惑，他需得用計，非得將警方監視著的人支開不可。

沙哇奴爵士又傳令日籍屬下山下備德和毛引弟等的一夥人停止在漁村上的搜查活動，因爲情報掮客已經指出他們露出馬腳了，這種搜查工作非但於事無補，而且貽留笑柄，不如讓他們集中聽令，再看下一局棋。

「海灣酒店」餐廳是夠豪華的，在威基基海灘而言，它有最高尚的夜總會，經常重金禮聘各種大樂隊演出，這天晚上又是來自日本的「萬花歌舞團」在那兒表演，有大膽的脫衣舞演出，盛況空前，所有的座位早被訂購一空。

在一位身段苗條，曲線玲瓏的日本女郎表演完一場極爲香豔刺激的表演之後，服務台的麥克風播出：「中央警署的探員注意，刁探長請你們隨便哪一位到六號公用電話亭聽電話！」刁探長派下監視著夏落紅和古玲玉的就只有一位探員，其餘的全追蹤著毛引弟，刁探長以最精明的判斷，認爲那才是重點。

這位探員早被日本女郎的熱舞迷昏了頭，也沒考慮到這是詭計，立刻就向六號公用電話亭裡去了。

在這同時，夏落紅和古玲玉的餐桌旁趨上去一個陌生人，說：「情報掮客教我來向你接洽！」

夏落紅好像早有了準備，說：「粉紅色的手提箱帶來了沒有？」

那人說：「早送到五樓上去了！」

古玲玉原是不知內裡的，但她也看出了破綻，便向夏落紅說：「你們好像在談一樁買賣呢。」

夏落紅說：「你在這裡坐著，不要走開，我馬上就回來！」

古玲玉不肯，說：「不，我要跟你一起走！」

「不行，刁探長正派有人盯牢了我們，假如發現我們忽然失蹤，這場面會大亂的！」

那陌生人卻說：「不要緊，我已經把他們支開了！」

夏落紅說：「支開不過是幾分鐘的事情，難道說他不會重新回來？或者是鴛鴦釘——有人接班的麼？」

立刻另有人探首過來了，那是負責看管著古玲玉的，他說：「你的義母毛引弟就在附近，你要好好的和我們合作！」

古玲玉不解，說：「合作？合作什麼？」

「這姓夏的是我們的對手！」

爲爭取時間計，夏落紅和那陌生人已匆匆的離開了餐廳，走進自動電梯了。

「在五樓什麼地方？」他問。

「就在你的房間內！」對方說。

「嗯，你們選的好地方，警方正盯得牢牢的！」夏落紅聳肩說。

「我們就是要選那個套房，好像方便得多呢！」

不久，電梯便在五樓停下，兩人走出甬道，直趨至五〇五號房間了。

夏落紅要掏鑰匙。

那傢伙卻說：「不必，房門是開著的！」他回首四下裡打量了一下，即將夏落紅猛然向房內推了進去。

嚇！套房內坐滿了許多來路不明的人。

夏落紅看出苗頭不對，這些傢伙好像有動蠻的企圖，他便雙手叉腰，表現出不在乎的姿態。

「你就是代表情報掮客的麼？」一個高瘦個子，滿臉絡腮鬍鬚穿小禮服的傢伙霍然起立，卸下煙嘴，指著了夏落紅，很嚴肅地說。

夏落紅說：「我是來接洽的！」

「情報掮客在什麼地方？我們要直接和他見面！」這個一面孔紳士樣子的傢伙正就是沙哇奴爵士，他直截了當地說。

「我的任務只是數點鈔票來的！」夏落紅說。

立時，兩個人衝上來，一左一右，兩支手槍，逼在夏落紅的腰間，同時並搜他的身。

夏落紅的身上並沒有武器，他很沉著，吃吃笑了起來。「你們顯得太不客氣了！」

沙哇奴爵士再說：「告許我們，情報掮客在什麼地方？」

「嘿，我是來者不怕怕者不來的！粉紅色的手提箱在什麼地方？所有的鈔票要由我數點過目，否則這交易便做不成，我的雇主還在等候著我的消息呢！」

「讓我們直接和他談判！」杜雲生也插嘴說：「否則你是自討苦吃了！」

夏落紅霍然大笑，說：「別胡鬧，我是有保障的，而且這件買賣又非得談成不可。」

沙哇奴爵士聽出了苗頭，忙說：「你用什麼保障？……」

夏落紅說：「你的那間古堡大廈的地下室內的秘密電台，以及你們這一批人的罪名，有判死刑的、有判無期徒刑的，這些便是我最好的保障！」

「此話怎講？」杜雲生有點慌了。

「我們在你們的地下室內置了定時炸彈，一經爆炸之後，全案便暴露了——這就是我的安全最好的保障！」

這一來，沙哇奴爵士手底下的一夥人全傻了，面面相覷，方寸也亂啦。

沙哇奴爵士也目瞪口呆，這未免太棘手了，在地下室內的秘密電台置了定時炸彈，該什麼時間爆炸還不知道，那怎麼辦呢？

「什麼時候爆炸？」杜雲生急問道。

「無可奉告！」夏落紅答：「要等到我們的買賣交易成功，我的安全得到保障！」

「現在該怎麼辦？」杜雲生哽著氣說。

「叫你們的人將手槍拿開，讓我數點鈔票！」

沙哇奴爵士即抓起桌上的電話，立刻就要撥電話到他的古堡裡去，意圖派人清除地下電台的定時炸彈。

夏落紅搖手說：「別動這種冤枉腦筋了，我們佈置的定時炸彈不是一枚，是要將整個的古堡炸掉的，要不然怎能轟動社會？引起警方的注意呢？」

沙哇奴爵士仍然還是接通了電話，關照古堡內的黨羽，立刻動員搜查地下室，找尋定時炸彈裝置的地方。

夏落紅笑著說：「這種工作，一定要專家才行呢，搞得不對，不到定時就爆炸，豈不更糟糕？」

杜雲生慌亂了，指著夏落紅說：「你這騙子，是故意在恫嚇我們嗎？……」

夏落紅冷笑說：「嘿，我們大家都是用頭腦的，沒有這點把握，試想我們會輕易和你們交易嗎？」

杜雲生說：「假如交易成功之後，你怎樣可以使定時炸彈不爆炸，嗯？」

「交易完成後，證明你們沒有欺騙，我的安全也獲得保障之後，到時候我自然會告訴你們定時炸彈裝置在什麼地方，如何去拆除，你們就可以將它拆除了！我現在要聲明的一點，時間寶貴，定了時的炸彈，到時候就會開花！它不會耐心等候的，耽誤了時間，後悔的是你們！」

沙哇奴爵士考慮了半晌，他們似乎是佔了下風，逼得需要屈服，便向杜雲生示意，教他將那收藏在套房內的粉紅色的手提箱取了出來。

夏落紅露出了得意的微笑，揉了揉手，擺出了要數點鈔票的姿態，他指著了皮箱說：「這裡面是否數字正確？內中沒有詭計吧？」

「且告訴我們，怎樣才能見得到文件？情報掮客現在在什麼地方？」沙哇奴爵士又催促著說。

「別著急，我得先檢點鈔票，拜托那一位替我將皮箱打開，我以前見過有各種不同的詭計，有開皮箱時，皮箱內有飛刀飛出，將人刺傷了的；也有開皮箱時裡面冒出了毒氣，將人迷昏了的；所以，在和狡詐的對手交易時，最好不要輕易動手去開關什麼東西，否則隨時都會有中計的可能！」夏落紅笑盈盈地要求說。

「他媽的，你真是以小人之心度君子之腹！」杜雲生很惱火，立刻就替他將粉紅色的手提箱打開了。

箱蓋揭開，嘿，真誘人，花花綠綠的鈔票，百元的，五十元的，一束一束，還有五百元的大鈔……可愛之極了！

夏落紅興高采烈，揉著手，抓頭髮，又拭鼻子，他不得不對他的義父欽佩，到底是這位老人家有頭腦、有眼光、有辦法，由一件屁大的事情，七轉八搞，暗拉硬扯的將它扯大了，這時候竟能弄到這樣大的一筆進帳，待事成之後，豈不就可以休息很多個年頭了麼？不僅如此，就是大家一塊兒去週遊全世界都夠了。

夏落紅一本正經，將鈔票略事數點了一番，說：「大致上不會錯，想不到，沙哇奴爵士還是個言而有信的人物！」

沙哇奴爵士說：「你們提出的條件我已經全辦到了，現在該履行你們的諾言了！」

夏落紅慢慢吞吞的，雙手將皮箱重新關上鎖後，說：「第一個條件，先要給我保障，保證我的女朋友安全，將她送到這裡來，留在我的身邊！」

杜雲生跳腳說：「古玲玉是我們的人，她要聽我們的指揮的……」

「不，現在她是屬於我的人了，你們稍有腦筋，就應該想通，很容易就能夠明白的！」

沙哇奴爵士很快的就想通了，即向他的爪牙吩咐說：「將古小姐押到這裡來，讓他們在這裡做生死鴛鴦！」

杜雲生連忙擺手說：「古玲玉已被警探盯牢了……」

「將警探打發走並不是一件困難的事情，難道說，你們連這一點小技巧也沒有麼？」沙哇奴爵士申斥說。

當然，只要沙哇奴爵士惱了火，誰也不敢再多說半個字，立刻就遵照他的辦法去行事。

「我們要立刻看文件了！」沙哇奴爵士第三次向夏落紅催促著說。

「別忙，古小姐還沒有到！」夏落紅溫吞吞地答。

「你是在故意拖延時間，莫非是想用詭計麼？」

「不！假如看不見文件的話。你是絕對不會放我走的！你們就好像大敵臨頭，人馬出動齊全，我被困在十多支槍的包圍之下，還要保護一個女人和這皮箱內的數十萬元，簡直是插翅難飛呢，你還會擔心我不是誠意交易嗎？」

忽地，套房內的電話鈴聲響了，是情報掮客打來的，他要找夏落紅說話，查問鈔票點妥了沒有？

沙哇奴爵士考慮過後，讓夏落紅去聽電話，但是有四支槍逼在他的身上和一把鋒利無比的鋼刀刎在他的脖子上。

沙哇奴爵士警告說：「姓夏的，假如你亂說半句話，立刻就會見血的。」

夏落紅說：「我不是呆瓜，不會亂說話的！」

「叫『情報掮客』出面，交出文件，否則你將死在我們的手裡，委托他來收屍體！」杜雲生說。

夏落紅便對著聽筒說：「六十五萬一點沒錯，我在替你看守著，你大可以放心交出文件了！沙哇奴爵士是很誠意的交易呢……」

這時候，古玲玉正被幾條大漢由餐廳內押了上來，她懷著惶恐心情，一生從來沒有這樣緊張過，當她走進套房，發現滿室內都是獐頭鼠目的人，但夏落紅卻神色自若地坐在床沿。

「玲玉，不必害怕，這些都是財神爺，給我們送錢來的，瞧，這皮箱裡全是鈔票呢！」

古玲玉仍搞不清楚是怎麼回事，說：「你們在談什麼交易？」

「很快就可以分曉了！」夏落紅答。

「這位不就是沙哇奴爵士麼？……」古玲玉惶然地指著滿臉鬍子的冒牌爵士說。

夏落紅說：「奧堪波羅斯拉矢夫只是個跑腿的，沙哇奴爵士才真正是你們的幕後主使者！」

「噢，那麼石油大王的鑽石項鍊竊案？……」

「正是由沙哇奴爵士操縱著主持的，他的目的，是要試試你們出手的技能如何！」

沙哇奴爵士不高興聽夏落紅囉唆下去，指斥著說：「拖延時間對你有什麼好處？」

夏落紅搖了搖手，說：「事情馬上就要解決了，我要單獨和你談談，請你的部下退出我的套房去，假如他們高興的話，留在我的客廳也未嘗不可！」

「爵士，小心他或會有什麼陰謀！」杜雲生提出警告說。

「你們把守了客廳，我和古玲玉兩人插翅難飛，絕不逃走！等到你們和情報掮客交易妥當之後，再打電話回來放我們通行，那時候，我再告訴你，如何拆除定時炸彈的方法！」

沙哇奴爵士自知已處在劣勢，爲了急切和情報掮客會面，不得已，吩咐手下人悉數退出套房去，連杜雲生在內。

「別再激怒我了，我是個最易走極端的！」沙哇奴爵士再說。

夏落紅含笑，頷首說：「這樣看，爵士還是極有誠意成交這樁買賣的！」他自身上摸出了兩張票子，交到沙哇奴爵士的手中，又說：「『情報掮客』特別請客，請你到這地方去會面！」

「什麼把戲……」

「月光灣的嘉年華會入場劵，『情報掮客』在那兒等你，文件在他的手中，等到我和古玲玉安全離去了之後，文件就屬於你的了，那古怪的老頭兒特別安排好是如此的，我無法違抗！」夏落紅做出尷尬的表情，又說：「嘉年華會的票子相當難買，三天前就預售一空了，你真有福氣，除了買賣的交易以外，還可以欣賞歌舞，大啖海灘餐！」

「月光灣的地方這樣大，我怎樣找到他的人？」沙哇奴爵士流露懷疑的神色。

「放心，你的絡腮鬍子是甚好的標記，只要走進門，就會有人給你指引路線。」

沙哇奴爵士仍是半信半疑，猶豫不決，他在考慮，這或是詭計，故意將他們的人力分散，到時候可能鈔票不見了，文件也得不到手。

「假如是誠意做買賣，何需要這樣曲折的佈局？」他咬著唇像自言自語地問。

夏落紅說：「問題是在你們自己本身的誠意之上，我們爲安全起見，逼不得已，非得分散你們的人力不可，要不然你們仗著人多勢大，說不定就會動蠻引起流血事件了，現在，爲爭取時間計，希望你不再作太多的考慮，趕快赴約去，情報掮客會等候你，定時炸彈可不會等候你呀！」

沙哇奴爵士忽地像下了決心，握著那兩張入場劵，退出了他們的套房。

夏落紅追至門首間，又再次向這位爵士說：「刁探長等的一幫人是你們召集來的，關照你的手下人，多加迴避，要不然，玉石俱焚，我們兩敗俱傷！」

沙哇奴爵士也覺得夏落紅的話是對的，便召集了他的爪牙，關照說：「刁探長派有人監視著古玲玉和夏落紅的，突然發現這兩個人失蹤，必要派人搜索的，你們迴避，他們兩人關在套房裡，逃不到哪兒去的，尤其帶著那麼笨重的皮箱，別讓他們走出套房半步，要注意古玲玉是個飛賊，現在卻可能會投向他們的一方面去了，注意他們的窗戶，在他們的對窗處多佈兩名眼線，平台上面也需要有人！」

杜雲生有點亂了主見，問：「爵士現在到哪兒去？」

「我去取文件。」

「單獨行動麼？不如我陪你去吧！」

「不！你們在此聽我的消息！」沙哇奴爵士說：「毛引弟和山下備德手下一夥人仍等候在海灘上，有他們足夠我調配的了！」

古玲玉一直是糊裡糊塗被矇在鼓裡的，夏落紅究竟在搞些什麼名堂？她一點也搞不清楚，直至到最後夏落紅和沙哇奴爵士作最後的談判，古玲玉始聽出了他們在交易一項文件的買賣。

待沙哇奴爵士走後，古玲玉問夏落紅說：「你們要出售的那份文件，是否就是我在珍珠港取得的那一份？」

夏落紅故裝含糊說：「我不知道，我只負責收錢的！」他打開了那隻粉紅色的手提箱，拾了兩疊鈔票，炫耀地說：「你且瞧瞧看，天底下有什麼文件可以值得這樣多的鈔票？」

古玲玉不解，憑她的那三兩下手腳偷取來的文件，會值得那麼多的錢！

「主持買賣的是什麼人？是否就是你的義父？」她問。

「等到交易成功之後，你自然就會了解，這是怎麼回事了！」夏落紅說。

古玲玉不禁悲從中來，說：「原來你一直是出賣我呢，將我矇在鼓裡……」

夏落紅連忙說：「我愛護你都來不及，怎麼說我是在出賣你呢？」

「我費盡千辛萬苦，冒了極大的危險盜取來的文件，竟被你們半空奪去作爲發洋財的買賣……」

夏落紅指著皮箱說：「你瞧，這是我們交易的成果，就可見得你們是受欺騙的，擔驚冒險拚性命，給你們的所得不過是麵包皮而已，這筆帳我們不會獨吞的，我的義父一定會分給你們應得的數字！……」

「你欺騙了我們的錢財，又欺騙我的情感，我畢生也不會饒恕你的！」

「別說傷感情的話，我們現在是同舟共濟，需要共患難！」

古玲玉大怒，欲回自己的套房去，但是守在套房客廳之中，竟有歹徒六七名之多。他們看見古玲玉都認爲她是叛逆，嗤之以鼻，使古玲玉大感羞慚。

「哼，肥水不流外人田，何不留給我們自己受用？真他媽的！」其中一人譏笑說。

沙哇奴爵士首先趕至威基基海灘約好的地點和山下備德、毛引弟夫人等聚合。

沙哇奴爵士首先說明當前的困境。

毛引弟夫人不免大發牢騷，到現在爲止，她才正式和她真正的幕後主使人會面了。

她嘆息說：「假如早知道你就是我們的雇主的話，就不會發生這麼多的意外了。」

沙哇奴爵士說：「現在發牢騷有什麼用處？我們要集中力量如何扭轉局面！」

「唉！駱教授就是利用此弱點，將你我分隔開和他接觸，雙方面對不攏頭……」毛引弟喃喃地說。

「你說的是駱教授麼？」沙哇奴爵士大驚。

「你認識這個人麼？」

「唉……他到我古堡裡去打彈子多次，還用了美人計！」沙哇奴爵士跺腳說：「我爲什麼沒有早發現呢？」

「所以說，你們幹這種工作的，太自私了，讓我們去冒死拚命，自己躲在幕後，以致搞成這個局面！」

沙哇奴爵士惱了火，申斥說：「別怨天怨地的，我們的基層組織就是這樣的！」

山下備德勸說：「我們誰也別怨誰了，快想辦法應付月光灣的局面吧！」

沙哇奴爵士等一行人，很快的就趕到了月光灣去。

這天晚上，是月光灣的嘉年華會，盛況空前，在威基基海灣附近的漁村，有十幾處之多，每個海灣都有他們自己的嘉年華會，是慶祝豐收之意。

不論是哪一個海灣上的嘉年華會，都可以撈足一大票，觀光客都紛至沓來，所有的門票常在一兩星期之前都會訂購一空的。

月光灣的嘉年華會是檀島最早又是最盛大的一個，一個月之前就開始預售門票了。

購門票一張並不太貴，十五美金，這內中包括有海灘烤乳猪，和各式餐點、酒資、欣賞歌舞、划船賞月……

酒量不佳的客人，去喝土釀的椰汁酒，多半會大醉而歸的——說不定也會就此而臥睡沙灘至天明。

最值得欣賞的，是他們的歌舞，這內中包括有他們祖先的傳統舞蹈，包括有草裙舞，描寫風花雪月，男女之間的情挑、戀愛、而至傳宗接代！

沙哇奴爵士和他的從員來至月光灣，每在嘉年華會的當兒，這種地方的警衛都甚為森嚴，而且把門的都是持大刀的土人，他們都是一板一眼的，不講什麼情理，反正是有票的一律可以進場，否則絕對的不歡迎。

沙哇奴爵士來至進口處，他還自以爲可以仗著有財有勢，可以補票，多弄幾個爪牙進場呢！

但是把門的土人卻不會認得他是什麼爵士，甚至於國會議員或是州長什麼的！

他們做事，就是一釘對一洞的，非常刻板，有票可以進入場內，沒票的一律堵在門外。

他們限制票數的原因，是酒與食物的問題，客人的數量增加太多，他們無以應付，沙哇奴爵士發現無法補票，心中暗叫糟糕，他總共就只有兩張入場券，假如兩個人入場的話，若是對方有什麼怪花招，根本無法應付。

沙哇奴爵士非常焦急，他略加考慮之後，決定和山下備德進入場內，並吩咐其他的手下人，儘量設法，不擇手段的混進場內去。

同時，還需要雇用一條船，守在月光灣的海灣之上以防萬一。

山下備德是著名的職業兇手，從來幹什麼案子都是不露痕跡的，他的身上刀和槍都準備妥當了。

沙哇奴爵士吩咐說：「沒得到我的命令，不得用武，否則事情搞糟了你得負責！」山下備德唯唯諾諾。

他倆持著入場劵，通過了入口，場面十分熱鬧，每位客人進場之後，立刻就有美女上前在脖子上套上花環，另外先奉上每人一客椰子酒。

客人真不知道有多少？整個海灣之上儘是黑魘魘的人頭，許多椰樹桿上都插有火把，以作照明之用。

原始式的音樂在響著，梆鼓聲響徹雲霄。

沙哇奴爵士東張西望的，他很徬徨，這麼大的地方，又有這麼多的人，到哪兒去找駱教授？

「是沙哇奴爵士嗎？」驀的，一個赤身露體只圍著紗龍的土人趨到他的身畔輕聲說話。

沙哇奴爵士和山下備德立刻向這人打量了一番，這分明是一個土著，就算是曾經化過裝，也很容易就能辨得出的，駱教授真有天大的本事麼？連土人也被他雇用了。

穿紗龍是非常簡單的，上半身赤裸著，腰間就只紮了一條花布，餘外什麼也沒有，身上是否帶有什麼武器，可以一望而知。

「你怎會認識我的？」沙哇奴爵士瞪目問。

「你的鬍子是很好的記號！」

「誰差遣你來的？」

「跟我來，你的朋友正等著你呢！」

那個土人好像不大願意多說話，領在前面匆匆的就走，這時候海灣上正熱鬧著，烤豬、燒海鮮的火堆有十餘處之多。

土人在前面領路，穿過一叢一叢的火把，他並沒有向一般的觀光客應走的路線走，相反的和表演的場地漸漸遠去。

沙哇奴爵士隨時提防著，恐怕會遭遇到意外的什麼陰謀，同時，他們擔心著其他的人員是否可以混得進場和他連絡。

以當前這樣混亂的場面來說，就算混進了場，也不容易找到他們的人，駱教授竟選擇了這樣的一個地方，可謂是別出心裁了！

「你究竟要帶我們到什麼地方去？」山下備德問。

「你們的朋友在等著你！」土人回答。

穿過了重重正在歡樂欣賞歌舞的賓客，來到了一排臨時搭建起的茅屋篷之前。

那地方是嘉年華會辦事人員專用的，有帳房，管收支的，有貨倉，供給各種食物飲料，也有表演人員的化妝間……在它的背後，用木柵和繩子圍起了幾條預備供屠宰的牲口，是恐防肉食不足供應賓客時備用的。

在牲口欄的旁邊，熊熊地燒著一堆火，火上架有肉食，那兒另外還搭有好幾個草篷，是幹什麼用的不得而知，反正有人在裡面睡覺就是了，也許是供辦事人員在那兒休息的處所。

土人在那兒止步，他揚手一指，只見一個乾癟瘦小的老頭兒，一身皮包骨，禿著頭、老鼠眼、朝天鼻、大齙牙、稀疏的八叉鬍子，穿有一條白花藍底色紗龍，正蹲在火堆旁，像一個猢猻，他正在烤肉呢，唉，那可不就是駱教授麼！

沙哇奴爵士恨之入骨，在事前他做夢也不會想到這傢伙就是情報掮客，王八蛋的，用了美人計，曾經數次到他的大廈，打彈子賭輸贏，叫他輸了錢還不說，原來還是「摸門路」來的呢；沙哇奴爵士嘔得想吐血。

他搶奪了文件，敲詐勒索，還耍噱頭，在他們的密室電台內置了定時炸彈，實在可惡之極！

「嗨，沙哇奴爵士到了，失迎失迎，你好像來遲了一步呢，最精彩的歌舞看到了沒有？」駱駝一抬頭，即笑口盈盈地說。

「我是來取文件的！」沙哇奴爵士直截了當地說。

「別操之過急，坐下來先喝一盅酒，吃一塊肉，反正今天是我請客！」

「哼！別再耍噱頭，否則休怪我無禮了！」山下備德叱斥說。

駱駝兩眼一瞪，仰首問沙哇奴爵士說：「這小子是什麼人？」

沙哇奴爵士答道：「這是我的手下，神槍手，山下備德！」

「媽的，矮冬瓜，平腦袋，臉無血色，滿臉橫肉，準是個日本人！這種人，千萬交不得，爵士，你是個有頭腦的人，怎麼用這種手下？無情無義的，將來一定反過來修理你的！」

沙哇奴爵士乾咳了一陣子，揮手暗示叫山下備德別胡亂說話。

「我們是看文件來的，請別耽擱時間！」他說。

駱駝點點頭，說：「好的，我是向來說話算話的，是規矩的生意人，一向信用卓著；但是，夏落紅和古玲玉的安全問題怎樣了？」

「他們現在尚在酒店之中！」

「你派人嚴密監守著麼？那好像是多餘的呢！」

沙哇奴爵士正色說：「我看守的不是他們兩人，而是我那六十五萬元的鈔票！」

「鈔票可有點交過？」

「你的義子夏落紅已經點收無訛，現在，我可需要看那些文件了！」

駱駝一招手，說：「請跟我來，但是你的那位槍手，我可不歡迎！」

「到什麼地方去？」沙哇奴爵士問。

「就在這茅屋內！」駱駝向牲畜欄後的一所茅篷走去。

說也怪了，那是嘉年華會的辦事人員用以休息的一所茅篷，駱駝和當地土著，究竟有什麼關係？居然能利用上這個地方！

沙哇奴爵士叫山下備德留守在茅篷的門口間，他心中想，在當前的環境範圍之下，不論駱駝要什麼狡詐，有山下備德一人把守著，他就插翅難逃的。

沙哇奴爵士進入茅篷之內，這所臨時搭建的休息區，造得十分的狹窄和簡陋，裡面可說是連什麼佈置也沒有，僅有的是一張桌子和兩把椅子。

駱駝進內，招待沙哇奴爵士坐下，並取出兩盅椰汁酒，算是待客的，一方面，他拉開抽屜，取出了一疊文件，那些紙張都是特製的，顯得特別的薄，另外還有許多張藍圖。

沙哇奴爵士的心情緊張，他急切需要驗明那些東西，他伸出雙手打算接過來，可是駱駝卻溫吞吞的，一把將他的手擋開。

「怎麼？還有其他什麼條件不成？」沙哇奴爵士似是惱火了。

駱駝慢條斯理地說：「不，我需得明瞭夏落紅和古玲玉的安全問題！」

在那張破桌子上，堆疊著有一團破布，好像是那些歌舞表演人員用以化裝的東西。

駱駝將它移開，下面壓著的卻是一具電話，他將電話推至沙哇奴爵士的跟前，又說：「現在是一手交錢一手交貨的時候了，請你立刻和你把守在酒店裡的弟兄們連絡，我還想和夏落紅說幾句話呢！」

沙哇奴爵士有點激動，他一手撫著電話，伸出另外的一隻手就要索取文件，同時，他還偷看向門外，只見山下備德還站在那兒，替他防衛。假如說，駱駝只是一個人在此的話，沙哇奴爵士很容易就可以將他「收拾」了的，問題是那些文件是否齊全？

駱駝當然不會是一個簡單的人物，瞧他的佈置如此周詳，怎會輕率呢？

「文件是否全部在此？」沙哇奴爵士問。

「坦白說！當然不是的！」

「爲什麼你老是拖泥帶水的？」

「對你們這種人，我是不得不加提防的！」駱駝催促著說：「請你別耽誤時間，趕快將夏落紅和古玲玉放行，你的古堡裡還有定時炸彈等著你呢！」

沙哇奴爵士卻只重視文件，說：「另外還有半數的文件在什麼地方？」

駱駝說：「只要夏落紅和古玲玉得到平安的保證，我立刻交出來！」

「那麼，文件還是收藏在這裡了？」

「憑你的智慧，你很難尋得著的！」

沙哇奴爵士的眼睛便開始不斷地四下裡掃射，他注意到山下備德仍守在茅篷之外，隨時都可以用武的，其餘的手下人不知道已經混入了海灣沒有，山下備德若和他們連絡上的話呢，那麼活擒一個骨瘦如柴的駱駝；將他綁架離開海灣應該是沒有問題的。

沙哇奴爵士是文件也要的，命也要的，錢又不肯放手，不過駱駝有多少手下人留在這海灣上？目前尚不得而知，當然這老奸巨滑的傢伙不會單槍匹馬而來，他早會有預謀的。

「別再動什麼歪心事，否則後果不堪設想，那時候，你的損失將無從估計！」駱駝再次催促著說。

沙哇奴爵士一咬牙關，即抓起了電話聽筒，首先撥電話至他的古堡大廈裡去，向負責搜索地下室的下人詢問，定時炸彈可有尋著。

下人回答：「尋遍了整間的地下室，只發現在一座發報機的背後，藏著有一隻小型的破鬧鐘，仍在行走著，滴嗒作響……」

駱駝勸說：「別死心眼了，憑你們的那點皮毛技術，不可能尋出那幾枚炸彈的，放棄動武的念頭吧！還是快將夏落紅和古玲玉放行，我們坦誠交易，你可以得到文件，我得到鈔票，此後各走各的路，大家都不反悔！」

「爵士，情形如何了？有需要用得著我的地方麼？」山下備德忽然探首進草篷輕聲問。

「我們處在劣勢，這老妖怪太狡猾了！」沙哇奴爵士放下了電話回答。

「時間是不饒人的，多耽誤對你沒什麼好處！」駱駝又說。

「山下，你將他看牢，情形不對，就開槍！」沙哇奴爵士吩咐說。

「這對你們不會有什麼好處的！」駱駝說。

山下備德正打算挺身進入草篷，忽覺脖子上有冰涼的東西架著，他吃了一驚，猛回頭。只見一個高頭大馬的漢子，濃眉大眼，八叉鬍子，一身土人的打扮，腰間圍著紗龍，手執雪亮的鋼刀，威風凜凜地，正以刀鋒威脅著山下備德。

這人是誰？瞧他膚色是白皙的，自然不會是土人，準是駱駝的手下。

這大漢叱喝說：「不許胡鬧，手槍繳出來，否則人頭落地！」他英文之生硬，較日本英文還難聽。

山下備德受了威脅，伸手掏槍，彭虎用鋼刀更貼緊了他的脖子說：

「別玩巧的，否則成為斷頭鬼，連活著的機會也沒有，槍掏出來！握著槍管，扔在地上！」

山下備德無可奈何，按照彭虎關照，槍扔在地上，彭虎用腳將它踢入沙土之內，將它掩埋了。

沙哇奴爵士甚為憤怒，說：「哼，原來你們也有埋伏的！」

駱駝說：「問題不是很簡單嗎，你們用槍，我們會耍刀，都是一樣的！」
「你們沒有交易的誠意！」
「爵士，你還有一個電話沒有打呢。」
沙哇奴爵士無可奈何，再次抓起電話，撥至海灣酒店五樓的五〇五號房，找杜雲生詢問酒店內的情形。
杜雲生回答說：「夏落紅和古玲玉仍在套房內，女的在斥責夏落紅欺騙了她……」
沙哇奴爵士申斥說：「我問的不是這個！」
「刁探長手下的人員已經在緊張，他們曾經到五樓上來了好幾次！」
「刁探長可有出現？」
「刁探長一直沒有出現，但是他監守的人員增加了！」
沙哇奴爵士即吩咐說：「讓夏落紅和古玲玉自由行動，可是要從旁監視，看他們到什麼地方去？」
「爵士現在在什麼地方？」杜雲生問。
「我在月光灣，和駱駝教授碰上頭了！」
「文件到手了沒有？」
「文件只收到一半，其餘一半需待夏落紅和古玲玉抵達月光灣才能到手！」
駱駝伸手，替沙哇奴爵士將電話掛斷了，說：「爵士真是小心眼人物，既然放行，又何必跟蹤，要知道你們勞師動眾的，很容易就會把刁探長他們引到這裡來了！」

「現在，你該將另外的一半文件交出來了！」沙哇奴爵士催促說。

「夏落紅抵達，文件就到了！」駱駝說。

「你的意思是說，另外的一半文件是在夏落紅的手中麼？」

駱駝笑了起來，說：「當然，我們分別收藏，可以互保安全！」

沙哇奴爵士又抓起電話，打算吩咐杜雲生，阻止夏落紅離開海灣酒店。

駱駝立刻將插頭給拔掉了，說：「假如你想得到全部的文件，最好別再有愚昧的行動，這對你不會有什麼好處的！」

沙哇奴爵士已無法忽耐，他向後一退就要拔槍，彭虎疾如閃電地飛腳來了個「老樹盤根」，向著沙哇奴爵士的腿上掃去。沙哇奴爵士踉蹌跌了個「母豬坐泥」，彭虎一腳踢到他的身上去了，他的那條腿像是鐵椿似的，壓在沙哇奴爵士的身上，勁力之沉重，可以將他壓扁呢！

沙哇奴爵士幾乎閉過了氣，彭虎伸手，將他腰間的手槍奪過去了。

「小心！」駱駝忽地高聲呼喊。

原來，山下備德自地上拾起了一條木棍，在彭虎對付沙哇奴爵士的一剎那間，他就要實行突襲。

彭虎是「老武夫」了，不慌不忙，擰轉身來，迎起大刀一架，只聽「拍」的一聲，木棍折為二截，山下備德退出數步遠。

彭虎的鋼刀又立刻逼在山下備德的咽喉間：「我已經是放下屠刀立地成佛的人了，別逼我開殺戒！」

駱駝說：「既然這些王八蛋沒誠意交易，我們就走吧！」

沙哇奴爵士的短槍雖被彭虎繳去，但他自躍起時，摸出了鋼筆，指向駱駝說：「你們逃不了的……」

彭虎知道，那支鋼筆絕非是好玩意兒——可能是一支自來水筆的手槍呢。

彭虎手中的鋼刀立刻出手，向沙哇奴爵士一擲，只聽「呵」的一聲，沙哇奴爵士的手腕被割了一個大缺口，鮮血淋漓，那支自來水筆手槍「劈」的響了一聲，橫向茅篷射出去了，餘下了濃厚的火藥煙硝氣味。

在這時間，海灣上的土人正在表演火把舞，梆鼓的聲響喧天，將這一聲的槍響掩蓋下去了。

彭虎再反手一拳向山下備德打去，這個矮小的日籍粗漢即時就仰天躺在沙地上昏厥過去了。

沙哇奴爵士負傷在地上呻吟著。

駱駝向彭虎說：「管他媽的，我們走吧！」

於是，他們倆人便匆匆的離開了茅篷。他們要逃往哪兒去？不得而知，反正沙哇奴爵士是面臨全面的敗北，他受騙了，非但如此，他連準備好作爲自衛的武器也失掉了。

沙哇奴爵士用手帕紮好他手腕的傷口，立時去找尋剛才彭虎埋藏進沙土底下的一支短槍。

他扒開泥土，總算將那支左輪短槍尋出來了，有了武器，沙哇奴爵士還可以作最後的一拚。

他穿出茅篷時，駱駝和彭虎都不知去向了，這時海灣上的嘉年華會節目已達高潮，土人在表演火把舞，但見火把如萬花筒似的在沙灘上穿流不息，觀眾們也跟著歡舞，如醉如狂。

沙哇奴爵士哪有心思去欣賞這些？他焦急不已，他的爪牙一個也沒有看到，而山下備德四腳朝天躺在地上，像死豬似的。

假如給駱駝逃掉了，他可完蛋啦，人財兩空，他不知道該如何向主子交代？

火把仍在流動著，只見土人在奔跑，駱駝和彭虎全是土人打扮，他倆可能借著火把的掩蔽就此逃逸。

沙哇奴爵士非得要有助手不可，在情急之下，在草蓬旁找到了一桶涼水，便向山下備德猛潑過去。

山下備德被沖醒了，一副狼狽不堪的形狀，他睜開眼，一看當前的情形，就知道事情不妙啦。

「這兩個傢伙到哪裡去了？」他問。

「我們吃虧了，被他們逃掉了呢！」沙哇奴爵士說。

「喲，爵士，你受傷了？」

「這是小事情，別多說廢話了，快幫忙起來追他們吧！」

山下備德便開始埋怨，說：「我早說過，見面就得宰……」

「別囉唆了，我們快分頭行事，截阻他們最要緊，你快出場外去，集合所有的人，發現夏落紅和古玲玉抵達時，雙雙將他們拿下，那一大皮箱的鈔票一定要奪回來！夏落紅的身上還有半數文件也要將它搜出！」

「你呢？爵士！」

「我要繼續在這海灣上找尋，無論如何要將這兩個傢伙截留住，我們最後在表演歌舞的場地上集合！」

沙哇奴爵士吩咐完畢，握著槍，出了草蓬，匆匆而去，但是他能夠在什麼地方再找到駱駝和彭虎的蹤影呢？

山下備德被彭虎打了一悶拳，胸膛仍在作痛，可見得那一拳打的份量有多重，他撫著胸膛，忍痛向場外面跑，這時候海灣上正熱鬧著，人潮如水，擁擠不堪，同時，有許多客人已經灌飽了老酒啦，歪歪倒倒，跌跌撞撞的。

山下備德好容易始才擠出了場地門外，他在連絡的地點，尋著了毛引弟手下的凌荊。凌荊是負責連絡的，他說，毛引弟夫人和金煥聲、查禮周等均已混進場了。

山下備德暗覺納悶，爲什麼在場地內沒發現他們的蹤影呢？莫非是他和沙哇奴爵士被駱駝誘進草蓬裡去，使他們沒法找著？

「唉，完全處於劣勢！」山下備德嘆息說。

不久，杜雲生等人也到此報到。

「夏落紅和古玲玉呢？」山下備德問。

「他們兩個剛進場，他們有門票，我們被阻擋在外……」杜雲生說。

「糟糕！」山下備德跺腳嘆息。「那隻裝鈔票的皮箱呢？」

「在夏落紅手中提著，是爵士吩咐交給他的！」杜雲生驚訝說：「又起了變化麼？」

「完蛋了！我們遭受到意外的慘敗，文件只到手一半，另外的一半是在夏落紅的身上！」

「胡說，我們曾經搜過夏落紅的身，什麼也沒有哇……」

「他不可能收藏在套房內麼？你們讓他倆單獨停留在套房內這樣久，他臨行時就會取出來的！」

山下備德已有預感是完全失敗了，被騙子騙啦。

隨杜雲生同來的一個爪牙報告，說：「不好，刁探長和他的鷹犬追到了！」

「唉，必定是夏落紅和古玲玉引來的！」杜雲生推諉責任。「這對我們或許會礙事吧！」

山下備德說：「不管，我們作最後的應戰，大家分頭儘量混進場地去，無論如何不讓他們任何一個人逃掉，能抓到一個也是好的！我們在海灣上已雇好了一條船預備著，我帶幾個人分頭去，由海上包抄過來，恐防他們借海而遁！」

杜雲生也搞不清楚局面糟糕到什麼程度，又問：「爵士呢？」

「爵士已經負了傷，現在仍在場地內找尋他們的人！」山下備德說。

杜雲生知道多問沒有好處，反而耽擱了時間，他即分派了鈔票給每一個人。

他說：「我們要不擇手段混進場去，付出比門票更多的代價，相信不會有問題的！」

爲了爭取時間計，他們已實行分頭設法進場去，這時候，刁探長和他的隨員已浩浩蕩蕩趕到了，治安人員好辦，他們毋需門票就可以進場了。

搞行動工作的人員，多少總有點頭腦的，整個的月光灣這樣的大，除了幾個進出口道之外，其餘的地方，多半是用木板和草繩攔起的，但是有土人把守著。

當然，這是一年一度，他們撈大把鈔票的好機會，所以把守得甚爲嚴密，身揹大刀，是用以嚇阻人的，在這許多的守者之中，有貪小利的，稍爲活動幾個錢，睜一隻眼，閉一隻眼，也就放行了，但是若被他們的族長知道了可不是鬧著玩的，會受到很嚴厲的懲罰呢。

所以也有些楞頭楞腦的土人，隨便你出多少錢，好話說盡，就是不肯答應，怎的也不讓你過門；約十餘分鐘之後，杜雲生算是混進場了，他們每一個人的心情都差不多是一樣的，哪還有心思去欣賞什麼歌舞呢？半裸的熱帶女郎挨身而過，他也沒有閒情去多瞥一眼。

第七章　金蟬螳螂黃雀

杜雲生東張西望的，四下裡盡是黑魘魘的人頭，有半醉的酒徒在學著土人歌唱，也有抱著那些穿草裙負責招待的熱帶女郎胡纏的……

杜雲生需要找尋夏落紅和古玲玉兩人，最重要的是要奪回那數十萬元的鈔票。

不久，他在那表演的廣場上尋著了沙哇奴爵士，同時毛引弟、金煥聲的人全連絡上了，就只是沒發現駱駝及夏落紅等人的蹤跡。

「唉，我們全面失敗了！」沙哇奴爵士跺腳嘆息，悔恨不迭，說：「這小子真可惡！錢給騙走了，文件只交給我們一半，莫非他還打算來第二次的敲詐和勒索麼？」

「爲什麼在當時不將他拿住呢？」杜雲生對經過的情形頗感到懷疑。

沙哇奴爵士臉有愧色，他不願意再討論這些問題，冷冷的嗤了一聲，說：「山下備德的人呢？」

「他帶了人，乘了汽船，把守在海面巡查，以防他們會由海面上逃出去！」杜雲生說。

沙哇奴爵士被一言驚醒，說：「對的，這是他們唯一的逃走路線！」

於是他們一行人便向沙灘上追出去，希望能得到山下備德的消息。

忽而，有人迎面過來，向沙哇奴爵士打招呼。「喂！沙哇奴爵士，我找你好半天啦，好容易才尋著你！」

沙哇奴爵士一看，迎面來的是刁探長，心中就有了疙瘩，他不得不敷衍，招呼一番，回復紳士風度上前握手，說：「刁探長是辦案來的，還是欣賞歌舞？」

「在這種熱鬧的場合之中，少不了我！」刁探長含笑說：「剛才進門口時，有一個不相識的老人央託我，送交一卷東西給你！」他說著，自衣袋中掏出了一卷東西，用牛皮紙封得好好的。

「是什麼東西？」沙哇奴爵士急問。

「不知道，你可以拆開來看看！」

沙哇奴爵士心中如十五隻吊桶，七上八下的，他不敢隨便去拆它，「是什麼樣的人交給你的？」他又問。

「一個不相識的人，年紀起碼六十多了，動作慢吞吞的，我從沒有見過！」刁探長說。

「奇怪了，有誰會在這裡央托你轉交東西給我呢？豈不怪哉？」沙哇奴爵士戰戰兢兢的，小心翼翼，將牛皮紙撕開，借著樹旁插著的火把的光亮一看。

那裡面竟是一束文件，嗨……就是那缺少了的半數文件。

沙哇奴爵士像觸電似地一抖，駱駝那廝也真惡作劇，竟然讓刁探長替他轉交過來。

不過，駱駝也算是蠻講信用的，他收了錢逃脫之後，仍然將文件交清，在那束文件之中還夾有一張紙片，上寫「銀貨兩訖」幾個大字。

駱駝的用意何在呢?竟交由刁探長傳達到他的手中，想將刁探長也牽進這漩渦麼?或是想利用刁探長阻止他們追趕?

文件既已全部到手，至少，沙哇奴爵士就可以向上級交代了，追殺駱駝等人，已屬於次要的問題了。

「究竟是什麼東西?」刁探長再問。

沙哇奴爵士需得應對，忙說：「這是生意交往的文書……」

「奇怪，沙哇奴爵士來參加嘉年華會，竟然還不忘生意!」刁探長搔著頭皮說：「託我交這卷東西給你的，又是什麼人呢?」

「是生意往返的生意人!」

「姓什麼?叫什麼?做什麼生意的?」

「是誰呢?」

沙哇奴爵士在情急之下，一時想不出什麼好的藉口，便說：「是收購我的農場的農產品的!」

沙哇奴爵士便不樂了，說：「刁探長好像是調查什麼似的，難道說內中有什麼問題麼?」

刁探長說：「不，我是好奇而已，爲什麼這個人會認識我，又知道我能尋著你!」

「刁探長，你可是檀島上的名人呢!」

正在這時，只見山下備德喪魂落魄地由海灘奔了過來，他像要向沙哇奴爵士報告什麼事情，但看見刁探長在場，立刻將話噤住了。

「怎麼樣?」杜雲生趨過去輕聲問。

「皮箱在海灘上發現了！」山下備德說。

「錢呢？」

「箱子空了……」

刁探長發現他們一夥人的神色都不正，和沙哇奴爵士話又不投機，很納悶地就走開了。

但是刁探長最感到可疑的，就是毛引弟夫人爲什麼會和沙哇奴爵士他們混到一起呢？

刁探長離開之後，杜雲生就將山下備德發現皮箱的實情向沙哇奴爵士報告。

「在什麼地方發現的？」他急問。

「他們將那隻皮箱置在一塊岩石之上，好像是故意吸引我們的注意力似的！」山下備德說。

「哼！那必然是聲東擊西的做法，這樣，他們就不會由海面上逃出去的了！」沙哇奴爵士說。

他們一行人便匆匆地往海灘外趕去。

山下備德雇的一條船，還停泊在海岸之上，皮箱置在的地點，只有在海面上才能看的到。

好像是駱駝早已知道他們雇有一條船巡邏在海面上，置這皮箱在此，以吸引他們的注意力。

這皮箱是粉紅色的，它的周圍和提手處，沙哇奴爵士特別塗上了有反光漆，所以在燈光接觸之下，它便會起反光作用，非常的觸目。

山下備德乘船路過，很容易就可以發現了。

「假如他們這樣做，就不可能是由海面上逃出了！」杜雲生說道。

「這個老妖怪的作爲，無從捉摸，反正我們是完全失敗了！」沙哇奴爵士感嘆說。

沙哇奴爵士回返古堡大廈之後，情緒非常的緊張，首先，他得研究機密文件的價值，另一方面，他仍得搜索地下密室內的定時炸彈。

駱駝黃牛了，他說過在交易成功之後，會給他們指出定時炸彈埋藏的所在位置，但是他們的人不再出現了。

不管怎樣，定時炸彈是一定要將它尋出來的，不過沙哇奴爵士又考慮到駱駝可能是故意擺噱頭，藉以恫嚇他們——騙子一向是不擇手段的。

沙哇奴爵士的古堡大廈農場，連續來了好幾輛神秘的車輛。剎時間，這間大廈裡的傭僕忙碌不堪，好像要招待什麼貴賓似的。

沙哇奴爵士啓開了他的那所寢室前套間的小會客室，那是連著他的書房的。

沙哇奴爵士的許多機密文件都是貯放在那所書房之內。

這批客人，多半是沉默寡言的，打扮得都像紳士，煞有介事正襟而坐。

由他們的眼色，就可以知道這些傢伙全都是用腦筋的人物，沙哇奴爵士在平日間也擺出一副幾乎是神聖不可侵犯的尊嚴面孔，但這會兒奴顏卑膝的醜態畢露，對這幾位客人唯恐招待不週。

他們好像還要等候一位什麼人，始才開始會議。

大家空候著，也不發言，沙哇奴爵士是雪茄、煙、咖啡、紅茶、點心，全端出來了。

「花數十萬美金，購買這樣的一份情報，值得麼？」忽地，一位禿頭的客人問。

「我們只等區長一到，就可以開始研究了！」沙哇奴爵士說。

不久，門前來了一輛三輪摩托車，車中走出的，是一位身材高大，紅髮紅毛，眼珠碧綠，工人打扮的外國人，他走進古堡大廈，每個人對他都很恭敬，他的身分就可想而知了。

這個人，就是沙哇奴爵士稱爲「區長」的人，這並非是檀島行政上的區長，而是「國際間諜組織」派在檀島的區長。

他們的會議，一定要等到區長抵達之後，始才能舉行。

沙哇奴爵士得意洋洋，爲了表現他的功績，一再誇耀文件的價值。

他將它展開在那張小型的會議桌上，分爲文字和藍圖兩部分。

參加會議的，有各種不同的專家。

瞧文字部分，它大多數是密碼和公式，非外行人所能看得懂的，連專家也得加以研究。

藍圖卻像是建築物所有的正側面圖，剖解圖，上面多的是公式計算數字。

每個專家，聚精會神，仔細將文件一一看過一遍之後，便開始發表意見了。

「珍珠港海軍招待所內得手的麼？」區長問。

沙哇奴爵士恭聲回答：「經過情形十分曲折，得而復失，失而復得，我們經過了好幾場鬥爭，足以成爲傳奇！」

一位對軍事建築有研究的專家指著一份圖說：「這部分的藍圖好像是地下建築物！」

「嗯，頗像地下飛彈基地！」另一位專家說。

「據我的判斷，頗像是原子潛艇的地下基地！」一位戴深度近視眼鏡的專家說。「問題是它只是建築物，而沒有飛彈的發射台！」

「不管怎樣，我們要尋出它的理由！」區長指示說。

沙哇奴爵士即說：「在文件之中，有著許多的公式，也許就是總說明！」

那位專門研究公式的專家頗感到困惑，因爲他全看不懂，經區長詢問，他說：「這好像是很普通的建築物！」

沙哇奴爵士不樂，指著藍圖說：「第一圖，就說明了它是地下建築物，有地平線的剖解圖……」

「當然，我們不能否認它是地下建築物，但這結構是什麼東西呢？」

「我看過法國馬奇諾防線的地下剖解圖，及德國齊格菲防線地下剖解圖，這圖形頗有類似之處，因爲它分層組織頗多，好像是屬於軍事方面的！……」

沙哇奴爵士便生了氣，說：「由海軍招待所裡面出來的當然是屬於軍事機密！要知道我們已經費盡了九牛二虎之力啦，只請你們能研究出一個正確的結果！」

「我建議立刻製造影印本，即寄回總部！」

區長立刻反對，說：「不行，假如出毛病，我們向總部如何交代？」

負責研究文件的專家感到困惑，搔著禿頂的頭皮，直在發楞，忽而，喃喃地自言自語說：「這好像是外行人寫的東西！」

沙哇奴爵士急得冒汗，說：「難道我們真是退步了？現在把智慧全用在人造衛星上面去，所以對地下的建設一直落後！」

區長不樂意聽他們的爭執，事情沒有搞好，反而起內鬨，這是很不智的事情，便說：「不管怎樣，我們要研究出它一個道理，至於對手方面，聽說他們對你的了解頗多，你打算怎樣處置呢？」

沙哇奴爵士頗爲尷尬，對付駱駝，他是完全失敗了，駱駝等的一夥人，完全脫線了，不知道下落何處，便說：「當然，這些人我會將他們一一收拾，一個也不留的。」

「你要注意後患問題！」

沙哇奴爵士唯唯諾諾，以他的身分而言，從不需向任何人屈膝的，但對這工人模樣打扮的漢子，卻唯命是從，不斷地鞠躬。

區長還另外有重要的事情，需得早走，他最後關照說：「不管怎樣，在今晚之前，要給我詳細的報告！」

這時候，負責在地下電台內搜索的人員向沙哇奴爵士報告。

他們幾乎拆掉了全部的電訊器材，並沒有發現任何定時炸彈，在室中的機器之中，只搜出兩隻破鬧鐘，滴嗒滴嗒的作響，就和定時炸彈相彷彿。這足可證明駱駝等人是進過他們的地下密室，而且在器材上裝置有古怪的東西。假如說，只是兩隻破鬧鐘就將他們唬住了，簡直是滑天下之大稽了。

「繼續搜索！」沙哇奴爵士關照說：「但是任何人不得將消息洩漏，否則從嚴處分！」

那些工作人員也頗感頭痛，地下密室已經搜遍了，再進一步就要拆天花板和撬地板啦。

小會客室內的會議，仍在繼續進行，這是那位區長的命令，無論如何要研究出一個道理。

地下室內搜查工作也在進行，奉命搜查的一個個怨天咒地的，駱駝要了錢，要了人，還留下這麼大的一記玩笑，教他們累得筋疲力盡還沒個完。

在另一方面，毛引弟夫人和她的爪牙四下裡找尋駱駝一夥人和她的義女古玲玉的下落。

古玲玉是經毛引弟一手訓練長大的，非常服從命令，十幾年來母女情深，一直對義母頗為孝順。

毛引弟深信，古玲玉是絕對不會叛變的，和騙子去談戀愛真會昏了頭麼？豈不自討苦吃？

古玲玉不是個沒有腦筋的人，她豈會受騙？為什麼會和夏落紅他們一夥人一起失蹤了？是受了蠱惑？被綁架？或是真叛變了？這是個謎。

毛引弟夫人認定了一點，就是駱駝他們一行人絕對還沒有離開檀島，他們能躲到哪裡去呢？

她用盡智慧，凡是駱駝和夏落紅到過的地方，住過的酒店，都極力偵查，總歸可以找出若干的線索的。

刁探長和他的鷹犬也忙亂得像沒腦袋的蒼蠅，亂飛亂闖的。

月光灣的嘉華年會過後，線索中斷了，駱駝一夥人全無下落，只有毛引弟夫人和她的幾名「狗腿」，仍在四下裡亂跑。

在民主國家裡，沒有得到積極的證據是不許隨便逮捕人的，尤其是檀島的環境特殊，他們不敢輕易去得罪觀光客。

所以刁探長仍然採取跟蹤的策略，只盯牢了毛引弟和她的黨羽們。

刁探長自認為最高明的一著，就是封鎖各機場及港口，駱駝等人，不能說不買機票或是船票就可以離開檀島的，所以各航空公司及各輪船公司，刁探長都親自去接洽過，只要發現這幾個人的名字——當然連他們起的古怪洋名字都在內——和他們的照片時，即請立刻和警方連絡。

這樣，刁探長便以為萬無一失了。

夏威夷原是群島組成的美國一個州，它包括：夏威夷、茂宜、歐胡、可威、莫洛凱、拉奈等六大島和幾十個無人礁嶼。

駱駝和他的一夥人躲到什麼地方去了呢？

莫洛凱島在茂宜島西北十三海里，島東西長六五公里，南北寬十一公里，島中央的卡瑪庫山是全島的脊樑，北岸爲峻峭的海崖，及高達六百多公尺的懸崖所隔離的卡勞帕帕半島。

卡勞帕帕半島，視景奇佳，因爲它有一座高崖隔絕，很少會有觀光客光臨。該半島上只住有少數靠海爲生的土著，甚爲清靜。

駱駝就是匿藏在此，在他有生以來，從未有這樣清閒過的，真好像渡假一樣。

這時候，他真遵從了醫生的吩咐，儘量多呼吸新鮮空氣，多休息。

卡勞帕帕的海灣甚爲幽美，一片金黃色的沙灘，面向無際的海水，椰樹招展。

駱駝愛上太陽浴了，他每日均以土人的裝扮，赤裸著上體，腰間圍著了紗龍，口啣著雪茄煙，草帽罩頭，仰臥沙灘之上，享受海風之薰陶，看悠悠的行雲，聽海浪的節奏，心境也就平靜了。

駱駝的畢生，有著許多傳奇，他似乎生就勞碌命，安閒不得的，活到這樣大的一把年紀，還從來沒有這樣的安逸過呢。

這次遵醫生的囑咐，到夏威夷來，是爲養病而來的，豈料福由天降，發現了一筆意外財，一時技癢，又進行了一番鬥智，數十萬美金，不費吹灰之力，又告到手了，這真是奇蹟。

這時候該是心安理得了吧？在此「世外桃源」，心平氣靜地儘量享受大自然，滿腦子裡全是花花綠綠的花旗鈔票。駱駝幹任何的騙案，還從來沒有這樣順利過的。

醫生囑咐他要盡情的休息，除了身心體力之外，連腦筋也要停下，什麼也不要去想它。

但駱駝哪能辦得到呢？他想起在沙哇奴爵士古堡大廈的慈善舞會中，古玲玉將他當作一名土老頭兒時的情景，就獨個兒竊笑不已。

駱駝正開心之際，沙灘的背後來了一陣腳步聲，他滿以為是查大媽購物回來了，笑著說：「雪茄煙替我帶來了沒有？」

「嗯！你倒是舒服，在這裡享起福來了！」

駱駝一聽，嗓音好熟，不免有點吃驚，猛然抬起頭，一看，嗨，不好了，竟是刁探長，他怎會找到這地方來的？

「怪哉！居然被你找到了！」駱駝吶吶說。

「哼！你以為天底下就只有你這個聰明人麼？」刁探長氣定神閒地說。

「聰明常被聰明誤！這一次可能是我輸了！」駱駝偷偷舉目四看，只見海灘上四下裡全是刁探長的鷹爪。

他已經成為甕中之鼈，網中之魚，插翅難逃了。

「乖乖的站起來，跟我走吧！」刁探長神氣活現地說。

駱駝說：「我是個文人教授，手無縛雞之力，刁探長又何必如臨大敵了呢？」

「五萬元在哪裡？」

「什麼五萬元?」

「別裝蒜了!」刁探長自衣袋中摸出一張百元的大鈔，舉在駱駝的面前，說:「這是登記有案的鈔票，竟然在卡勞帕帕出現，你以爲躲這個迷藏，我們就找你不著嗎?」

「什麼登記有案?請你說個明白，別在悶葫蘆裡賣藥了!」

刁探長故作嚇唬人的形狀，驀的摸出了手銬，揪住了駱駝的手腕就要銬上去。

「別忙!」駱駝兩眼一瞪，手指著刁探長的鼻尖，狠聲說:「你有許多未破的案子，需求我的幫助，否則，大家都難看!」

刁探長知道駱駝的厲害，刹時間，真楞住了，但仍不肯低聲，說:「哼，你還要向我恫嚇麼?」

駱駝便湊至他的耳畔。輕聲說:「珍珠港海軍招待所的案子，我已經有了線索!」

刁探長立刻軟了，喃喃說:「我早就猜想到你脫離不了關係的!」

「請告訴我，五萬元是怎麼回事?」駱駝再問。

「劫奪公款!這罪名不會輕呢!這次是人贓並獲，騙子，你作惡畢生，這一次總算是栽倒在我的手中了，惡貫滿盈，也該受法律的制裁了!」

「劫奪公款?唔，你指的是石油大王鑽石項鍊竊案的獎金?……」

「你打電話給我，約我付款交換情報，可是到了目的地，不見你的人，公款卻被劫!」刁探長自以爲得意，說道:「要知道，那筆鈔票，全部都經登記號碼的，只要鈔票流動在市面，我們就可以根據線索，抓到犯人!」

駱駝聞言恍然大悟，五萬元獎金是他安排好故意讓毛引弟和她的爪牙劫去以了恩怨的，想不到毛引弟得手後竟將款項全都交給了沙哇奴爵士，沙哇奴爵士又將該款湊在那六十五萬元鉅款裡再交給了駱駝，如此兜了幾個轉彎，駱駝「失而復得」，毛病就出在這裡。

躲在卡勞帕帕半島這個人跡稀少的地方，駱駝滿以爲可以神不知鬼不覺，但竟被刁探長找著了。這是查大媽的疏忽，那一大箱的鈔票，駱駝曾特別關照過的，任何人不許動用一分一毫，卡勞帕帕半島這海灣，是查大媽看旅遊介紹發現的，她認爲躲在這山崖隔絕的地方躲避風頭是最理想不過了，她等於是「先頭部隊」，首先開路到這地方來的。

租用漁民的住戶需要付定金，老太婆比較小氣，還要討價還價一番。

查大媽的身上不是沒有鈔票，但是老太婆喜歡嶄新的鈔票，她荷包裡的鈔票都是直版的，捨不得花掉呢。

於是，她便動用「公款」了，隨手抽出了好幾百元，也是鬼使神差，她剛好就拿中了警署登記了號碼的鈔票，交到漁民手中了。

當然，卡勞帕帕半島難得有觀光客光顧，漁民們飛來財運，歡天喜地的就跨海到商業最繁華的歐胡島的市面去購物去啦。

在歐胡島上所有商家對百元鈔票特別注意，這登記有案的鈔票，只要流出市面，警局很快的就會得到線索，於是，刁探長就追蹤至卡勞帕帕半島來了，駱駝就此落網，你說冤枉不冤枉？

「嗨，我以爲什麼事情，原來是爲了五萬元獎金事件，這筆獎金，應該是由我所得的，我打張收條給你，不就了事了麼？」駱駝笑嘻嘻地說。

「哼，別耍貧嘴，這是劫奪！」刁探長說。「我用劫奪的罪名逮捕你！」

「這樣你會後悔的，其他的案子休想破了！」

「哼，我在檀島混了十數年，案無不破的，否則我這個探長職位能站得住腳麼？」刁探長很跋扈地說：「贓款在哪裡？快給我繳出來！」

「那是我應得之款，我打一張收條給你就可以報銷的！」駱駝回答。

「你想得太便宜了，像你這樣的人物，留在檀島是個大禍害，你算是給我機會了，我非得將你逮捕押解出境不可！」

「沒有挽回的餘地麼？」

「我已經被你耍夠了！」

「一件國際大間諜案作交換條件如何？」

刁探長怦然心動，說：「怎樣的國際間諜案？」

「包括珍珠港海軍招待所丟失的軍事文件在內！」駱駝再說。

這正是刁探長求之不得的事情，爲了這件案子，他正被上層逼得焦頭爛額。「你知道文件的下落嗎？」

「我可以幫助你找回來的，藉此機會，你可以建一大功，又可以升級呢！」駱駝嬉皮笑臉地說：「但是有一個問題，獎金多少，嗯？」

刁探長兩眼一瞪，說：「你還想要談獎金麼？」

駱駝正色說：「破獲間諜巨案，包括百數十人的諜網集團，還有規模龐大的地下電台，珍珠港的重要軍事文件失而復得，該有多大的功勞？假如說，這件案子交由ＦＢＩ或ＣＩＡ去破獲的話，他們同樣的會給我獎金的，同時，假如你非法扣留我的話，我只要向他們透露一點風聲，他們即會來將我調過去，間諜案破獲，我會不要獎金，唯一的要求，是作檀市榮譽公民，那時候可以在檀島長住，專門動腦筋收拾你，丟那星！我說話向來是說得到做得到的！」

刁探長被他唬得一楞一楞的，便改變了語氣，說：「真的有龐大的間諜案，包括地下電台麼？……」

「當然，應該從長計議！」

「那麼我們好好的談談！」

駱駝便說：「既然要談事情，就不必如臨大敵似的，把你的鷹爪撤到一邊去吧，瞧起來很不順眼呢！」

刁探長抓了抓頭皮說：「你不是擺噱頭，打算讓你的黨羽逃走吧？」

駱駝吃吃而笑，說：「不瞞你說，你的陣勢這樣一擺開，我的一幫把戲老早就被你們嚇跑了，他們現在正在動腦筋如何營救我呢！」

「他們逃到哪兒去了？」

「無可奉告！」

刁探長又吃癟了，無可奈何，只有吩咐所有的弟兄暫時退回警艇上去

「請！」駱駝一擺手，帶領刁探長進入海岸畔的一所茅舍，這就是駱駝租借用以避風頭的。

茅屋內的佈置甚爲雅潔，還有小型酒吧，它幾乎是專供租給觀光客渡假用的。

「喝一杯酒如何？好談買賣！」駱駝說。

「只要不下蒙藥就行！」刁探長說。

「用蒙藥是下九流的事情，我是幹大事業的，不用那種低級的東西！」

「嘿！你話說得漂亮，但是滿肚子是男盜女娼！」

駱駝已經調好一盅雞尾酒，那是乾占，檸檬汁和缽酒加冰塊調成的，他斟了兩杯，分給刁探長後，兩人碰杯而飲。

「告訴我間諜案的內容！」刁探長很性急地說。

「間諜是逃不了的，我們還是先解決你的五萬元獎金的問題！」駱駝說著，走至櫃台畔的打字機旁，立刻打了一紙獎金收據，並簽了字，然後交給了刁探長，又說：「這表示我們和解了！」

「好吧！算我倒楣！」刁探長露出自怨自艾的神色，將收條收好，破獲石油大王布魯克鑽石項鍊失竊奇案的獎金事件，便告一段落了。

駱駝復又笑呵呵地替刁探長斟了另外的一杯酒，舉杯說：「願我們此後合作順利！」

「現在你該把國際間諜案的內情告訴我了！」刁探長說。

「唔，不！我們獎金問題還未有談好呢！」

刁探長大怒：「你口口聲聲還是不離錢麼？」

「我們是靠什麼活著的？」

「你已經得到五萬元了……」

「那是另一筆帳，屬於鑽石項鍊部分的，現在是談國際間諜案，包括國際間諜組織，地下電台，和失竊的軍事秘密文件！」

「好吧，你說一個數字，需要多少獎金吧？」刁探長問。
「破獲間諜組織應該是無價的，因爲它具有顛覆，破壞，甚至於屠殺，製造一切不利於美國聯邦的事件；假如不將它破獲的話呢，後患無窮，何況其中還包括有一座具有規模的地下電台，和失竊了軍事機密文件！」
「不必說道理了，只管開個價錢吧。」
駱駝舉杯，一口將酒飲盡，豎起了一隻手指頭，說：「一百萬！」
「……一百萬……」刁探長像觸了電，兩眼翻白，「砰」的一聲，酒杯落地砸得粉碎，裂大了嘴，張口結舌，連話也說不清楚了。「他媽的……這，這，這不等於是勒索嗎？」
「間諜的破壞，損失就不止一百萬了！」駱駝步步進逼，又說：「譬如說，珍珠港海軍招待所丟失的軍事機密文件，那是花了多少億美金建成的工事，一旦文件丟失，那幾億美金豈不就白花了？答應與否，由你作決定。」
「這龐大的數字，非我所能作主，我得請示……」
「你向上面請示，將來的功勞就不由你獨得了！」駱駝聳肩說。
「你簡直是故意給我難題麼！」刁探長愁眉苦臉地說。
駱駝重新替他拭淨一只琉璃杯，再斟滿了酒，遞至刁探長的手中。
「怎麼樣？一百萬元不算苛求吧？」
刁探長癡呆了好半晌才回復了常態，沉聲咒罵說：「騙子！你不是在騙了，你簡直是在勒索，在搶劫呢！」

駱駝聳了聳肩，似是意氣索然地說：「這樣，生意就好像談不成了呢！」

「假如發現間諜組織，知情不報，同樣是犯罪的，我不怕你不供出來！」刁探長咬牙切齒地說著，他離開了酒吧，勘查那間茅屋內週圍的環境。

這茅屋相當的有規模，三房一廳，外加衛生設備，假如真借用它來渡假或是養病的話，那真是個好地方，而且它的設備差不多都是現代化的，電燈、自來水、電冰箱、煤氣爐、洗衣機……全有。

刁探長並不需要注意這些，他要查看駱駝的幾個黨羽何在？是否藏匿在茅屋之中？同時，駱駝劫奪到手的五萬元是否收藏在這裡？他希望能將它找出來。

「你的那個獨臂的老太婆和你的義子夏落紅、飛賊孫阿七、彭虎，他們全到哪兒去了？」刁探長一面搜索，一面問。

「全被你們嚇跑啦！」駱駝悠遊自在，啜著酒回答，其實，他的肚子裡也有數，這一次落入刁探長的手中，刁探長絕對不會輕易放過他的。

也幸好查大媽和彭虎到市面上去採購食物和日常用品去了，孫阿七去找他同行的弟兄輩設法弄一條船以便偷渡出境。

夏落紅和古玲玉好像新婚蜜月，雙雙一大早就到附近的無人島去了，所以刁探長等於撲了空，只抓住了他一個人。

這樣是頗幸運的，假如刁探長不聽擺佈的話，堅持要胡來，那麼還有好幾個人在外，可替他奔走和營救。

刁探長搜索了個老半晌，毫無所獲，便向駱駝說：「我遲早要將你的黨羽打盡的。」

駱駝並不在意，說：「國際間諜案你不打算建功了麼？」
刁探長說：「那不過是你的噱頭，我不再上當了！」
「珍珠港海軍招待所失竊的軍事秘密文件，你也不打算將它找回來麼？」
「我很容易會教你招出來，它究竟藏在什麼地方！」
駱駝嘆息說：「你真是食古不化在自尋煩惱！」
刁探長說：「現在你且跟我走，一切的事情，留待慢慢的談！」
駱駝面有慍色，說：「你的意思是逮捕我了？」
「不！是傳訊談話，警局是有這個權的！」刁探長說著，他請駱駝穿上了衣裳。十餘分鐘之後，駱駝被押上了警方的汽油快艇，刁探長還留下了好幾個便衣，吩咐他們繼續監視海灣上的這座茅屋，繼續逮捕駱駝的黨羽歸案。
不久，警艇的引擎發動了，螺旋槳激起了一陣浪花，那快艇如箭脫弦地駛離了卡勞帕帕半島，向檀島而去。
駱駝並不在乎，他向刁探長附耳說：「你會後悔不迭的！」
刁探長當著手下的面，不得不強充「殼子」，他冷冷地說：「還說不上誰後悔不後悔呢；況且，假如你不是如此跟我們搗蛋，我們治安人員是不會對任何人如何的；你有今天，應該怪自己爲人做事太刁滑了！」
「唉，你將公款丟失，我替你奪回來，還要以怨報德麼？」
刁探長說：「只有走著瞧了！」

駱駝冷冷地說：「你會後悔的！」

警艇離開了海灣，以全速前進，不久遠馳而去，海面上僅遺下一道白浪沫花。

駱駝等於是遭受軟禁，在警署的宿舍裡，他不算是犯人，因爲並沒有經過審訊。他等於是刁探長個人所屬限制行動自由的客人，這種做法，在民主國家裡是違法的，可是案情關係重大，刁探長呈報了他的頂頭上司，得到警察局長的允許才這樣做的。

駱駝很受優待，每頓飯是雞鴨魚肉，香檳美酒，要什麼給什麼，除了行動不自由之外。

在一所斗大的，佈置雅潔的小房間內，後望是鐵窗，房門上裝有鐵閘，外面有特別的警察把守，這和坐牢又有何異呢？

刁探長曾向那些守衛者一再關照過，駱教授是騙子出身，鬼計多端，最會作弄人，他手底下的能人又甚多，在防守工作上，切要注意，不得疏忽大意。

駱駝難得安閒，他自己安慰說：「這樣也好，真個可以安心休息了！」

其實他的內心之中是栖栖惶惶的，販賣軍事機密文件得來的數十萬元鉅款仍藏在卡勞帕帕半島海灣之上。

假如警方繼續監守在那兒的話，查大媽、夏落紅、彭虎他們必也難免會陸續一一被捕，連那筆鉅款也會被起出來。

在他的幾個老搭檔之中，只有孫阿七是較爲機警一些，可惜事出倉促，不知道孫阿七得到風聲沒有？除了孫阿七之外，誰也不會想出營救的辦法的！

駱駝最擔心的是他的義子夏落紅，這孩兒畢生犯桃花，見女人就昏頭轉向的，他和古玲玉好像度蜜月般，自從到了卡勞帕帕半島之後，他倆租了一艘漁艇，朝出晚歸，終日蕩漾在那些無人島水域中。

相信最早被捕的，就會是他們兩個。

駱駝詛咒的是查大媽，這個老糊塗老妖怪，自己身上有錢捨不得花，偏要動用那箱鉅款，紕漏就出在她的身上，要不然刁探長下一輩子也不會追蹤至卡勞帕帕半島去。

這天晚上，駱駝正悶得發慌，燃著了雪茄，正在吞雲吐霧，忽地鐵閘門打開了，好幾名武裝和便衣警察如臨大敵似地來恭請他走出那個小天地。

據說是警察局長請他去談話。

駱駝被前後左右好幾個人押著走進了警察局長的辦公室。

他和那個子不高，臉團團的鄺警察局長曾經在沙哇奴爵士舉辦的慈善舞會之中見過面，也經過克勞福國會議員介紹過的。

可是在此時此地相見，情形卻大不相同了。

刁探長站立在鄺局長的一旁，煞有介事地請駱駝在局長對面的椅子上坐下。

鄺局長拉開抽屜，取出一盒雪茄，很客氣地雙手遞到駱駝的跟前，駱駝是大模大樣的，取了一支，咬掉煙屁股，刁探長趕忙擎亮打火機給他點上。

駱駝吐出一口濃煙之後，用那根長長的雪茄煙指著了警察局長的鼻尖說：「你們這種做法是違法的，妨礙納稅人的身體自由，不怕吃官司麼？」

鄺局長裂大了嘴，含笑說：「處理一般的刑事案件，我們拘押人犯，不能超過廿四小時，但是對於間諜案卻完全例外！」

駱駝聳肩說：「無贓無證，你們膽敢用大帽子壓我？」

鄺局長說：「你向刁探長所供的難道說都是虛構的麼？刁探長就是證人之一。」

「我是指我能供給你們資料，供你們破案，但是沒想到你們反而將我扣押了。」

「不，我們純是保護性質，因為間諜是不擇手段的，我們重視這個案子，所以不能讓你的身體受到任何的損害。」鄺局長說。

「鐵閘、鐵窗、和坐牢何異？」駱駝發牢騷說。

「我們對你已經是特別優待了。」鄺局長自己也燃著雪茄煙，慢條斯理地說：「現在可否請將案情賜告，不過有一點我要特別提醒你的，就是謊報是有罪的！同時，假如是故意擺噱頭作弄人的話，立刻取消優待！」

駱駝哈哈大笑起來，又吸了一口煙，彈去了煙灰，說：「我和刁探長有言在先，獎金問題還未解決！」

刁探長和鄺局長面面相覷。

刁探長說：「他勒索，要一百萬！」

駱駝立刻加以糾正說：「勒索這詞兒太難聽了！」

鄺局長提出疑問說：「爲什麼要索價一百萬呢？」

駱駝說：「假如我向FBI、CIA，或是五角大廈索價的話，起碼是五百萬！」

「你真有把握確定是如此高的價值麼？」

駱駝說：「耗資數億萬元的軍事建設，文件和藍圖全部丟失，五角大廈甚至肯花相對基金將它購買回來呢；何況這間諜案包括一龐大的國際間諜組織，還有極具規模的地下電台，光只地下電台部分就價值百萬，實在不爲多也！」

鄺局長有了決斷，說：「假如案子破獲，確有其實的話，一定按價值照付。」

「口說無憑，我們應該有白紙黑字的字據爲證！」駱駝說。

「這是什麼話？你對我們的警察局長不信任麼？」刁探長煞有介事地說。

駱駝又是格格而笑，指著鄺局長說：「你的官太小了！」

剎時間，將那位鄺局長氣得臉紅脖子粗，說：「你在侮辱我了……」

「侮辱警察長官該當何罪？」刁探長也說。

駱駝毫不在意，說：「事實就是如此，這樣龐大的間諜案，主持者必然有點苗頭，你區區的一個檀市的警察局長，可以扛得起麼？」

「只要情報是正確的，確有其事，管他是天大的人物，我也敢去拿他呀……」鄺局長拍胸脯說。

「果真麼？」駱駝問。

「當然真的！」

刁探長也插嘴說：「我們的鄺局長是最有肩膀的！」

「好的，那麼我們一言爲定，不再找外人，破獲間諜案的功勞由我們均分。」駱駝說著，忽地又正下了臉色，說：「那麼獎金問題你們不許黃牛！」

「當然說話算話的！」鄺局長說。

駱駝忽地又搔著頭皮，皺起鼻子，露出大齙牙說：「我仍在擔心，你的官太小了！」

「嘿！這是什麼話？」刁探長拍著桌子說。

「你們真扛得起麼？」駱駝問。

「破獲間諜案，有功於國家，我的官雖小，但仍是要硬拚的！」鄺局長說。

「你真敢拚？」駱駝反覆地問：「對方是一個很扎手的人物呢！」

「我們不怕！」

「好吧！」駱駝一拍桌子說：「現在請你們就去逮捕沙哇奴爵士！」

刁探長和警察局長立時傻了眼，面面相覷。

「沙哇奴爵士麼？……」那位局長，所說的有肩膀等等，完全消失了。「開什麼玩笑？」他忽然說。

「嘿，沙哇奴爵士是檀島有名譽有地位的豪門闊客，他怎會是國際間諜呢？」刁探長正色說。

「你們是怕這個人惹不起麼？」駱駝譏諷說。

「你有什麼證據沒有？」鄺局長問。

「假如你們現在就展開搜查沙哇奴爵士的古堡大廈，以閃電行動，突擊他的地下密室，那是規模極大的地下電台，機械之多，那會使你意想不到的，沙哇奴那傢伙雖然有爵士頭銜，有財有勢，但是私設地下電台，仍是違法的，這不就是證據麼？」駱駝怪模怪樣地說。

「你怎麼知道他的大廈裡有地下密室，又私設有地下電台？」鄺局長再問。

「你可記得那所大廈的餐廳門前有著兩具盔甲銅人，那就是地下密室的暗鈕機關。」駱駝說：「伸手到甲胄裡去，摸中間的按鈕，門就會自動開了，裡面到處是機關，你們不要輕易上當！」

「你說得太神奇了……」刁探長仍然不肯相信。

駱駝取桌面上火柴將滅掉的雪茄煙重新燃上了，又說：「刁探長，你可曾記得在月光灣，曾有一個陌生人請你帶一卷東西交給沙哇奴爵士，你猜猜：那是什麼東西？」

「不知道，我沒拆開來看過！」刁探長吶吶說。

駱駝說：「那就是珍珠港海軍招待所丟失的軍事機密文件，裡面大部分是藍圖！」

刁探長大驚失色。「你別胡說八道……」

「一點也不胡說！治安機關的一個探長替間諜傳遞文件是很滑稽的事情？不過不知者不爲罪！」

「你恐怕是信口開河吧？」刁探長還要爭辯，以洗脫他的過失。

「假如行動迅速，那些文件恐怕仍留在古堡大廈裡，只要搜出文件，沙哇奴爵士的身分就戳穿了；他就算更有財勢，間諜的罪名也賴不掉的！」駱駝翹起二郎腿，架到茶几上，一副大亨的形狀，又說：「還有呢，一隻帶手銬的公事包也可能還留在沙哇奴爵士的寢室裡，那是珍珠港海軍招待所裡連同文件一起丟失的東西，不也就是證據麼？」

因爲駱駝說得活龍活現，警察局長和刁探長都有些心動了。

他倆互遞了眼色，趨至牆角磋商了一番。

駱駝很有把握，他們絕不會錯過這種建大功的機會，他看了看手錶，說：「若是要行動的話，今晚上十一點是最好的時間，因爲有一枚粉紅色的定時煙幕彈會在該時間爆炸，到時藉機會進內去拿人，是最理想不過的事了！」

「你怎知道有一枚定時炸彈要爆炸？」刁探長又問。

「我經常會料事如神的！不是嗎？」駱駝笑嘻嘻地說。

鄺局長和刁探長的計策已定，局長按了電鈕，立時警鈴之聲大作——那是緊急集合令。警察們是糊裡糊塗的，搞不清楚是怎麼回事？全副武裝，列隊候命。

鄺局長邀請駱駝乘上的那輛專用警車，由刁探長陪伴著，浩浩蕩蕩，一行警車疾向沙哇奴爵士的農場駛去。

刁探長對駱駝的言行頗有了解，他不敢冒昧行動，要等候十一點鐘，那枚粉紅色的定時炸彈爆炸。

沙哇奴爵士的古堡大廈內有著客人，客人是和沙哇奴爵士共進晚餐的，飯後，他們又在爵士的書房內好像在研究什麼問題。

鄺局長被駱駝說破了，他的官職實在太小，在檀島而言是芝麻綠豆官，尤其是在民主的國度裡，誰都可以比他大三級。

沙哇奴爵士在檀島是著名的士紳，在上流社會及官場裡甚爲活躍，老實說，鄺局長是惹他不起的；有了駱駝的報告，在沒有贓證之前，鄺局長是不敢冒昧行動的。大批的警探，如臨大敵般的，密佈在沙哇奴爵士的農場四週，只等候鄺局長的命令，便向大廈裡進攻。

駱駝肚子裡有數，沙哇奴爵士所有的客人可能都是ＫＧＢ專家，他們奉派來研究那份軍事機密文件來的。

假如及時行動，正好將他們一網打盡，人贓並獲。

但是鄺局長不肯，他要等候十一點鐘那枚粉紅色的定時煙幕彈爆炸。

時間在非常緊張的氣氛之下溜過了，十一時正，古堡大廈之內連什麼動靜也沒有。

「十一點十分了，怎麼回事？」刁探長對駱駝一直是不信任的，時間過去了，便向駱駝詢問。

駱駝說：「也許我的命中註定是要出洋相的，人算不如天算，煙幕彈拋錨了！」

「騙子，我知道你就不會有好事的！」刁探長斥責說：「要不然，不會特別關照我們！」

「呸！別說喪氣話，現在是你們的大好機會，幾個ＫＧＢ專家正在研究文件呢！」駱駝說。

鄺局長和刁探長又磋商了一番。

鄺局長有了新的意見，他認爲駱駝的情報是靠不住的，但是古堡大廈內的客人又頗值得懷疑，他與局中連繫過檔案中已有紀錄的ＫＧＢ名單，經檢核之後，內中就有「問題人物」在內。

駱駝指沙哇奴爵士爲國際間諜，又有「問題人物」在內作客，鄺局長自是不肯隨便動手的。

「你的粉紅色的煙幕彈已經逾時不爆了，你看我們該怎麼做呢？」鄺局長徵求駱駝的意思：「是否我們就此作罷？」

駱駝抓耳揉腮，說：「你們需要的證據多的是，既然大隊人馬開到了，何不就乾脆衝進地窖裡去搬他們的電台……」

「假如沒有電台呢？」

駱駝急了，說：「我用頭顱保證……」

「這樣，由你帶隊如何？」

駱駝說：「唉！現成的大功你們不去把握著，讓我去帶領警察破獲間諜網，成何體統呢？」

鄺局長和刁探長經過了磋商之後，終於，他們雙雙進入大廈裡去。

鄺局長遞出名片，以拜訪的方式來拜會，可是他究竟是檀市的治安官員，在此時此地，突然拜訪，自不會有好事情，尤其是這古堡大廈內正聚集了許多ＫＧＢ間諜專門人材在內。

不由得使這間古堡大廈內起了一陣無形的緊張。

沙哇奴爵士獲得傳報後，很冷靜地親自迎至門前，他還是一派爵士的派頭，迎接鄺局長和刁探長進入大客廳內，吩咐下人侍奉煙酒和咖啡。

「鄺局長，深夜光臨，有何貴幹？」

刁探長代替鄺局長回答說：「我們接獲密報，說是沙哇奴爵士的古堡大廈內有著極龐大的地下密道……」

沙哇奴爵士平和地說：「在這種古老的建築物內，有地下室是免不了的，相信我們歷代相傳下來就是如此的！」

「我們的鄺局長想參觀一番！」刁探長說。

「究竟是參觀抑或是檢查？」沙哇奴爵士說。

「我們禮貌拜訪當然是參觀來的，也或許在檀島就只有你們的這麼一所大廈有地道呢！」

沙哇奴爵士便很不客氣地說：「有搜索令沒有？」

鄺局長不悅，回答說：「我是有權頒發搜索令的，但是現在我只要求參觀！」

「我要向州長控訴，你是違法的！州長和我的交情你不會不了解的！」

鄺局長說：「你只管控訴，我還是要參觀的，因爲你的地下密道及地下室已經違法！」

是時，刁探長已經向餐廳門首的盔甲銅人過去了，他按照駱駝教導的方式伸手進甲胄裡去，摸著第二個按紐一按，只聽嘩啦啦的一陣巨響，左邊的一具銅人移開了，露出一隻大門洞，鄺局長便趕忙進內，刁探長也拔出了手槍，向沙哇奴爵士和他的下人說：

「你們不許胡來，大批武裝警察包圍在外，我們只槍聲一響，他們就會攻進來！」

沙哇奴爵士無可奈何，只有說：「你們是採取高壓的手段，但是這是違法的，我仍然要向州長控訴。」

「你只管控訴吧！」刁探長說著，持槍保護鄺局長向地窖走下去。

沙哇奴爵士是以主人的身分，跟進了地窖，邊說：「既然你們對我的地下室有興趣，不如讓我來帶你們參觀！」

「我們麻煩爵士太多，自己也不好意思！」鄺局長說。

「你只管參觀！」

鄺局長和刁探長是受了駱駝的蠱惑，一定要檢查這地下室的。

他們主要的目的是破獲沙哇奴爵士的電台。

沙哇奴爵士在前面，帶他們一間一間密室去參觀。

「是誰告的密?可以告訴我麼?」他問。

「是一名小市民,他不肯具名!」鄺局長答。

「我知道,必然是駱駝那廝!」沙哇奴爵士說:「可是我要告訴你們,那傢伙是個騙子,也不知道曾經有多少人上過他的當!」

刁探長說:「爵士好像也曾經上過當呢!」

沙哇奴爵士說:「就因如此,所以特地向你們提出警告!」

鄺局長是一心一意要爲國家做一點事情,要爲國家安全有所貢獻,他不顧一切的,絕對要檢查地窖裡的每一個角落。

刁探長漸漸有了信心,他在地道裡行走時,發現地道的天花板上電線繁複,顯然是經過了一番精密的設計。

他開始對駱駝有了好感,假如地下電台被他們搜獲了的話,不管還有沒有其他的證據,沙哇奴爵士的間諜罪名是怎樣的也逃不了的了。

窖裡的通道很多,鄺局長和刁探長是求功心切,他倆急疾地向四下裡摸索,就是希望能尋獲電台。

沙哇奴爵士徐徐地跟隨在他們兩人的後面,忽地高聲說:「你們二位想參觀這龐大的地下室的話,不若跟我來,否則你們很容易迷途的!」

鄺局長已經檢查過好幾間地下密室了,一無所獲,心中不免有些焦急。

「我們據密報說,你這地下室內設有秘密的電台!」他說。

「電台麼？」沙哇奴爵士格格笑起來，說：「我不開設通訊社，地下室內設電台幹嗎？恐怕是有人故意誣告，或是開玩笑！」

刁探長似乎極有把握地指著牆壁上的線路，說：「假如不是設電台的話，爲什麼要裝這樣強大電能的電線？」

「噢！」沙哇奴爵士說：「這地窖裡以前曾是貯藏祖先的寶物用的，需要有照明，乾燥，通風的設備，隨便那一項都是需用電力的！」

「這種解釋是多餘的，我們需看事實的證明！」鄺局長說。

沙哇奴爵士便沉下了臉色，佯怒說：「難道說，兩位一定要指我爲間諜麼？」

刁探長說：「密告是如此，我們負責治安不得不加以調查！」

「吓！這是誣告！你們兩位得負責追查消息的來源，否則我定不會干休的！」

鄺局長不斷地在室內打轉。他走過了許多的地方，似覺得一直在那些通道上重複又重複地打轉。

原來，那些電台的設備全搬空了，沙哇奴爵士是有經驗的間諜，他知道情形不對，就先行撤走了電台。

鄺局長和刁探長在一間密室內的牆壁上可以看出許多類似通訊器材的痕跡，而且年代還頗深遠呢，現在卻是搬個精光，只餘下幾張古老笨重的桌子了。

鄺局長的心中如「十五隻吊桶七上八下」，這情況對他是非常的不利的，證據是湮滅了，沙哇奴爵士在檀島是有財有勢有身分的人，正如駱駝所說，他的官太小了。

以他一個區區的檀市警局局長，等於是「芝麻綠豆官」，和誰都比不上，沙哇奴倒是掛著了「爵士」的名銜，又以慈善家的姿態經常活躍在社會名流和政要官員之中，誰能惹得起他呢？

「好的，我要先控告你們這兩位糊塗警官！我不惜以破產，和你們把官司打到華盛頓去！」沙哇奴爵士發怒了。

鄺局長和刁探長面面相覷，這時候，他們再待在地下密道內也沒有什麼用處了，無贓無證，硬指沙哇奴爵士是間諜的話，那必然是觸霉頭的事情。

鄺局長心中猶豫不決，暗想，假如駱駝指控的各節是屬實的話呢，沙哇奴爵士既然把電台撤走了，那麼必然也會把其他的證據湮滅。

他們跨出了地下室，刁探長還主張集合所有的人搜索整間的大廈，但是鄺局長自量能力，他知道「紕漏」是已經惹上身了，假如不把握時機能抓得到證據的話，沙哇奴爵士必然會對自己加以反擊。

「紕漏」的來源，是由那老騙子駱駝開始的，這傢伙的名堂挺多，倒不如去向他求教。

沙哇奴爵士臉色鐵青的，大廈內的侍役一個個的也憤憤不平地侍立在客廳之內，假如說鄺局長不是帶了大批的警探，以全面包圍的姿態出現，沙哇奴爵士就不會讓他們再走出大廈去的。

刁探長看出他的頂頭上司的苗頭，知道在大廈裡鬧下去無益，不如及早撤退。

沙哇奴爵士還是一本正經地說：「你們慢走，我要先向州長控告！」

鄺局長說：「事已至此，爵士愛怎麼做，我們無權過問，告退了！」說時，他立正敬禮，一個轉身，像走正步似的退出了大廈，情形也是夠狼狽的。

刁探長隨鄺局長走出了大廈，結結巴巴地說：「這樣撤退豈不可惜？」

鄺局長說：「我們不能在現場上抓到證據，只有吃癟了！」

「我們下一步該如何做法？」
「應該去請教駱駝！」
駱駝仍被幽禁在一輛警車之內，他像是個囚犯，被限制著行動自由的。
當然，駱駝也很關心刁探長他們的進行，此事的成敗，深深影響他的聲譽。
駱駝看見鄺局長和刁探長神色沮喪，自大廈裡匆匆出來，就知道情形不妙了。
「局長！沙哇奴爵士會向州長控訴嗎？」刁探長問。
「不！他只是在虛張聲勢罷了！」
駱駝忙探首車窗之外，問：「怎麼樣？兩位可有按照我的方法去做？地下室進去了沒有？」
「地下室內是空空的，一無所有！」鄺局長答。
「嗨！地下室內有著很多的地方，電台是設在一間較大的密室之內……」駱駝急切地說。
「搬空了！」刁探長說：「他們好像預先估計到會有這麼的一著，所以將地下室內所有的東西搬個精光！」
駱駝呆住了，搔著頭皮，說：「那麼痕跡總應該在！」
「是的，牆壁上有著許多痕跡，電路也沒有拆除，但是現場上的證據我們抓它不著，能有什麼辦法呢？」鄺局長說。
駱駝急得直跳腳，說：「這許多龐大的通訊器材，他們能搬到什麼地方去？必然仍藏留在古堡大廈之內，你們爲什麼不立刻去搜，將它搜出來，證明我的情報無訛……」

「哼，沙哇奴爵士並非善男信女，十分的不好惹呢！現場上抓不到證據，我們還是從長計議的好！」鄺局長說。

「從長計議麼？那麼他會有充裕的時間湮滅證據，你們再想將他治罪，恐怕比登天還難了！」

鄺局長和刁探長坐上了汽車，他們指揮大隊撤離，但仍留下若干名的便衣在外圍監視著動靜。

駱駝叫苦連天，說：「你們先行打草驚蛇，然後又就此離去，豈不等於自找苦吃？沙哇奴爵士會將所有的證據湮滅之後，再反過來噬你們一口，那時，看你們如何應付？」

「龐大的間諜組織，又豈能完全湮沒證據？我不相信！」鄺局長堅持己見說。

「那麼你總該相信沙哇奴爵士是一名國際間諜的頭目了？」

「無贓無證，我怎能相信？除了他的大廈有著神秘的地下室，壁上有高矮不同的器材痕跡和許多的線路，除此以外，我們能根據什麼東西控告？國際間諜是死刑之罪，不是鬧著玩的！」

駱駝便怪叫著說：「那麼你們爲什麼不實行全面搜查？現在折回去搜查還來得及，軍事機密文件，銬著手銬的公事包……這些豈不全是證據麼？」

「萬一搜不出來，豈不一誤再誤？沙哇奴爵士連地下室內的器材都可以搬個精光，區區的一疊文件和公事包，他豈會公然擺在屋子裡等候我們去搜查？」

「對！局長說得對！」刁探長翹起了大姆指隨聲附合。

駱駝一聲長嘆，他的行動被限制了，對著這兩個飯桶膿包，他們又不肯按照他的說話行事，哪有打草驚蛇之後等候著反噬的道理？這算是什麼樣的治安官員？

「你們二位的膽既是如此小，何不乾脆將我放走，讓我來替你們破案，你們可以做現成功臣！」他說。

刁探長一聲冷嗤，說：「騙子，你說的倒是便宜！就這樣將你放走麼？麻蜂窩已經捅過了，你想實行開小差麼？沒有這樣便宜的事！」

駱駝說：「你們做事不夠魄力，又不讓我為你們代勞，豈不是大家坐以待斃麼？」

「至少，沙哇奴爵士反噬過來，我們還可以供出一個告密的人！」

「嚇！這？豈不形同謀殺？你們打算出賣我了？」駱駝嘆息著說：「這算什麼名堂？檀市有著你們這種治安官員，豈不倒楣麼？」

駱駝仍被軟禁著，關在那間裝有鐵柵的斗室內。

沙哇奴爵士並沒有向州長控告，但是卻向市長提出了嚴重的抗議。治安人員隨便騷擾民宅是違法的！市長漏夜召見鄺局長，嚴詞厲色地加以一頓申斥。

鄺局長說明原委，指沙哇奴爵士有國際間諜嫌疑。

市長像觸電般自椅子上跳起，猛拍著桌子叱喝說：「沙哇奴爵士在檀市是名流士紳，又是著名的慈善家，他豈會是國際間諜？你的這個局長，混得不耐煩了吧？」

鄺局長再詳細地說明搜查了古堡大廈地下室的發現。

市長大聲怪叫，說：「宮廷式的古堡，免不了總會有地下室的，這有什麼稀奇？要知道我競選的這任市長，全靠沙哇奴爵士大力支持……」

鄺局長再要解釋說明，市長已光了火，咆哮說：「假如你不高興再當這任局長，馬上給我寫辭呈，倘若沙哇奴爵士向州長去控訴的話呢，你去解釋！」

鄺局長臉紅耳赤，吶吶的說：「假如這真是一件間諜案的話，市長又豈能置之不問？……」

市長雙手拍桌，怪叫說：「我不聽你的鬼話！假使是間諜案的話，就快拿出證據來！」

鄺局長無可奈何，點首如搗蒜地退出市長官邸，匆匆地趕回警署，刁探長仍守候在那兒。

他還好像在等候佳音似的呢！

「局長，情形如何？市長有何指示？」刁探長問。

「閉你的烏鴉嘴！你給我惹的麻煩太大了！」鄺局長臉色鐵青，擰頭就向駱駝被軟禁著的地方去了。

駱駝的心情也是焦煩不已的，但英雄無用武之地，龍困沙灘，虎落平陽，他在囚籠裡徒喚奈何？

駱駝像是動物園內的猴猻，只能在籠子內翻筋斗，那是很悲哀的事。

「駱教授，我們已面臨了嚴重的問題，沙哇奴爵士已經向我的頂頭上司控訴，你可有更積極的證據沒有？」鄺局長突然的出現在牢房之前向駱駝問話。

「狗急跳牆，人急殺人！這是必然的道理，若以打官司而言，局長，你是輸定了！」駱駝慢條斯理地回答。

「你是個老騙子，一定鬼計多端的，可有什麼好的對策沒有？」鄺局長問。

「嘿，我被鎖在籠子裡，我所能活動的範圍只有這樣大，能夠反擊，立刻抓著有力的證據的，機會已經不多了！」駱駝說。

刁探長跟在鄺局長的背後，生怕鄺局長一時糊塗，就此將駱駝放掉，他便關照說：「不管這位駱駝教授說得天花亂墜，我們不能放他，也許還會有反敗爲勝的機會呢！」

駱駝說：「刁探長，助長了敵人的兇燄，對你不會有好處的！到時候，你砸了，還要連累局長，『損己利人』的事情稱爲慈善；『損人利己』，那是積功；『損人不利己』，那是混帳二百五……」

刁探長即咒罵說：「你是說我們的作爲是損人不利己的嗎？」

「刁探長，你很明瞭，事實已擺在面前，你已經是無法兩面討好的了，既想邀功，又害怕坍台，『船頭怕鬼，船尾怕賊』，天底下哪有這樣事情？」駱駝滔滔不絕地說：「我是好心遇著雷劈！現在好啦，什麼都不用談了，給你們建功的機會，你反而打草驚蛇，事後還把我關在這裡，像等候什麼似的，上面有官腔下來了吧？那樣很好，我反正是坐牢坐定了，等候著正式進入監獄後再越獄吧！」

鄺局長反而比較冷靜沉著，他知道駱駝是詭計多端的，在目前的這個情況之下，還需得要運用他的智慧去應付這危局。尤其在日籍美國人佔百分之八十的檀香山市，能由一個華籍美人升上了治安首長，幾乎是他辛苦努力三十餘年的成果，他真不想就此砸了，因此，不惜委曲求全向駱駝請益。

「你還有什麼好的辦法沒有？」他問。

「睡覺，是最好的辦法！」駱駝說著便在那張單人床上躺下，以被單蒙頭。

「媽的！修理你……」刁探長氣勢洶洶地立刻向警衛索取鑰匙要打開牢門。

「丟那星！你吃警探飯唯一學會的就是這麼的一手麼？」駱駝扯下被單自床上跳了起來，咆哮如雷地說：「你們把我關在籠子裡，還讓我動什麼腦筋？讓沙哇奴爵士的屋子自動塌下來將他壓死麼？」

鄺局長平和地說：「除此以外，可還有更好的辦法沒有？」

「還不趕緊動員搜索整個的沙哇奴農場尙待何時？否則全要跑掉了！」

刁探長不樂，說：「到這時候你還耍貧嘴麼？」

駱駝皺著朝天鼻子說：「丟那星，你只管放心，我坐監牢，總會有人陪伴的，說不定就是你呢！以你的這分智慧和德行，我勸你不必再冒險幹這份差事了，還是回你的本行，去賣水牛肉吧！」

刁探長大怒，真有意要修理駱駝一番。

是夜，檀市警署大樓宿舍的屋頂上，懸掛繩索輕飄飄降下來一個黑影，他像一頭黑貓，閃，跳，連一點聲息也沒有。

駱駝正在牢房裡睡著，他是一肚子的窩囊氣，混到這把的年紀，也不知道怎麼搞的，竟混到牢房裡來了。他失去自由已經兩天了，和外界斷絕了消息，也不知道查大媽、孫阿七、夏落紅、彭虎他們如何了？爲什麼還不設法營救他？

那張床鋪，像棺材板似的硬梆梆的，怪不舒服，駱駝怎睡得好？輾轉反側，就是睡不著。

忽地，他聽得一絲絲聲響，發生在對屋的平台上，他探起頭，自鐵窗外望。

只見對屋平台上起了一個黑影，那是孫阿七，他招了招手，向駱駝打了招呼之後，施展飛賊絕技，掛妥了繩索之後，輕輕地飄至駱駝的鐵窗之前。

「想不到行騙了半輩子的大爺，竟然混到監牢裡來了！」孫阿七譏笑說。

「孫阿七，別貧嘴了！快設法把我弄出去吧！」駱駝說。

「你說得倒是便利，像你這種貴客，若破窗外出的話，連警察局長的飯碗也會敲掉呢！」

「你再囉唆的話，我絕不饒你！」駱駝大爲憤懣，咬牙切齒地向孫阿七咒罵。

「你求饒都來不及，還要饒我麼？混到這把年紀在此時此地栽筋斗實在是不上算的；我早就說過，你遲早要出一次大洋相的，果然不出所料！醫生囑咐你到夏威夷是養病來的，不是做案子來的，你並不缺乏錢，幹嗎你還要絞這些腦汁呢？」

「孫阿七，你到底是來救我脫險的，還是來教訓我的？」駱駝隔著窗檻說。

「我是來探監呢，試想，警察宿舍裡是千軍萬馬的，我怎樣救你出去？除非帶了鋼鋸來給你鋸鐵窗，也或是用硝酸水來把它溶掉！」孫阿七還是怪模怪樣地說著。

「不管用什麼方法，反正要把我弄離此地……」

「今晚上我是來探路的，明晚設法弄你出去！」孫阿七打算離去了。

「不必等到明天了，我多留一天，多受一天的罪……」駱駝焦急說：「丟那星那批王八蛋到沙哇奴農場打草驚蛇之後，將我關在這裡，沙哇奴的地下電台早給搬空了，那枚粉紅色的煙幕彈也沒有爆炸，這龐大的國際間諜案若被湮沒證據的話，實在是太可惜了！」

孫阿七笑了起來，說：「你賣給沙哇奴爵士的那份情報的內容，你自己的肚子裡有數！國際間諜的職業兇手，必然會追殺你，還是躲在警署的宿舍內比較安全一點！」

駱駝幾乎要拿杯子摔出窗外去。

「杯子扔到戶外來，有了聲響，會引起守衛的注意，到時候，挨修理的是你，我可以很快的就溜掉了，以後，再連探監的人也沒有！」孫阿七說。

「查大媽現在哪裡去了？」

「她找扒竊幫的老佛爺何仁壽營救你！」

「那有屁用，查大媽是枉費心思了，夏落紅這小子呢？」

「哼！夏落紅的紕漏大了，古玲玉和你的那位寶貝兒子鬧意見，竟將那筆數十萬美金的贓款盜走，一去不返了！夏落紅像瘋漢尋妻，四下裡沒命的找尋……」

「王八蛋龜兒子……」他四川話出了口。「古玲玉是否回她乾媽那裡去了？」

「不知道！」

「你們這批飯桶是幹什麼的？」駱駝惱了火猛在跺腳。「彭虎呢？」

「彭虎現在正在街面上給我把風，守望著……」

正在這時候，警署宿舍大廈，忽地四面八方亮了好幾盞探照燈，一併照到了孫阿七的身上。

「站著，不許動！否則開槍。」是刁探長叱喝。

當時，只見四下裡人影幢幢，有趴在屋頂的；有在街面上奔跑的；有持著衝鋒槍向他瞄準的。

孫阿七大驚失色，在他未上這間大廈之先，和彭虎勘查過四週的環境，認爲絕不致出什麼問題的，但是現在，竟然遭遇著十面埋伏了。

「舉起手，否則亂槍射殺！」刁探長再次叫喊。

孫阿七是雙手攀著繩索，回答說：「我假如雙手懸空的話，便栽到街面上去了。」

「你立刻替我盪到平台上來！」刁探長吩咐說。

孫阿七無可奈何，便向鐵窗內的駱駝說：「很悲哀，這是一個陷阱，以你爲餌，我上當了，只好奉陪！」

駱駝咒罵說：「王八蛋，在事前你沒勘察過就上屋嗎？」

「唉，早看過了，不夠仔細就是了，只能怪彭虎，他向不相信任何人的智慧會比他更高的，所以我上當了！」孫阿七說。

「孫阿七！我知道你是著名的飛賊，但是假如你不聽從我的吩咐的話呢，我一聲號令之下，就會亂槍將你打成蜂窩一樣！」刁探長說：「那時候，不留你一個全屍，會教你在九泉之下，也後悔莫迭！」

孫阿七自己知道是絕對逃不了的，不如就範的好，施展他蜘蛛賊的絕技，兩腿一蹬，順著繩索，回至對屋的平台上，放棄了飛索，高舉雙手投降。

警探蜂湧而上將他拿下，先搜索他的身上有沒有武器。

飛賊就是憑一根繩索的技藝混跡江湖走遍天下的，孫阿七的身上絕不會有任何的武器，除了一包「雞鳴香」和劃割玻璃的噴刀。

孫阿七是從容被捕了，雙手被戴上了手銬，鄺局長是全案策劃的指揮者，他佇立在警署宿舍平台的進出口道之間。

孫阿七說：「你們逮捕我有什麼用處？國際間諜還是全部跑掉了！」

刁探長說：「凡是駱駝的黨羽全部落網的話，我們也可以將案子了結了！」

孫阿七說：「沙哇奴爵士早購置好自備飛機，他隨時隨地都可以逃出檀島！」

「沙哇奴爵士怎會有飛機呢？」鄺局長說。

「哈！爵士的農場上有一架噴農藥的飛機，那就是供他自己在必要時逃亡用的！」孫阿七說。

「我不相信！」

刁探長卻說：「真的，沙哇奴爵士有一架噴農藥的農業飛機，但那不是飛長途用的，除非它佩掛有副油箱！」

「快去調查！」警察局長說。

「恐怕已經來不及了呢，假若他們是國際間諜的話！」刁探長說。

「現在立刻下命令逮捕沙哇奴爵士還來得及，暫時他還不會駕飛機逃走的！」孫阿七說。

正在這時候，警署大廈宿舍走進一名高頭大馬的漢子，穿中式短衫褲，外加一件「凡立丁」西裝，濃眉豹眼，唇上兩撇大鬍子，神采奕奕，渾身是勁，連走路都好像操正步一樣，拍拍作響。

「喂！你要找誰？」大門前的守衛攔住他的去路加以詢問。

「我的大哥駱駝，我的把弟孫阿七全進來了，難道說，我還不能進來麼？」那大漢說。

「你叫什麼名字？」警衛問。

「彭虎！」

「你和那個騙子教授是同夥麼？……」

「呸！」彭虎猛力一搥，那詢問處的辦事桌上連玻璃板帶桌面全起了裂縫。「你再提騙子二字，我就修理你！」

警衛大吃一驚，忙說：「你等著，我去給你傳報！」他連爬帶滾的向樓上跑。

彭虎很不客氣的，跟著就上了樓。

彭虎從容上了樓，那也正是駱駝被軟禁著的地方，孫阿七正在那兒和刁探長耍貧嘴呢。

「哈，瞧瞧！彭虎也到了！」孫阿七大悅說。

刁探長對駱駝手底下的人都很了解，他知道彭虎是個難以對付的人，急忙拔槍。

彭虎一個箭步衝上前，按捺住刁探長的雙手說：「最好不要動武，要不然先把你摔下樓去！」

那名通風報信的警衛爲了保護他的探長，也要拔槍！

彭虎一手揪著刁探長，一抬腳，疾蹬向警衛的胸膊上去了，他正背向牆壁，立時悶過氣，兩眼翻白。臉色發青，口吐涎沫……

彭虎不打算傷人，說：「你們別胡鬧，我是自願陪我的大哥坐牢來的，請把牢門打開，我要和大哥閒話家常！」

第八章　牢房裡的上賓

刁探長擔憂的是彭虎爲劫牢而來，這魯漢若是爲陪他的大哥坐牢而來，刁探長正是求之不得呢。他趕緊親自啓開牢門，請彭虎進內。

彭虎毫不猶豫，大步跨進牢房去了，還雙手抱拳，向駱駝說：「駱大哥，大家擔憂您太寂寞，特派我來奉陪！」

駱駝不樂，說：「傻瓜！孫阿七進來了，你也進來了，還有什麼人在外面跑腿？」

「還有夏落紅和查大媽！」彭虎答。

提起了查大媽，駱駝就禁不住跺腳詛咒。

鄺局長向彭虎和孫阿七個別問了好一些話，還是不得要領。

是時，夜也深了，鄺局長徹夜未闔眼，感到很不好受，他打算明天續審。

刁探長不主張把駱駝孫阿七彭虎三人同關在一間牢房內，他的意思，是要把他們分隔開，不給他們有串供的機會。

但是鄺局長說：「我們不能將他們三人當做囚犯看待，否則以後他們大可以控告我們妨礙自由呢！」

鄺局長離開後，刁探長特別吩咐守衛者要加強對這三個人的看守警戒。

駱駝已看出苗頭，在那斗大的囚房內，是裝置有竊聽器的。

鄺局長故意讓他們三人共處一室，讓他們交談，便可洞悉他們之間的秘密了。

竊聽器是裝置在鐵窗上端的通風窗口間，只要站在床鋪上，就可以看到那圓圓的東西。

守衛者把守在牢房的大門口間，夜深人靜他也頗感寂寞，竟靠在椅背上呼呼大睡。

當然，這也是裝蒜的，只要有任何聲息，他立刻會躍起。

他們是每隔兩小時換班一次的。

駱駝先打手勢，告訴孫阿七和彭虎竊聽器的所在地。

孫阿七皺著鼻子翹高了大腿，脫下鞋子，傾出一包藥末。

駱駝知道，那是「雞鳴香」，迷魂藥之一種，經燻迷之後，不到雞鳴時是不會醒轉的。

「我想撒尿，缺德，這地方竟連便盆也沒有！」彭虎忽說。

「這裡有洗手盆，可以撒到洗手盆內！」駱駝以「牢頭」的資格說。

彭虎撒的是馬尿，好大的一泡，好長的時間。

其實彭虎是利用他的那泡尿泡濕了三條手帕，尿素內含阿莫尼亞，可以解「雞鳴香」之毒。

駱駝、彭虎、孫阿七，也顧不得排洩物的髒與不髒，每人取一條泡了尿的手帕，各蓋一幅在嘴鼻之上。

孫阿七將「雞鳴香」藥物灑在地上，擦火柴點燃了，「雞鳴香」藥物上有著硫磺，立時變為氣體，一縷黑煙四下裡亂竄亂散。

那名守衛者裝出打盹的形狀，但是「雞鳴香」卻是不饒人的。他嗅著燻香之後，立時就垂下了手，靠在椅背上睡熟了。

孫阿七踢了彭虎一腳，示意教他好動手了。

彭虎便移過了床，靠至鐵窗的牆壁，站至床上去，以雙手扳住鐵窗的柵枝，全身肌肉綳緊，以拉弓之勢，怪眼圓睜，咬牙切齒，只聽格格格的一陣怪響，彭虎以他的神力，竟將鐵窗的柵枝拗開了一個圓洞，可供一個身材瘦小的人進出。

「駱大哥，你請吧！」他說。

駱駝一看，他和孫阿七都可以由那個洞出去，但是彭虎的身材高大魁梧，無法出去。

「你留在此，光只我和孫阿七逃走，實在情理上說不過去！」駱駝說：「不如讓我留下來陪伴你吧！」

「這只怪我無法將鐵柵枝折斷！」彭虎惆悵地說：「實在說，我的體型太大了，鑽不出去呢，駱大哥是金枝玉葉之軀，一切事情尚賴你主持指揮調度，你不出去，國際間諜案無法破獲，大家都會含冤不白！」

駱駝便嘆息說：「唉，被警察局這幾個傻王八蛋害煞了，打草驚蛇之後，又耽誤了時間，最怕這批國際間諜將所有的證據完全湮滅了呢，那時候就無從破案了！」

孫阿七早穿出鐵窗之外了，蹲在房簷上說：「駱大哥和彭虎，你們真的不走麼？」

彭虎說：「我走不了了！」

駱駝說：「別耽誤時間了，沙哇奴爵士的黨羽發現那些文件的秘密後，必然會謀殺我，我倒不如在此受警察的保護，還安全得多呢！」

孫阿七便說：「那麼我走了！」

駱駝說：「外面所有的事情便全拜託你了！」

孫阿七點頭，只見他如夜貓子似的，一蹤身攀上了屋簷，一個翻身上了瓦脊，蹬、縱、跳——片刻之間，已消失在黑暗之中。

駱駝被軟禁的牢房內的確裝置有竊聽器，他們所說的每一句話，發出任何的聲息全被錄下來。負責錄音的是一位警署的特別技術人員，竊聽器就置在牢房不遠的鄰屋，他聽說駱駝等三個人要實行越獄逃走，心中納悶，他們會用什麼方法將牢門或是鐵窗打開呢？

他立刻打電話通知鄺局長，但是鄺局長早回公館去了，再打電話到局長的公館，公館裡的下人回答：「局長很疲乏，吃了一片安眠藥剛睡下，沒有重要事情最好不要打擾他！」

那位技術人員無可奈何，即又打電話給留在警署裡值夜的刁探長。

刁探長架起了帆布床，在他的辦公室內早睡熟了，電話的鈴聲將他驚醒。

當他接過電話，聽說駱駝等人要實行逃獄時，不禁大驚失色，提著槍，穿上外衣褲，便趕忙向樓上跑，當他走進了駱駝的幽禁處時，只聞得一陣焦濃奇臭的氣味撲鼻而來。

「怎麼回事？……」

他一眼就看到那把守者在房門口呼呼大睡。

「混帳王八蛋！」他罵了一聲，回過頭再看那牢房時，只見駱駝和彭虎兩人一個在床上，一個在地上蹺伏著，也在呼呼大睡，尤其是彭虎那大漢，鼾聲如雷，像拉風箱似的一起一伏，好不怕人，牆壁上的那扇鐵窗的鐵柵，分開兩邊被拉成了弓形，露出一個大洞，孫阿七不見了。

刁探長大驚失色，正打算罵人，屋子內的「雞鳴香」還未散去，他只覺得一陣目眩頭昏，天旋地轉，幾乎好像要昏倒了。

「快拉警鈴……」他雖這樣說著，只覺四肢癱軟，竟一個筋斗栽下去了，就地呼呼大睡。

沙哇奴爵士的古堡大廈裡連續每天都有特別的機密會議。

那些KGB專家一個個昏頭腦脹的，情緒非常的緊張，他們拚了命研究那些軍事機密文件，日以繼夜，不眠不休的，幾乎連吃飯也不空著。

沙哇奴爵士早有埋怨了，他認爲潛伏在檀島的專家人才不夠。

像這種軍事機密文件，價值連城，早應該送到總部去研究了，潛伏在檀島的專家，差不多全是「井蛙之見」，憑他們的才智，絕對不會研究出所以然的。

但是那位工人打扮的區長堅持己見，一定要研究完整之後，再簽署意見，送往總部。

沙哇奴爵士詛咒，他認爲區長是急於表現，不過是個人貪功而已。

「媽的，我研究密碼和機密文件四十餘年，從來沒看過這樣的東西！究竟是什麼名堂？」一位專家已經在發牢騷了。

另外兩位負責研究藍圖的專家也宣佈他們全面的失敗。

他們翻遍了檔案理所有的藍圖用以對照，實在說，得來的那一疊藍圖，什麼也不像。

「到底是什麼東西嘛？」那戴深度近視鏡的專家已經不耐煩了。「全世界的軍事專家設計的地下建築物，我全見過，全研究過，就沒見過這種東西……」

「它是埋藏在地底的，那是不會錯的！」另一位專家說。

「說它是地下的飛彈發射台吧，它又不像！」

「倒像是一座化糞池呢！」

「化糞池？」那傢伙連深度的近視眼鏡也摔在桌上了，怔怔地舉起那些藍圖，重新看了又看。

「假如不是化糞池的話，它毋須要那麼許多連接起來的進出口！」

「這像是潛艇的設備……它有出水道！」

「唉！化糞池也是有出水口的！」

這一來，那位研究軍事藍圖數十年，連頭髮也禿得光光的專家，愣住了，他坐下來，咬了一大口的雪茄猛嚼著，喃喃說：「花了數十萬美金買一座化糞池的藍圖麼？」

「這個笑話傳揚出去，笑掉全世界的國際間諜的大牙！」

「唉！」那傢伙驀的猛拍著桌子。「我記得台灣有一位工程師發明了最新型的化糞池！」

「快通知區長！爲我們收集全世界化糞池的藍圖！當然，以台灣的那位建築師最新發明的化糞池爲主！」

最後，沙哇奴爵士古堡大廈的特別會議室內，有人在會議之中猛拍桌子還摔了玻璃杯。

那是區長薩喀克奴夫先生在發脾氣。

「你媽的，這算是什麼名堂，化了數十萬美金買回來的是化糞池的圖樣！還集中了我們所有的專家不眠不休的研究了好幾天，這對我們是一項極大的侮辱，沙哇奴先生！你的爵士名銜是組織封的！說實在的，你應該自殺以謝全世界無產階級的人民！」

沙哇奴之所以榮任「爵士」獨當一面，也不是靠偷的或搶的而來的，是一分功勞一分苦勞，長年累月積起來的地位，他不能當眾受此無禮的侮辱，立時還以顏色。

「區長！你是領導我們工作的上級，但是行政與對組織的光榮是無關的，你對我的侮辱太大了，以這件案子的作證，我要求你能拿出切實的證據來！」

那位工人打扮，禿頭的粗漢惱了火，打開他的公事包，取出一疊發行自台灣的報紙，忿然扔到桌上。

「你自己看！」他說。

所有在場的專家，尤其是負責研究藍圖部分的全伸手爭奪那些報紙。

報紙上刊印有用鋅版製的剖面圖，拿出沙哇奴爵士花費數十萬元購買到手的藍圖比對。

嗨！王八蛋龜孫子！那些所謂的軍事機密藍圖，全是由報紙上翻印下來的化糞池。

當沙哇奴爵士看到那些來自台灣的可怕報紙之時，拿他所煞費心機，耗資數十萬美金得來的藍圖對照，立時額上青筋畢現，臉如紙白，汗如豆大，兩眼翻白，跌坐在沙發椅上，裂大了嘴像一具活僵屍。

原來，那些所謂的軍事機密藍圖，和那些最新設計的化糞池比照之下，完全是一式一樣的——它根本是由報紙上翻版攝製下來的。

花了數十萬元美金，收購來一座化糞池的藍圖，那豈不是笑話麼？

「騙子……」沙哇奴爵士忽地自沙發椅上跳躍起來，拉大了像破鑼似的嗓子叫囂。「駱駝啊！駱駝！我非殺你不可！」

是夜，萬籟俱寂，檀市警察總署的宿舍大樓，垂下一個黑影，沿屋而下。忽而，他開始擺盪起來，像盪鞦韆似的，剎時間愈盪愈高，竟飄向兩條巷子間的屋簷上落去，像一頭夜鷹，也像是一隻黑蜘蛛，沒露出絲毫的聲息，便在屋簷上站定了。

簷下，便是一扇鐵窗，鐵窗上的鐵柵枝被拗成弓字形，向左右分開，可供一個人出進。

那便是駱駝和彭虎被幽禁著的地方，他們受到特別的優待，沒給他們另換房號，仍然讓他倆住在那間設備良好的號房之內。

一忽兒，窗外落下了一塊小石，打在駱駝的身上，這個老騙子立刻驚醒。

「王八蛋，你竟耗到這個時候才到？」駱駝張開眼睛，向著窗外就高聲詛咒。

「唉！」孫阿七一聲長嘆。「蛇無頭不行！現在我們是處在群龍無首的地位，查大媽和夏落紅失去了蹤向，不知道下落了，我和他們連絡不上，所以光只是一個人在跑腿呢！」

駱駝搔著頭皮，又說：「吳策老呢？」

孫阿七說：「吳策老到檀島之後，就只做了一件事情，在月光灣把文件交刁探長之後，就好像沒他的事了，他說：到了夏威夷，風濕病反而犯了，背脊骨老是酸痛，只有打麻將時可以沒事，所以每天均在麻將桌子上！」

駱駝咒罵說：「這個老傢伙呀，我們都在難中，他竟好意思整天坐在麻將桌上？」

「吳策老說，你們是作孽自受，他說，你並不是爲了財富的問題而來，而是爲了騙子技癢，到檀島來原是爲渡假養病來的，熬不住又惹這麼大的案子，他說：這是活該！」

「老不死的東西……」

「只靠我一個人跑腿，實在人手不夠，我請了好幾位把弟兄幫忙，他們都認爲這是一件『肥案』紛紛向我伸手，我實在窮於應付呢！」

駱駝皺著眉說：「不管多少錢，只管花就是了，我們現在最著重的問題就是要脫身！」

孫阿七好像故意賣關子，說：「情形非常的樂觀，我已經找到那座電台的新地址了！」

駱駝大喜，說：「混蛋，爲什麼不早說？」

「我擔心你過度興奮而老病復發，所以特別先調劑調劑你的情緒！」

「喂，他們的電台搬到什麼地方了？」

「還是在農場內！」

「啊，真的麼？沙哇奴爵士聰明一世糊塗一時，這一下子可成爲甕中之鱉，插翅難飛啦！」駱駝吃吃笑了起來，說：「電台設在什麼地方呢？」

「並不難找，在北區農場貯貨倉庫的天花板屋頂上，但是他們的防衛森嚴，佈置了有重重的明哨暗椿，毛病也出在此，假如不是這樣的話，那地方著實不容易被發現，他們佈哨眼，反而露出馬腳了。」

孫阿七正說著，忽而樓梯上起了一陣凌亂的腳步聲，鄺局長和刁探長帶領著大批的警探湧蜂而至，立刻打開了牢房。

同時，巷子的街面上及屋頂上的探照燈也同時亮了，數十支槍口對準了孫阿七。「不許動，這一回你逃不了啦！」

這是駱駝和孫阿七全料想得到的，在那間牢房內警方裝有竊聽器，他們在內說的任何一句話都會有人聽到的。

孫阿七向駱駝報告，立刻有人就向警察局長和刁探長報告，他們很快的就趕來了。

「孫阿七，你說的話可是真的？」刁探長問。

孫阿七穿身鑽進了鐵窗，慢條斯理地說：「一點也不假，我費了好幾夜的功夫，像夜貓子似的不斷地在沙哇奴爵士的農場內到處偵查，差不多他整個的農場每一寸的土地我全走遍了，這是唯一的收穫！」

鄺局長也說：「現在去搜還來得及嗎？」

孫阿七說：「大致上不會撲空了吧；不過，他們有重重的防衛，恐怕要惹起槍戰呢！」

鄺局長說：「槍戰我們倒是不怕的，最怕是像上次一樣撲了一個空，反而倒挨一棒，那就不妙了！」

「撤走一座電台不是簡單的事情，我今晚才剛從他們的農場裡出來，電台還設在那裡！」

鄺局長忽然扳下了臉色，說：「這次該不會再開玩笑了吧？假如再撲空的話，我們大家吃不完兜著走，我會把責任全推到你們的身上去，那時候你們就是誣告罪，先吃反坐官司！」

駱駝說：「警察踢皮球是最拿手的，我們早領教過了，但這件事非同兒戲，事不宜遲，還是爭取時間採取行動最好！」

事實上，鄺局長也要爭取時間將此案子作一個了結，否則他也無法向上級交差呢！於是，警鈴又響了。

警局的特別警備室紅燈亮了，鈴聲大作，使人驚心動魄。

留守宿舍內值夜的人員在夢中驚醒，手忙腳亂整理服裝，匆忙集合列隊報到。

駱駝、彭虎、孫阿七，像犯人似的被押上了衝鋒車。

鄺局長宣佈目的地，他首先登車領隊出發，剎時間，馬達的聲響如雷鳴似的，摩托車的排氣管頻放連珠砲。

警車魚貫出動，又向沙哇奴農場疾駛而去，這是他們的第二度光臨了。

沙哇奴爵士古堡大廈和他的農場上所有的農工，全在香夢之中，檀市的鄺局長率領大批的警探以實行夜襲的姿態而來，他們衝進了農場，即展開十面包圍，整個農場的要隘和古堡大廈的進出口道，全佈了封鎖，甚至於架上了機關槍。

孫阿七最倒楣，誰叫他是「自投羅網」的，自稱已發現國際間諜新遷移地下電台的所在地。所以鄺局長命令刁探長親自押解孫阿七領路至沙哇奴農場北區的倉庫去。

鄺局長是處在頂頭上司的逼壓下，作此孤注之一擲，若能破獲國際間諜的電台，非但他的官階能保存了，而且還會有晉級的希望。

刁探長派一名會講中文的華裔後代特別探員，既是照應，又是監視著孫阿七，教他在前面帶路。因爲孫阿七說過「地下電台」的附近，奸黨佈置的哨位重重，大隊只能尾隨他逐步推進。

「我警告你，不要施弄狡計，假如你要逃走的話，我一定開槍！」那名特別的幹探加以警告說。

孫阿七答：「神經病，我既帶你們來，爲什麼要逃走？我們走江湖的最講究義氣，我豈會將駱大哥和彭虎扔在此地呢？」

他倆在前匍匐而行，忽地孫阿七拍那幹探的一肩膊，向他打了手勢。

原來前面有著一棟屋子，像是員工宿舍似的建築物，在那屋頂之上，有著一個人影在幌動。

孫阿七說：「那就是他們的最前哨了，越過屋子去，前面左右都是哨位，別給他們發現了！」

於是，他倆便伏地蛇行了。

刁探長是押著駱駝，率領大隊緊隨在後的，孫阿七和幹探開始蛇行就很難看到他們的動靜了。

他心中著急，向駱駝說：「孫阿七不知道想攞什麼噱頭？假如他是想故弄狡計救你逃走的話呢，那麼他是動錯腦筋了！」

駱駝冷嗤說：「你是想貪功，又怕死，既不敢跟在前面打衝鋒，留在安全地帶又疑神疑鬼，最沒有出息！」

刁探長拭著汗，說：「你別再耍貧嘴，假如說這一次再失敗的話，我們大家都別想混了，我就教你一輩子再也玩不成了。」

駱駝說：「我本就是收了山的人，假如不是碰到你這個糊塗探長的話，誰有興趣再做案子呢？」

孫阿七和那名幹探不知道繞到什麼地方去了，刁探長楞頭楞腦地朝前走。

「小汪……」他輕聲招呼那幹探。

駱駝即警告說：「你這樣嚷法，豈不要讓奸黨所有的哨位都注意到了？」

立時，前面的那座宿舍屋頂上把守的人便喊話了。

「什麼人？」

刁探長大驚，擰頭向後就跑。「砰」！槍聲響了。

刁探長手底下的窩囊廢，聽得槍聲之後便亂穿亂竄的，凌亂得一團糟，就因爲這樣全洩底了。

「砰，砰，砰⋯⋯」屋頂上把守著的那名歹徒看情形不對，連續的開槍，好像發了瘋一樣。

駱駝伏倒在地上，回過頭向趕過來的鄺局長說：「瞧你們的一夥人，簡直是成事不足敗事有餘！很容易就能解決的問題，非演變至流血收場不可！」

鄺局長說：「他們開槍，倒證明了這地方的重要性！」

駱駝說：「但是槍戰開始，主犯有了警惕，就算案被破獲了，主犯也要逃掉了呢！」

「古堡大廈早在我的包圍網內！」

「嗨！刁探長早把你的人馬調配亂了，沙哇奴爵士知道案發，不逃走才怪呢！」

鄺局長也看情形不對，即說：「我去再把人馬調回來，先實行逮捕沙哇奴……」

駱駝說：「恐怕主犯早逃掉了呢！」

鄺局長一緊張，帶著他的從員向古堡大廈的方向回去了。

鄺局長離開，駱駝便等於恢復自由了，他好像是做了指揮官，指點那些警探，這個向左，那個向右。

槍聲是一陣比一陣劇烈，農場屋頂上的歹徒，以最頑強的姿態和警探駁火。

警探們所持有的槍械火力特強，卡賓槍和衝鋒槍齊發。

是時，天色已告拂曉，那所農工宿舍內的人員全被驚醒了，可是卻沒有一個人敢探首戶外的。

刁探長帶著好幾名便衣，已繞著那間宿舍前進，跟著孫阿七的後路。

在這時間，孫阿七貼近了一間平頂的屋宇，忽地一縱身，雙手攀上屋簷，再一蹬腿，上屋頂去了。

「喂，王八蛋…」負責監守他的那名探員已經來不及了。

孫阿七的人影不見，局面更亂。

這時候，只聞槍聲不絕於耳，雙方面駁火，警探倒下來也有好幾名。

所奇怪的是，他們所帶來的大批警探，幾乎全是新手，一受了傷，就哭爹喚娘的，躺在地上哼哼不已。更奇怪的是這大批的武裝警探出動，好像只是爲嚇唬人用的，根本就沒準備真槍實彈火拚，所以連救護車也沒有。

這也或許因爲檀市是個世外桃源，這批吃公事飯的傢伙，平日養尊處優慣了所致。

槍聲如驟雨般的響著，警探們嚇得尿屁直流，全散佈開了。

鄺局長命他的從員自警車上取出了「電晶體」的喊話筒，向著那屋頂上負隅頑抗的傢伙說：「我是檀市的鄺警察局長，奉命搜查沙哇奴爵士的農場，任何人不得抗令，若是有人企圖非法阻撓，那是妨礙公務，和持械行兇的雙重罪嫌！」

刁探長趁鄺局長正在喊話之間，調配了好幾名卡賓槍射遞手，對準了那員工宿舍大廈的屋頂上，來了一陣猛烈的掃射。

槍聲過後，只見那平台上翻瓦背墜下來了一個人，那歹徒中彈，正中要害當場死亡。

他們已經突破了第一關。

可是在那糧倉附近，刁探長派出監視孫阿七的那名特別的幹探又和糧倉內的歹徒開了火，一槍來一槍往，打得火爆激烈。

「嗨！別作孽了，最重要的事情，還是別讓沙哇奴爵士逃掉了呢，這個主犯，刁鑽得厲害呢！」駱駝忽地又自動回到鄺局長身邊，焦急地說。

「唉，我們已經包圍了整個的農場，他們插翅難逃，只怕案子破不了，到時候沙哇奴爵士反告我們一狀，就大家全吃不消啦！」鄺局長說。

「唉，局長，只要你有這個魄力，一切的問題全在我的身上，我能包你破案！」

「哼，刁探長說你只是一個騙子，不出問題尚好，若出什麼紕漏，你比誰都溜得快，所以，我最著重的一件事，就是要提防你逃走……」

「你真狗屎，假如我要逃的話，憑你們的智慧擋不住的，現在還是國際間諜要緊，別把時間耗費在小嘍囉的身上，讓主犯逃掉了，那才真冤枉呢！」

負責監視孫阿七的那名叫做小汪的幹探已經跑回來了，他向刁探長報告，孫阿七已經翻屋逃走了。

「我早就猜想到那小子不懷好心眼！」刁探長在詛罵。

這時候警探方面亂得像一群沒有頭的蒼蠅一樣，亂穿亂竄的，刁探長心中想，孫阿七逃走了不要緊，別讓駱駝和彭虎也逃掉了，那麼他們便連個人質也沒有了。他回頭奔向鄺局長報告，但看到駱駝與鄺局長同處在一起，又稍爲放心了。

沙哇奴爵士古堡大廈的門前佈下好幾名槍手在負隅頑抗，那是杜雲生和山下備德等的人。

槍聲一陣比一陣劇烈，警探方面雖人多勢大，但屢攻不逞。

駱駝忽指著大廈二樓的一扇窗戶說：「你們看見了沒有？那是沙哇奴爵士私用的辦公室，火光熊熊的，可能他是在焚燒什麼秘密的文件，在湮滅證據呢，假如再攻不進大廈裡去的話，那些文件可惜了……」

刁探長主張把衝鋒車調過來。鄺局長吩咐使用催淚彈。

負責看守著彭虎的兩名武裝警察哭喪著臉，跑上前來報告：彭虎又告失蹤了。

刁探長咒罵說：「飯桶！兩個人看守一個人還會讓他失蹤？」

「那傢伙塊頭大，冷不防他給我們背後一拳，我們仆倒地上，再爬起身，就不再見他的蹤影了！」

刁探長說：「沒關係，還有一個駱駝掌握在我們的手中，他們逃掉也是枉然！」

駱駝說：「傻瓜，現在讓我的手下人自由活動，對你們只會是有利的！」

北區貨倉方面已經攻破了，把守貨倉的歹徒二死三傷，餘外的舉手投降。

事實已經證明了，那糧倉內確實是電台，各形各色的收發報機一併搜獲，光只憑這些，就可以證明沙哇奴爵士是有間諜的嫌疑了。

古堡大廈內忽地大亂，原來有人在內大打出手，那是彭虎，他不知道由什麼地方溜進屋子去了，抓著人就揍。彭虎是企圖衝進沙哇奴爵士辦公室裡去阻止他燒燬文件。

那敞廳內正落花流水，忽地，一枚瓦斯彈在地板上開了花，火光一閃，立時散昇起縷縷的濃煙，焦臭撲鼻異常難聞。

每個人都嗆咳不已，眼淚鼻涕齊流，鬥志立刻消失了，他們需要空氣，搶出門外去，舉起雙手投降。

彭虎也咳得像什麼似的，他衝上了樓梯，直奔向沙哇奴爵士的寢室，他飛腳踢門，破門而入。門向內塌下後，只見那屋內同樣的是濃煙密佈，滿地上都是紙張的灰燼，可是沙哇奴爵士的人卻不見了。

他衝進臥室裡去，同樣不見沙哇奴爵士的影子，他的那張宮廷羅傘帳式的巨床，床墊子揭開了，那張床竟是機關地道，有石級直通進地窖裡去的，也正是原先地下電台設置的地方。

那麼沙哇奴爵士是逃掉了，電台破獲，他的身分等於完全洩露，地窖內可能有秘密道路通出大廈外去的。

彭虎趕至窗前推窗外望，他向著駱駝和酈局長所在的地方打手勢，表示他已經攻進屋內，沙哇奴爵士失蹤……

不知道是哪一名糊塗警探，「砰」的一聲又從窗外射進來了一枚瓦斯彈，落地開花，火光爆發處，濃煙縷縷，焦臭難聞。

彭虎咳得像個癩蛤蟆似的，他趕忙爬出窗外，在空氣流通的地方比較好受一些。

但這一來，警車上的好幾盞探照燈便全照射到他的身上去了。

「舉起手來投降！」有警探叱喝。

駱駝忙向大家招呼，說：「那是彭虎，我的手下人！」

「管他是什麼人？反正由大廈裡出來的都需得逮捕！」一個警官說。

「這算什麼名堂？」

彭虎兜起雙手，呼喊說：「沙哇奴爵士逃走了，寢室內有地道通進地窖內，恐怕那是通出農場的！」

駱駝要找酈局長說話，但是這位當前的最高長官，聽說電台已告破獲，又奔向北區的糧倉去了，他們連重點也搞不清楚呢。

電台既告破獲，它是逃不了的，但是主犯卻是活的，狡兔三窟，很容易就會被他逃掉，這種損失是無可估計的。

駱駝知道沙哇奴爵士有一架噴農藥用的飛機，停在南區的乾晒場上，那可能就是沙哇奴爵士最後用以逃亡用的。

駱駝估計過時間，假如說剛才在寢室內焚燒文件的是沙哇奴爵士的話，那麼現在趕往乾晒場去截攔他還來得及。

刁探長像個沒腦袋的蒼蠅，不知道飛哪兒去了，駱駝爭取時間，他招呼一位警官說：「我們快乘車到南區乾晒場去！」

警官說：「爲什麼？」

駱駝說：「主犯要乘飛機逃走了！」

「別擺噱頭，任何人沒得到許可，禁止離開現場！」

警官回答著，一面吩咐一名武裝警察嚴密看守著駱駝，他命令說：「這老兒若有逃亡的企圖，立即亂槍射殺！」駱駝聽說，大爲惱火，感嘆說：「有你這種警官，怪不得自由世界，會弄得這樣糟糕！」

這時候，因瓦斯彈的威力所逼，沙哇奴爵士古堡大廈內的槍手，分別舉手投降，一一走出大廈束手就縛。

那大批的警探，顯出了他們威風，一個個神氣活現，似乎作了一次國際性的空前大捷戰爭。

囚車的柵門打開了，犯人被繳械搜身，點了名，戴上手銬一一進入囚車。

鄺局長和刁探長對這次的行動都感到非常的滿意，破獲那座龐大無比的地下電台，又擄獲無照的違法重槍械，沙哇奴爵士縱然在檀島有更大的社會關係和金錢上的勢力，也有口難辯，這場官司是吃定了。

駱駝仍被監視著，不得自由行動，他需得等候到警察局長或刁探長走近身邊，始才有說話的機會。

「沙哇奴爵士可有落網？」他向刁探長問。

刁探長已被勝利沖昏了頭，笑著說：「這農場上的四週被包圍得像鐵桶似的，他插翅難逃！」

「唉！」駱駝跺腳說：「你還不快派人到乾晒場上去麼？那兒停放著一架飛機……」他們正說間，只聞一陣軋軋軋的機聲，一架農業用的飛機，凌空起飛，大家抬起了頭一看，飛機自低空掠過，翹起頭沖向了雲霄，是時，天色漸拂曉，這美麗的海島在晨曦之中更顯嫵媚。

「沙哇奴爵士真的乘飛機逃掉了麼？」鄺局長問。

「他被困在大廈內，不可能會突出重圍逃至乾晒場上去的！」刁探長說。

「唉！放開金鎖，蛟龍逃脫啦！」駱駝說。

鄺局長和刁探長率領他的從員清理現場，調查清點沙哇奴爵士古堡大廈的人口，發現沙哇奴爵士和他的管家杜雲生失去了下落，行蹤不明，很可能就是乘那架農業用的飛機逃掉了。

不過鄺局長並不因此而沮喪，相反的他仍慶幸著當前這一件龐大的國際間諜案業經破獲。

沙哇奴爵士在臨逃亡倉促間燒毀了不少的文件，但尚有餘下的，堪足作爲參考的資料，同時，還搜到了一隻頗似珍珠港海軍招待所失去的那隻帶手銬的公事包，一切的證據都使沙哇奴爵士難逃間諜罪名。

沙哇奴爵士在檀島的身分和地位自此推翻，一個人的權勢等於是一面「照妖鏡」似的，平日向沙哇奴爵士打拱作揖唯恐巴結不上的人，一旦聽說沙哇奴爵士出了大「紕漏」，有誰敢沾惹這個麻煩？早把關係推得一乾二淨了。

沙哇奴爵士和杜雲生是雙雙乘那架農業飛機逃走的，鄺局長和刁探長都很有把握，只要沙哇奴爵士沒逃離夏威夷群島的話，遲早可以將他繩之以法的，即算逃離群島，只要是到有邦交的地區國家去，也可以採用引渡法將他逮捕回來。

鄺警察局長非常的樂觀，因爲他所搜得的那隻手銬的公事包，已經由海軍驗明認定，正是珍珠港海軍招待所失竊的那隻公事包。

他們特別派出高級官員，來協同偵查那些文件的下落，並特別加以聲明說，文件是非得追回來不可的，否則國家的損失將無從估計。

ＦＢＩ得到情報，知道檀市警察局破獲了龐大的國際間諜案，也趕忙派出人來調閱案宗，並要求警察局將全案移往調查局去。

鄺警察局長忙於應付，也樂不可支，這就是做官的道理，平日一個區區觀光城市的警察局長，有誰會瞧得起他呢？除非是平民百姓，或是「吃小違章飯」的小市民，無不畢恭畢敬，視同「父母」！官場上稍夠得上的，如國會議員克勞福之流，那是屬於「官見愁」一派的，遇上警察局長不打官腔，嗓子一定會發癢的。

但是這件案子非同尋常，波及的範圍之大，是無可想像的。

沙哇奴爵士平日交遊廣闊，混跡在達官顯要富商巨賈之間，若說得廣泛一點的，在檀市所有的知名之士都可能會受到牽連。

就因爲如此，負責調查的人員都過癮了，平日是挨官腔看臉色，到這時候誰都要買幾分帳！否則一個報告上去，可以叫他隨時隨地接傳票，只有忙著應訊去了，尤其是在近期內與沙哇奴爵士有經濟往來的商人，一個個叫苦連天，好像是吃不完兜著走——日以繼夜請客也來不及了。

辦這種案件的人員多少要落點「好處」，也有貪得無饜的，來個「獅子大開口」……反正形形色色醜態非筆墨可以描盡。

鄺局長和刁探長的官癮是過足了，他頂頭上司和官見愁一派人物，從沒向他們這樣禮遇，或低聲下氣過。

倒楣的是駱駝和彭虎，他們還是被警方軟禁著。

孫阿七是在沙哇奴爵士的農場上發生槍戰正激烈時，乘監守人員不備，翻屋頂逃掉的，下落何處？沒有人知道。

彭虎是憑義氣，楞頭楞腦的，陪伴駱駝回警察局去坐牢去，否則憑他的神力和一隻拳頭，早可以打出重圍去了。

駱駝對彭虎的這種下意識的江湖義氣，認為沒有必要，相反，他責怪彭虎說：「你逃到外面去，設法營救我，比失去了自由守在這裡陪伴我，不是高明得多嗎？」

彭虎說：「當年我們磕頭拜弟兄曾經盟誓，說過有福同享，有難同當，在這時候，我豈能棄你而去？那會被人罵個八輩子的！」

「你像孫阿七那樣跑掉了，我倒還覺得舒服呢！」

彭虎說：「據我所知道，孫阿七並非是跑掉了，他是趕到乾晒場上去截阻沙哇奴爵士上飛機的，到現在為止音信全無，我實在為他擔心呢，假如說，他是因此而告犧牲了，可真不值得呢！」

駱駝一怔，說：「你怎麼知道孫阿七是到乾晒場上去呢？」

「孫阿七調查清楚沙哇奴爵士古堡大廈及農場內外的情形，他早說過，若有事故發生，沙哇奴爵士必會乘飛機逃走！槍戰發生在農場北區倉庫附近，那地方是沙哇奴爵士致命傷的地點，沙哇奴爵士豈會不警覺到他的大勢已去，逃亡已成爲事實，孫阿七是極其敏感的，他當然會設法趕往乾晒場的……」

駱駝聽彭虎這樣說，不免怔住，假如說，孫阿七是因此而出意外，駱駝怎能對得起朋友？

鄺局長和刁探長，也不知道是要過官癮還是幹什麼的？每隔三兩個小時，必傳訊駱駝一次，實行疲勞訊問，查詢機密文件和沙哇奴爵士的下落。

駱駝是個冷靜而又有智慧的人，初時，他尚能應付，以冷嘲熱諷的方式回敬，使他們下不了台，以逞口舌之快。

但久而久之，駱駝也頗感受不了，他知道鄺局長和刁探長並非是有幽默感的人物，和他們繞圈子說話，實在是枉費心機，他們根本不懂幽默。

不怕官只怕管，這兩位檀市的人民褓姆，治安的父母官，對一個小市民，或是一個「此馬來頭不大」的旅客，是可以作威作福的。

駱駝和彭虎坐牢，好像是坐定了，駱駝手底下的幾個寶貝人物，如查大媽、孫阿七、吳策、夏落紅幾個人，消息全無，如石沉大海般，竟沒有一個人來和他們取得連絡或是設法營救。

警局的「修理」工作不眠不休的進行。

沙哇奴爵士大廈及農場逮捕的員工足近有百名之多。凡涉及此案者，進入警局，沒有不挨修理的。

山下備德在沙哇奴爵士的黨羽之中，是個得寵人物，由於他是稍有智慧的，又是個神槍手，幹行動工作有著特別的經驗，所以也十分的跋扈，差不多的人都惹他不起。

瞧他的體型，尺碼不高，向橫面發展，一看而知，有著日本血統。

夏威夷的氣候很良好，稍在戶外多活動的人，多有健康之色，山下備德就是很結實的一個。

但天底下的事情，用嘴巴稱英雄的人多，事到臨頭，就會原形畢露，修理他人容易，挨得起修理可不簡單。

山下備德頭一次走進訊問室，還算十分英雄的，十問九不答，認打認罵，吃了一頓十足的苦頭，回到牢房，好像孩子丟了娘，愈想愈是委屈，哭得一把眼淚一把鼻涕。

第二次進訊問室可不對了，連腿都發軟，站也站不穩啦。當負責訊問的警官告訴他說：很多人都招供了，假如你咬定了嘴，也等於自討苦吃。

「他們一致指認你是『沙哇奴爵士組織』的高級幹部，你假如再不肯招的話，我們便用旁證落案，要知道，我們筆下的輕重，是可以叫你處徒刑或判死刑的！」

山下備德大喊冤枉，哭得涕淚交流，平日間的威風消失殆盡，答應招供，將所知道的秘密一併供了出來。

問案人員是多疑的，尤其是對當前的這種刁狡之徒，不管他所供的是真是假，只要有和其他人犯對不攏的供詞時，仍然得加以修理之。

碰上有修理人習慣的警官時，活該山下備德倒楣，哭爹喊娘也沒有用處。只聽得訊問室內，山下備德嗚咽著哇啦哇啦的一陣怪叫，「沙哇奴爵士組織」的秘密，山下備德所知，全案落了。

連他們「國際間諜組織」的區長，所有的專家，次要的關係人物，線民……他開出了一紙洋洋大觀的名單。

潛伏在檀島的國際大間諜遭遇了一次空前未有過的大劫。費盡了心機，數十年佈置下來的根基全盤現了底！那些「區長」、「專家」、「外圍」、「眼線」……紛紛「雞飛狗上屋」。

稍有辦法的，就立刻設法逃難檀島，消息較快的即匿藏躲避風頭，仍聽候上級的指示。動作遲疑的立刻被捕。

「瑪娜瑪餐廳」的老板，奧堪波羅斯拉矢夫就是遲疑不決的一個，他既想逃走，又捨不得他的產業，猶豫間，警探就上了門，看見了傳票，奧堪波羅斯拉矢夫魂出軀殼。

猶太人一貫是視錢如命的，認為有錢可使鬼推磨，他企圖用金錢打發執傳票上門的警官，打開辦公室的保險箱，大綑鈔票取來，立刻就挨了修理，錢也不見了，人也修理慘啦。

毛引弟夫人也上了黑名單，她的黨羽聽得風聲一哄而散，毛引弟爲了等候古玲玉的消息，守在住宅內，只數十分鐘時間，住宅已被大隊警探包圍。

毛引弟是「江湖人」，不甘受辱，即取槍自戕。

槍聲「砰」！的一響，包圍在戶外的警探嚇得四散躲避。

古玲玉剛由卡勞帕帕半島趕回來，她已經來晚了半步，和義母見最後一面的機緣也沒有。

夏落紅所保管的全部鈔票落在她的手中，但那又有什麼用呢？

古玲玉已是孤女一人，她失去了依靠，也不再有人領導她了，她的畢生之中，毛引弟夫人是她唯一的親人，毛引弟夫人自戕身死，古玲玉便成爲無主孤魂了，她黯然離去。

由山下備德所供出來的一紙黑名單，警方一連串的逮捕疑犯，內中有一名是藍圖專家，他的身分來歷不明，據說祖籍是白俄羅斯。

他在夏威夷居住了有十多年之久，已經取得檀島公民的身分。在投票時還是被爭取的選民之一呢。

他的名字也改得十分的美國化，叫做喬・谷巴。

喬・谷巴在威基基海灘有著一個花園，他好像是以種植花木和販賣花草爲生的。

喬・谷巴通常也是以園丁的服裝打扮，穿著一身工人服裝，架著一副深厚的近視眼鏡，沉默寡言，待人也和氣親切，誰會想到他也是個國際間諜？懷著顛覆美國政府的陰謀呢？

當沙哇奴爵士農場被警方破獲，沙哇奴爵士乘飛機逃脫，他系下的黨羽和關係人物各爲明哲保身，互相出賣，自相殘殺……

風聲緊急，但山下備德還沒有招供，將喬・谷巴的名字寫上黑名單之際——他是敏感的，已經覺得情形不對，他是該一地區區長轄下的藍圖專家及管理檔案的。

東窗事發，第一件事，便是先行湮滅證據。

喬・谷巴的花園很大，光只是保溫的玻璃花房，就有上十間之多，其中的兩間，是有著地下室的，內中貯滿了文件與藍圖，喬・谷巴需得爭取時間將它悉數焚燬。

在得到可怕的風聲之後，喬・谷巴集合他一家老小，漏夜焚燒文件。

這也是天網恢恢疏而不漏，喬・谷巴可謂是命中註定，劫數難逃。他的那位白俄太太，疏忽了暖房的電氣問題，電源走火，剎時間所有的花房一併著火，幾乎連他們的住宅也給焚燒了。

他的鄰居報了火警，消防隊開至現場，將火撲滅之後，喬・谷巴是火首，被警方扣留。消防隊追究火事的原因時，發現兩所花房有地下室，而且地下室內貯滿古怪的文件。

這一案未了，沙哇奴爵士間諜案的黑名單上又發現了有他的名字。

兩案併在一起，喬・谷巴的罪嫌難逃，再加上辦案人員的修理，喬・谷巴全招了。自承認是國際間諜的潛伏份子，是聽從沙哇奴爵士的命令，研究自珍珠港海軍招待所盜竊來的文件。

那些文件和藍圖，因爲尙未研究完成，所以沒歸進檔案室裡去，那所謂的檔案室就是花房的地下室。

那份文件和藍圖仍置在他的書房寫字檯抽屜的夾層裡。

刁探長聽得口供之後，立即親自動手，將藍圖和文件全搜出來了。

華盛頓五角大廈的公文用紙刁探長是認得的，雖然他看不懂文件和藍圖的內容。他大喜過望，也是被勝利沖昏了頭，認爲全案已經可以告一結束。雖然主犯沙哇奴爵士逃掉了，但是他們的功勞不可磨滅。

刁探長向鄺警察局長慫恿說：「任何案件的破獲，都不會十全十美的，對間諜問題，我們不是專家，不如打鐵乘熱，將全案交給ＦＢＩ吧！以免再生枝節時，我們的力量夠不上，弄巧成拙，功過抵消，我們就不上算了！」

鄺局長認爲刁探長言之有理，同意到此爲止，將全案連人犯帶證物移交給了ＦＢＩ。

在這件龐大的國際間諜案破獲的過程之中，當然有不少的辦案人員乘機混水摸魚，刁探長就是其中之一。

譬如說，在逮捕奧堪波羅斯拉矢夫之時，這位視錢如命的猶太人就打算以金錢賄賂。但是他仍然被捕，同時保險箱內的錢也全不見了。

刁探長念念不忘的，還是駱駝爲石油大王鑽石項鍊竊案，所得到的五萬元告密獎金。

刁探長曾爲這筆獎金被劫匪痛毆，他懷疑那是駱駝的詭計，因之，他心存不軌，決計要把這筆錢找回來，落入自己的荷包。

這天晚上，他在工餘，又將駱駝自監房之中提出來，燒了咖啡，邀他下中國象棋。駱駝肚子裡有數，知道刁探長必是不懷好意的。但他是個有涵養的人物，忍耐功夫已至爐火純青的程度。他氣定神閒地坐了下來，先謝了刁探長的咖啡，佈好棋局，一言不發，聚精會神的下棋，等待刁探長提出問題。

駱駝對象棋頗有研究，最善運用雙砲和連環馬，「虛即是實，實即是虛。」三兩下子就把刁探長的棋局攻擊得「稀呢呼嚕」的。

刁探長只有招架之功，沒有還手之力，不到幾分鐘的時間，便輸了一局。

駱駝說：「以權勢而言，在檀島，你比我會運用，但是談到用腦筋的玩意兒，你差遠了！」

刁探長冷笑，說：「腦筋是你的好，但是經常有人聰明反爲聰明誤呢！」

「人類是萬物之靈，就是因爲他會運用智慧，所以能駕馭在所有的動物之上，沒有腦筋的人，和普通的動物無異，像飛禽走獸昆蟲一樣，永遠是處在被利用的地位上！」

「騙子！你很快的就會了解，誰是處在被利用的地位上！」

「丟那星！你且說出你的陰謀，你是檀市的人民褓姆，人民的父母官，但是吃我的這一行飯的，向來是不怕官，也不怕管的！」

刁探長再次擺好棋局，說：「據沙哇奴爵士大廈內的員工報稱，你和沙哇奴爵士的私交甚篤，經常在一起打撞球，並談論國家大事及政治風氣！」

「你真王八蛋！我幫助你破獲了龐大的國際間諜案，你非但不感恩圖報，反而想倒栽一贓麼？」

駱駝咒罵說。

「當然，我是不願意這樣做的，但是先些時候，你氣勢凌人，處處讓我上當，我不得不加以報復，而且將你留在檀島，也是一個禍害，我很有意打算命你限期離境呢！只是不知道你願意接受什麼條件？」

駱駝說：「打開天窗說亮話，且說你的條件，不必再繞圈子了！」

「把五萬元獎金交出來！」

駱駝哈哈大笑，說：「原來丟那星念念不忘的還是這筆錢呢，你是否想把我的收據交換回去？」

刁探長搖了搖頭。

「那麼你是打算落進自己的荷包裡去了？」駱駝再說。

刁探長點了點頭，說：「你真聰明！」

駱駝搔著頭皮，說：「我若付出五萬元，仍然是被遞解出境？……」

「不！這是稱為限制出境，因為留你在檀島是個禍害！」刁探長說。

「沒有其他可以磋商的辦法麼？」

「當然，除了限制離境之外，還永遠不許再到檀島來！」

駱駝長吁短嘆，說：「唉！我活到這把年紀，還是頭一次栽倒在警察的手裡！」

刁探長甚為自得，說：「這就是所謂的強中自有強中手！你畢生算計他人，算計得多了，這一次也輪到該吃一次虧啦！」

駱駝的臉色尷尬，搔著那光禿的頭皮，呆了好半晌，很覺為難。

「這是你最後抉擇的唯一途徑，好好去想吧！」刁探長又說。

「不必多想了，我接受你的條件！」駱駝說。

「你先得交出五萬元，那告密的獎金，其實，你並沒有蝕本呢！只是空跑一趟沒有收穫就是了！」

「我被幽禁在此差不多有一個多星期了，錢又不會帶在身旁，手底下的幾個人，又全被你趕散了，哪來的五萬元鉅款？就算限制離境，也得讓我外出去把五萬元籌足呀……」

刁探長幽默地起了一絲奸笑，指著駱駝的荷包說：「我知道你的身上有支票簿子，美國花旗銀行的旅行支票！」

「開空頭支票，你也照收麼？」

「哼！老騙子，你行騙了畢生，連白宮和克里姆林宮也不知道送了多少的鈔票給你，誰不知道你是個大財主？區區的五萬元支票，我倒不怕你空頭呢！」

駱駝好像是完全敗北了，嘆了口氣說：「好吧，我認栽了，探長，你真算狠呢，我只求恢復自由了事！」於是他摸出了支票簿子，展開在桌上，又摘下了襟前的自來水筆，正要舉筆簽支票時——

「慢著！」刁探長喝止。

「又是什麼毛病？」

「你的鋼筆內灌的是褪色墨水，瞞得了人，瞞不了我！」刁探長從自己口袋裡摸出自來水筆遞至駱駝的面前。

「你是以小人之心度君子之腹！」駱駝說。

「對付騙子，要處處小心！」

駱駝很生氣，接過刁探長的鋼筆便開了五萬元的支票。

「小心簽字，假如簽錯了，我得要你重簽呢！」

駱駝在無可奈何的情況之下，將支票簽妥，上面中文英文均有。支票撕下了，交至刁探長的手裡。刁探長的臉上充滿了勝利的笑意，小心翼翼吹乾了上面的墨水，貼身藏好。然後說：「你現在沒事了，可以和彭虎自由自在離開警署，但是在四十八小時之內一定要離開檀島，否則便是違警，還得被拘捕！」一方面，他將駱駝的護照蓋了離境之章發還給駱駝。

「唉，這是有生以來最大一次失敗，忙了個老半天，全是替你一個人忙了！」他喃喃自語說。

刁探長大樂，趨至他的辦事桌前的傳聲器向牢房傳令說：「彭虎和駱駝均辦妥手續，可以讓他們離開警署了！」

駱駝和彭虎走出了警署的大門。是時，天色正微露曙光。

駱駝伸懶腰，暢舒了口氣，說：「真有趣，人生最有趣的事情，就是讓別人自以爲是爬頭高人一等的！刁探長笨得像個豬，還以爲他精得很呢！」

彭虎不解，說：「駱大哥，你連支票都開出去了，還要說刁探長是個笨伯麼？」

駱駝說：「幹我們這一行的，只要有一個小關鍵，就可以扭轉乾坤！」

「我們在四十八小時內就得離境，還可能會有扭轉乾坤的機會麼？」

「四十八小時是兩天兩夜，我們足有充裕的時間可辦許許多多的事情！」
彭虎搔著頭皮，說：「我很奇怪，爲什麼查大媽、夏落紅他們全沒有了消息，駱大哥被官方逮捕，他們好像一點也不關心呢！」
駱駝自我安慰說：「他們大概知道我和官方的交情吧！」
駱駝和彭虎雖然恢復了行動自由，但刁探長並不因此放過他倆，仍派人牢牢地跟蹤著他倆。
彭虎說：「現在，我們該先去找誰呢？」
「吳策那老兒到了檀市之後一直沒有露面，恐怕他會有特別的見地，我們唯有先去找他了！」
「但是吳策在什麼地方，你可知道嗎？」
路上有出租汽車路過，駱駝招了招手，將汽車攔下，他和彭虎兩人坐進了車廂。彭虎好像很慎重，回首東張西望的，又向駱駝說：「刁探長好像派有人跟蹤著我們呢！」
駱駝含笑說：「現在官方已不是我們的敵人了，最重要的是小心沙哇奴爵士的殘黨向我們報復！」
「吳策老現住在什麼地方？」彭虎又問。
「和查大媽的路線相同，應該是在何仁壽的家裡！」
何公館幾乎是每天晚上都有牌局的，到了天亮還未散。
吳策是好搭子，坐上了牌桌子，他是百病皆消，連背痛腰酸的毛病也沒有了。

駱駝和彭虎進門，剛好最後一把牌，吳策胡了清一色「詐胡」！

「媽的！真是白虎當頭……」他高聲詛罵。

駱駝斥責說：「吳策！我們大夥人都在受難，你獨個兒在此享樂，未免太豈有此理了！」

吳策毫不在意地繼續洗牌、摸牌、一面笑嘻嘻地說：「活到我這把年紀，早就應該退休了，難道說你不同意嗎？夏威夷是個世外桃源，氣候適宜老年人調養，若想延年益壽的話，在此享受餘年，是最理想不過的！」

駱駝說：「你為什麼不在麻將桌子上退休呢？」

吳策說：「打麻將可以陶冶性情，使智慧機能不告退化，駱駝老弟，你今番吃癟，就恐怕是少在麻將桌上研究學問，所以被弄得焦頭爛額了……」突然間，他大叫一聲：「砰！」

駱駝大為氣哽，說：「吳策老，我們是共過患難的弟兄……」

吳策忽地一拍桌子，翻了牌，高聲大笑說：「瞧！我的這把牌，簡直是『清水變雞湯！』這真是意想不到的事情。所以人生最大的學問仍還是在麻將桌子上，人自有福、財從天降，連山都擋不住的，假若強求，作繭自縛，到時候下不了台，收不了場，這又何必呢？」

駱駝受不了吳策老的冷嘲熱諷，氣悶地默坐一旁，倒是何仁壽老先生對他關心。「情況如何了？」他問。

「丟那星那王八蛋，長的是什麼心腸？幫助他破獲了間諜案，居然還要把我們驅逐出境！」駱駝氣惱地說：「同時還藉機敲詐勒索，鑽石項鍊的五萬元獎金，他也取回去了！」

吳策老剛好廿八圈麻將下地，伸了伸懶腰，將帳結了。

「稍有餘財！」他說：「真是化痰順氣，益壽延年也！」

客人散去之後，吳策老猶自拈著那疊贏來的鈔票喜悅不已。

駱駝又譏諷說：「這樣大的一把年紀，熬了通宵，贏來這幾個錢，又何苦來哉？」

吳策說：「興趣並不在這幾個錢，而是消磨歲月也；牌桌上的風險，是恁怎的也不會被遞解出境的，活到收山的年齡，把英雄氣慨用在牌桌上，整辣子，包清一色，放滿園花……不亦樂乎！」

「吳策老，別裝瘋扮傻了！你不願意介入這件案子，我也不勉強，我還有四十八小時就得離開檀島，我的人呢？」

「你是指查大媽麼？」

「還有夏落紅，他們怎麼全不見影子，好像失蹤啦！」

吳策吃吃大笑，說：「你的那個寶貝兒子麼？嘻，你教他談政治戀愛，夏落紅的毛病你是知道的，沾不得女人，每次的戀愛，都好像是初戀的一樣！乖乖，他被那姓古的小女人耍得像隻猴子，數十萬元鉅款被席捲而逃，還落個無顏見江東父老，有在烏江自刎的氣慨，他在鬧失戀呢！」

第九章　人爭氣佛爭香

駱駝始終不見夏落紅的蹤影，心中有些著急，向吳策老問道：「吳策，現在不是開玩笑的時候了，夏落紅究竟在什麼地方？」

「歐胡島最烏七八糟的地方，你只管去找就是了，好在沙哇奴爵士的一夥人差不多悉數被擒，否則他們會採取報復行動，夏落紅的一條小性命早就保不了啦！」吳策老說。

「究竟在什麼地方？」

「有間『烏江酒吧』，你且問問何仁壽老先生，那是個什麼所在，自然你就會了解了！」

駱駝看了何仁壽一眼，希望他能有所解答。

何仁壽說：「那是失意之家，失意者的聚集之地，走進去的全是酒徒，最烏七八糟不過的地方！」

駱駝愛子心切，拍了拍彭虎的胳膊說：「走吧，我們快去尋找夏落紅！」

「烏江酒吧」是檀市「花街」最著名的酒吧之一。

那稱爲「花街」的地方，也就是所謂的風化區，酒吧、脫衣舞戲院、娼館，什麼名堂全有，那是城開不夜的地方，可是到了日出之後，魔妖星散，也就回復平靜了。

駱駝急切著要找尋夏落紅，他等不及再等候至夜間，總共四十八小時之內他就得離開夏威夷，許多事情都需得處理，假如等至夜闌的話，需得虛耗十多個小時，時間的迫切，實在不夠用呢。

不久，他們就尋著了那間稱爲「烏江」的酒吧，它是早打烊了，兩扇自動玻璃門已經掩上了，酒吧內的椅子，都朝了天，蓋在桌面之上。

有幾個傭工在懶洋洋地打掃著，吧櫃前的酒保在拭著琉璃杯。

駱駝趨上前和酒保搭訕，說：「請問最近你們這裡有個長期的顧客，姓夏的，叫做夏落紅，你可知道其人？」

酒保打了個呵欠，說：「我們這裡，每天晚上都是客滿的，誰會知道每一個客人的姓名？」

「年紀不大，二十來歲，三十不到，個子高大英俊，酒量很豪……」

「類似這種的客人，我們多的是呢！」酒保答。

駱駝便自衣袋裡取出一張夏落紅的照片，遞至酒保的跟前。

有了照片，酒保一看便認得了，因爲夏落紅出手甚爲豪爽，小賞特多。

「啊，是這個華僑小開麼？」他笑了起來。

駱駝即說：「你認識了吧？」

酒保只含笑說：「這位小開就是出手大方著名！」

駱駝明白他的意思，便掏出了零錢，塞進他的手心。

酒保眉開眼笑，呶了呶嘴，指著對街說：「那兒有一間『綠屋』公寓，是脫衣舞孃的大本營，你不妨過去看看！」

駱駝道謝之後，招彭虎退出了酒吧，刁探長派出來負責跟蹤的兩名便衣，大概是新手，也許是睡眠不足的關係，他們堵在門口間，一時迴避不及，便趕忙裝著去看櫥窗去了。

駱駝便自言自語地加以取笑說：「在大清晨，櫥窗有什麼好看呢？對街是脫衣舞孃的大本營，快跟著來吧！」

果然，在這條花街的對面，有著一間稱爲「綠屋」的小型公寓。那是夠污穢的，進門是一道狹窄黝黑的樓梯，牆壁上都積滿了油垢。

上樓之後，第一個門前，駱駝按了門鈴，屋子內的人像全睡死了，一次接一次的，竟沒有人出來應門。

彭虎惱了火，握起斗大的拳頭，在門板上猛擂了一陣。

不一會，只聽得一陣嘰哩呱啦像馬來語腔調的女人咒罵聲。

出來開門的是一位睡眼惺忪的肥大婦人，一看而知，是一位老鴇，因爲枕頭磨擦的關係，她嘴上塗著的唇膏都拭到臉上去了。

「什麼妖怪，大清早之間就來擾我們的好夢？」老鴇咒罵著說。

駱駝並不和她生氣，說：「我是找我的兒子夏落紅來的！」

「嗨，我這裡全是女兒，哪來的兒子……」

彭虎是練武的武夫，向來是非禮勿視的，他大步闖進了門，在那走道上，有著一列的廂房，門多是敞開的——是因爲氣候炎熱的關係。

只見玉體橫陳，那些過著夜生活的舞孃，一個個操勞過度，有些連舞衫也沒卸下就倒臥床上了，有三兩人同臥的，有鋪草蓆席地而臥的，各種姿勢不同，簡直是春色無邊。

那老鴇詛罵著：「你們究竟要找誰？假如無禮的話，我要喚警察了！」

駱駝說：「我們是有警察跟隨一同來的，就在樓底下！」

不一會，彭虎已發現夏落紅了，這位寶貝，喝得酩酊大醉。倒在一位舞孃寢室內的沙發上，頭朝下，腳朝上，醜態百出，正呼呼大睡呢。

「喂，夏落紅，醒醒，你的義父來看你了！」

夏落紅沒有反應，彭虎便伸手去摑他的臉，可把床上半裸睡著的舞孃驚醒了。「嗨，這個大塊頭，要幹什麼？」她尖著嗓子怪叫。

彭虎便指著她，加以叱責說：「現在不是表演脫衣的時候，該把身子蓋起來吧！」

女郎大窘，忙用被單捲起了玉體。老鴇已搶進了門，指手劃腳地說：「我早就說過這傢伙是個禍害，昨晚上趕他不走，現在卻把警察招來了！」

彭虎又摑了夏落紅好幾記耳光，這小子算是醒了，微張開罩滿了紅絲的雙眼。「唔！彭虎，你來了，不管怎樣，我得告訴你，我是不會回家的……」他結結巴巴地說。

「你的義父來了！」彭虎說。

「不管誰來，反正我是不會回家的，你們別笑話我，反正我是完了！」

駱駝看情形不對，便向彭虎說：「和神智不清楚的人多說也沒有用，不如將他扛走了事！」

彭虎點了點頭，他原是力大如虎的，一手將夏落紅揪起，向肩膊上一搭。

夏落紅整個人便懸了空，彭虎便像屠夫扛死豬肉，跨出了廂房，駱駝替他的兒子付過了夜渡資，那位老鴇母才止住咒罵。

他們落下那條狹窄污穢的樓梯，兩名警探卻笑嘻嘻地攔在門前。

其中一人向駱駝說：「這醉漢想必就是你的義子夏落紅了，我們找他好久都沒有找著人呢！」

「有何指教呢？」駱駝問。

「這是傳票！」另外的一個人遞出了一張警局的傳票，說：「夏落紅也是限時離境的！」

駱駝苦笑，說：「原來刁探長派你們跟蹤我，目的是在此呵！」他即簽字將傳票收下。

兩名警探自以爲得意，喜氣洋洋，接過駱駝的簽字，哼著洋歌，離去了。

駱駝，彭虎，夏落紅，都是檀市警察局下令限期離境的危險人物。

在機場及碼頭上，有專人把守，若他們不按時離境的話，就會遭受逮捕。

駱駝和彭虎自動押解著夏落紅登上飛機。他們是以觀光爲號召的檀島上最不受歡迎的客人。

刁探長以「勝利者」的姿態親自至機場送行。

他特別在機坪前和駱駝握手說：「並不是我不夠意思，實在是閣下惡名遠播使人寒心！你一天不離去，沒有人能夠安心的！」

駱駝躬身說：「我吃癟了，將來的機會，只有你來看我，不會我來看你了！」

刁探長說：「我們最好永不再相見，大家都平安！」

國會議員克勞福先生、檀島的水仙花皇后、交際花克麗斯汀小姐聞訊，都到機場上來送行。

駱駝不便說出他要離開檀島的原因，在江湖上的人，若吃癟的話，就得自認晦氣。

駱駝和送別者招了招手，就登上了飛機。

夏落紅很不服氣，他的義父在離開檀島之際，都有好幾個美女送行。夏落紅一向是以風流自居的，而且在檀島也沒有少花錢，但是給他送行的連一個異性也沒有。

坐上了飛機，引擎發動，駱駝閉目凝神，他已經準備好了，有九個多小時的旅程，只有在這段時間，他才是真正的休息的。

刁探長的一副神氣，很使人看不慣，他自以爲戰勝了一個全世界聞名的騙子而洋洋得意。

香港是個好地方，以氣候而言，和檀島沒有多大的差別。

所不同的就是檀島的地方廣闊，有廣大的海灣和椰樹招展，香港則人煙稠密，差不多是人無立錐之地。

可是對於有階級而言，它還是「人間天堂」；例如達到了「遊艇階級」的人物，駕一艘遊艇，蕩漾至海心，同樣的可以享受日光浴與海浪空氣，和留在檀島，又有什麼樣的差別呢？

駱駝是遵照醫生的囑咐，赴檀島旅行，享受日光浴及海洋氣候去的。但他被刁探長一紙命令驅逐出境了。

本來，以四海爲家的人，何處不是家？走到哪兒都是一樣；香港又是駱駝經常居住的地方，他一點也不覺陌生。

他住在一個緊靠海濱名叫「安普樂斯」的酒店內，每天雇了遊艇飄盪在海灣綠波之間，心平氣靜，神怡心曠，同樣的可以養病，那怕是小把戲們對他在「檀香山之旅」失敗加以譏諷。

天底下不會有長勝將軍，只會有敗而不餒的鬥士，此刻連夏落紅也認爲他的義父是因爲在檀島的挫折而消失了鬥志。

「年紀大了的人，性情便和孩子相同，義父在檀市的一個悶筋斗栽得不小，也許就此壯志消磨，每天在海灣上和小艇與陽光爲伍了！」夏落紅心中想。

當然，夏落紅的心中也有著特別的難過，他認爲駱駝的栽筋斗，他應負百分之五十以上的責任呢。

駱駝倒好像是胸有成竹的，他的生活像在醫生的囑咐下一樣的有規律，六時起床在平台上做柔軟操。早點是牛奶、起士、麵包、加上火腿蛋和新鮮的水果；八點過後便划小艇出海，在海灣上接受海洋空氣，或日光浴。

若遇天陰時，他便進健身房作室內的日光浴。

這天，豔陽高照，駱駝照例出了海，剝下了衣裳，頭頂草帽，躺在船板之上享受其海洋日光浴，隨波浪的蕩漾，他擰開了收音機，聽廣東人大鑼大鼓的廣東戲，其樂也融融。

駱駝是每天都自帶野餐的，要到吃了午餐之後始才返岸去。

這天還未到午餐的時候，他的耳畔聽得一陣汽油快艇的聲響向他遊艇停泊的地方過來了。

不一會，兩條船併攏了結上了纜，有人說：「哈，我找得你好苦，想不到我們在此碰面了！」

駱駝仍然躺著不動，蓋在臉上的草帽也不揭開，吃吃而笑，說：「丟那星，我就知道，你必會到香港來找我的！」

刁探長將他蓋在臉上的草帽撥開，一臉像老朋友相逢的臉色，低聲下氣說：「我能不找你麼？交你這麼的一個朋友，可把我害苦了！」

駱駝翻身坐起，伸了一個懶腰，學諸葛孔明的腔調喃喃有詞地說：「大夢誰先覺，平生我自知，草堂春睡足，窗外日遲遲！」

「唉！別耍把戲了，今番我是奉命到香港來尋找你的！」刁探長說。

駱駝拭著惺忪眼，說：「在歐胡島那是你的管區，到了香港，你一切的法力都已枉然了，你奉誰的命令？又到此來找我何事？」

「唉，駱大哥，你肚子裡有數，我是爲什麼找你來的……」

究竟是怎麼回事呢？原來刁探長和鄺警察局長破獲國際間諜案之後，滿心以爲大功告成，將全案移交給調查局，所有的辦案人員還很隆重地加以犒賞一番。

毛病出在那份軍事機密文件之上，鄺局長在移案時有詳細的清單說明。

那份文件註明了是珍珠港海軍招待所丟失的，經專家查驗之後，那哪是什麼軍事機密文件，尤其是那些藍圖更爲荒唐，竟是最新型的化糞池呢！

於是，所有的責任，又全推到警察局了。

鄺局長在上面受了氣，只好向刁探長發洩，他拍著桌子謾罵了足有一個多小時，最後，他指責說：「駱駝三個人，是你驅逐他們出境的，現在我命你把他們一個個都找回來，要是找不回來，你自己也別回來了！」

豈料，刁探長一找著駱駝，反被奚落了一頓，吃了閉門羹。

夏落紅、彭虎和駱駝同住在「安普樂斯」酒店內，他們的足跡，走遍了世界上許許多多的地方，香港雖是稱爲「東方之珠」，但畢竟它是太小了。

夏落紅甚覺乏味，他自離開檀市之後，一直好像是失魂落魄似的，終日悶悶不樂，日以繼夜，藉酒澆愁，十足像個酒徒似的。

駱駝知道夏落紅又犯老毛病了，特別關照彭虎，給夏落紅特別照料。

彭虎自感有心無力，夏落紅從來就是一個勸不聽的人，他的問題就是不能接觸異性，似乎他的情感是以單線發展的，極容易墜入情網，墜入情網即無以自拔。

瞧他沮喪的原因，自是因爲被古玲玉玩弄了。

夏落紅自覺愧對義父，也愧對自己的情感。他乾脆在床上躺下，他是酗酒過度，整個人懶洋洋的。

彭虎一把將他自床上揪起，說：「走！我陪伴你到海灘上去走走，也許又會碰見一位可使你一見情深的美嬌娃呢！」

夏落紅執意不肯離開房間，但他鬥不過彭虎的孔武有力，彭虎真可以像抓小雞般的將他提出屋去。

夏落紅見了海，心懷頓開，他著實也是悶久了，在更衣處換上了游泳褲，腦海裡仍是昏沉沉的，太陽曬得身上有點發熱，迎著海風一吹，整個人頓感到一陣無比的舒暢。

海灘上是紅男綠女，五色繽紛的游泳衣，青年男女在追逐著，有著蓬勃的青春朝氣，夏落紅自慚形穢，他尚年輕呢，爲什麼會沮喪到這個地步？

彭虎已替他弄來一艘小艇，說：「大少爺，盡情享受一點大自然吧，你且瞧，沒有一個年輕人不是玩得高高興興的，我在岸邊等你！」

夏落紅確實感到需要舒暢一下筋骨，他推著船，出了海灘，雙手划著槳，徐徐地向海面上搖出去。

海面上水天一色，白浪層層，夏落紅觸景生情又回憶起從前，他和古玲玉兩人像是處在世外桃源的一對情侶，只羨鴛鴦不羨仙，有說不盡的情愛，訴不盡的海誓山盟……但現在一切都完了。

他無精打彩地划著槳，越過了嘈雜的淺灘，直向遼闊的海面划去。

那兒有漁人在撒網，他們非為享受而來，而是在為生活付出勞力。

忽而，海面上另外出現了一條小艇，加速馬力，追蹤著夏落紅的小艇，艇上是一位穿著鮮紅色泳衣的女郎，和她潔白細嫩的肌膚相襯，顯得分外的嬌嬈。

兩條艇快接近了，忽地那女郎高喊了一聲「夏落紅——」

夏落紅的心裡一盪，猛然回頭，只聽「撲通」的一聲，女郎已跳躍下水，頓時，海面上現出了一道白浪沫，女郎如人魚般向夏落紅的小艇游過來了。

當那女郎自水面上探起頭來：夏落紅驚喜交集，「古玲玉！……」他失聲驚呼著。

「怎麼？難道說不認識我了嗎？」古玲玉嬌嗔地問。

「你怎麼也到香港來了？」

「你可以來，難道說我就不能來嗎？」她伸高了雙手，讓夏落紅拉她上小艇去。夏落紅頓時魂兮歸來，連三魂六魄全回了竅，那股子喜悅的神色無可形容，一把就將古玲玉摟在懷裡，去吻她的臉，吻她的脖子。

「你真把我害苦了！」他說。

「哼，虧你能說得出口，你利用了我，又把我甩掉！」古玲玉說。

「嗨，你乘我睡熟之際，席捲了我所有的錢財逃之夭夭，怎還說是我甩掉你？良心何在……？」夏落紅叫嚷著說。

「那是一筆非分之財，你不需要，我也不需要，我特地將它原物歸原主，你認爲不應該麼？」古玲玉睨眼說：「想不到我剛將錢拿走，你就將我甩掉了！」

「沒有的事，我等候你有四五天之多……」

「才怪，頭一天，您的義父在海灣上被捕，以後你們就全不見蹤影啦！」

「玲玉，別冤枉我，反正我是在山岩裡躲藏了四五天之久，只是爲著等候你！」

古玲玉不樂，惱怒說：「我曾單獨游泳環繞我倆住的無人小島有五六次之多，始終沒發現你的影蹤呢！」

夏落紅不肯相信，因爲他自信不會糊塗到這個程度，說：「什麼時候？你是在什麼時候游泳的？」

「嗳！你終日醉醺醺的，泡在酒精裡過日子，和你說話也是白費！完全是枉費心思了……」

夏落紅大爲著急，說：「玲玉，你怎會說這樣的話，我是真心愛你的！」

「什麼叫做愛？除了你吃飽了老酒，人慾橫流，要找尋發洩，這叫做愛麼？我是弱女子，落在你這個人魔的手裡，根本就一切都完了。」古玲玉說時，傷心欲絕，珠淚簌簌而下，「我的出身就是個苦人兒，是個私生子，沒有父也沒有母，被人棄在孤兒院的門前，毛媽媽將我領走，教導我長大成人，教了我一身的本領。到最後，你叫我反叛了她老人家，累使她老人家得不到善終。你真是造孽呢，為什麼我要相信你，而背棄了養育我長大成人的養母？我還能算是人麼？我成了畜牲了……」

古玲玉哭得有聲有息，雙手亂打亂抓，弄得自己身上臉上傷痕斑斑。

夏落紅過意不去，雙手抱著古玲玉的膊胳，好言安慰說：「玲玉，這怪不得我，只怪我們的相遇不逢時，這世界是醜惡的，人類為爭取生存，分許多方面去鬥智，只因為我們是在夾縫裡生存的，便經常做了無謂的犧牲者……」

古玲玉哽咽說：「落紅，我是愛你的，在全世界上，再沒有第二人！」

夏落紅說：「玲玉，我愛你，是始終如一！」

「肉麻當有趣，你是有未婚妻的！」

「那是父母之命，媒灼之言！」

「混帳，我早打聽清楚了，你的未婚妻名叫于芄，現在在美國念書，對不對！」

夏落紅大窘，說：「誰告訴你的？」

「你的義父，他有先見之明，叫我不要破壞你們的婚事！」古玲玉說完垂下了頭，露出了一副失意的樣子。

夏落紅呆了半晌，說：「我的義父是靠騙起家的，他所說的一切你還是少聽為妙！」

「反正我只是你的玩物，遲早，你還是會棄我而去的！我永遠不會相信，你是真心對我，會同我白首偕老的！」古玲玉喃喃說：「反正我是認命了，誰叫我糊裡糊塗將身體交付與你，我的清白，生命上最珍貴的，全交付與你了，別怨恨我會追蹤到這裡，因為，我不能夠讓孩子呱呱墜地之後沒有父親……」

夏落紅大驚，說：「怎麼，你懷孕了麼？」

古玲玉說：「難道說你打算撒賴？你劫奪了我的身體，種下了孽種，打算就此了事麼？」

「哎，不！千萬別這樣想！」夏落紅的情緒有點激動，渾身略似發顫：「我是最喜歡小孩子的呀……」

古玲玉背下臉，嬌斥說：「我以爲你故意甩掉我的原因，是爲逃避責任呢！」

夏落紅是孤兒出身，對那些不負責任的父母深痛惡絕。他雖風流成性，但是對這種事情，仍還是重視的，他恨不得要跪在艇上向古玲玉指天發誓，絕對沒有逃避責任扔掉她的意思。

「我隨著義父，東飄西蕩，南闖北遊，而我的那個未婚妻呢，卻是死心眼，一定要在美國念完大學成了博士，才肯和我完婚……」

「那是她有眼光，眼光放得遠！」古玲玉詛咒說：「誰像我這樣糊塗，什麼名份也沒有，就和你留下了孽種，到這時候才來和你講斤頭？」

夏落紅哭喪著臉，說：「真冤枉呢，玲玉，其實我是真愛你的！」

「愛有什麼用？現在已經愛得『通貨膨脹』了，你且告訴我，應該怎麼辦？」古玲玉正色說。

「我們馬上到教堂去結婚！」夏落紅說。

「不！你得要先解除婚約，通過你的義父，也許這老傢伙不贊同這件婚事呢！」

夏落紅說：「年代不同了，我們都已經成年，婚嫁應該自由自主！」

「你的未婚妻不同意解除婚約呢？」

「不會的，她認爲讀書比愛情重要，她鼓勵我向外發展！」

古玲玉便點頭說：「好的，只要你能辦妥這兩件事情，我就什麼都依你！」

夏落紅大喜，抱著古玲玉又是一陣熱烈的狂吻，連他的祖上是姓什麼的也忘掉了。

夏落紅搖艇出海，久久沒有歸來，彭虎不免擔憂，心中想：這楞小子不要是一時看不開尋短見去了，那時候怎對得起他的義父呢？

他打盹醒來，日已西墜，張開眼，只見一個年輕的小伙子拉著一個穿鮮紅色泳衣長著一頭秀髮的女郎，嘻嘻哈哈正跨下小艇齊向沙灘上奔來呢。

嗨，那不是夏落紅嗎？他身畔的女郎是誰？

彭虎揉了揉眼，幾乎不相信自己的眼睛，那可不是剛出道不久的女飛賊古玲玉嗎？彭虎尙以爲自己在做夢呢，這是什麼地方？夏落紅爲什麼又會和古玲玉膩在一起了？

彭虎急忙坐起身來，只見夏落紅和古玲玉已奔向海灘上的更衣室去了。「奇怪，恐怕是面貌相同，夏落紅畢生之中就是喜歡這種體型纖小的女郎，也許他是又有了新發展……」他喃喃自語說。

他守在更衣室的跟前，來回踱步，過了不久，夏落紅先走了出來，「落紅，和你同走的女人是誰？發現『新大陸』了麼？」彭虎問。

夏落紅笑得十分開心地說：「彭虎，別多問，我反正要請你吃喜酒了！」

「什麼喜酒？」彭虎伸長了脖子搔著頭皮，莫名其妙地問。

「你且等著瞧！」

一會兒，更衣室內走出了一位嬌小玲瓏，姿色撩人，穿著寬領子橘紅色洋裝的女郎，她臉泛桃花，霎著晶瑩閃著亮光的俏眼，露著編貝似的皓齒，偏著頭，向夏落紅露出憨笑。

夏落紅牽著她的手，施施然地去了。

彭虎幾乎要昏倒了，他完全看清楚啦，那可不就是古玲玉麼？她什麼時候跑到香港來了？又什麼時候開始和夏落紅搞在一起？

瞧夏落紅的那副德行！他不再是無精打彩，也不再是人生毫無興趣的陰陽怪氣的神色了。瞧他好像注射了興奮劑，活力充沛回復了青春矯健，一如平日間頭一次鍾情一位小姐而要出他那套灑脫挑逗異性的風采。

彭虎三魂急出七魄，忙追著在夏落紅的背後，說：「夏落紅，別忘記了今晚上義父要和你一起用晚飯……」

夏落紅揮手說：「不了，今晚上我另有約會，你陪我的義父用晚飯吧！」剎時間，汽車急馳遠去了。只見夏落紅和古玲玉在車廂中，相依相偎，好一付親暱的形狀。

彭虎急得直跳腳，高抬雙手詛罵說：「夏落紅，我看見你真噁心，真噁心……」

輪到彭虎借酒消愁了，他原是點酒不沾，回到酒店之後，實在是苦惱到了極點。

他自感對不起駱駝，唯有借酒消愁。

酒一杯杯下肚，彭虎倒在床上，像是爬不起床了，也不知道什麼時候，駱駝進入了房間。

「狗娘養的，夏落紅那王八蛋呢？」駱駝怒火沖天地問。

彭虎的舌頭像打了結，結結巴巴的連話也說不清楚，他的眼睛像貧血症患者，連抬也抬不起來。

「你的那個寶貝兒子……泡，泡，泡女人去啦……」

駱駝不懂，愕然說：「夏落紅在泡什麼女人？」

「嗨！大哥，古玲玉到香港來了，你還不知道嗎？」

「古玲玉？」駱駝幾乎跳了起來，吶吶說：「她，她，她席捲了我們六十多萬美金逃之夭夭，怎麼又追到香港來了？……」

「嗨，這個問題應該問你，不應該問我呀！兒子是你的，媳婦是你的，將來養出孫子也是你的，與我一點關係也沒有……」

駱駝有點恐慌，問：「古玲玉什麼時候到的？」

彭虎便將按照駱駝的吩咐逼令夏落紅至沙灘上去曬太陽，看女人解愁消遣的情形，由頭至尾結結巴巴述說了一遍。

「他們到哪兒去了？」

「誰知道……」

駱駝的頭頂已夠禿的了，焦急起來，伸手去抓住他那僅有的幾根頭髮，亂扯一通。「糟糕了，一切全完了哇！」他喃喃自語說：「我以爲夏落紅悶悶不樂，終日裡借酒消愁，是因爲沒有異性的伴侶的關係，所以我拍了急電，請他的未婚妻于芄趕緊到香港來一次！」

「于芃來不來呢？」彭虎問。

「明天上午九點廿七分的班機，到達香港！」

「嚇！」彭虎也失聲驚呼，酒也醒了一大半，說：「來得這樣快麼？」

「我由檀香山到達香港的第一天晚上就將電報拍出去了，今天早上才得到了回電！」

「這一來豈不要起情感糾紛？那要出大亂子了呢！」

「別多囉唆了！快跟我走吧！時間無多，明天于芃就要到了，假如夏落紅不去接機，那還成話嗎？」駱駝拉著彭虎，沒命的就向旅館的房間外走。

他倆走進了自動電梯，按了鈕，電梯的自動門關閉了，向樓底下沉下去。在這同時，另一座自動電梯卻昇上來了，刁探長和他在香港吃警探飯的朋友。

刁探長是來和駱駝會面的，他正好錯過了時間。

夏落紅和古玲玉究竟到什麼地方去了呢？駱駝猜想得不錯，絕對是風花雪月，紙醉金迷的場所。

夏落紅真個是浮沉在愛海中了，常言說得好，久別勝新婚，夏落紅和古玲玉雖然非正式結髮夫妻，但是關係可不尋常。他倆甚至於比新婚還要熱絡。

古玲玉向夏落紅打趣說：「假如在婚後，你向任何的一個女人多看一眼，我也會妒忌的呢！」

夏落紅說：「有了你，我任何的女人也不想看了！」

他倆對飲，一杯來一杯往，夏落紅是連天都在醉鄉裡，他的酒量雖豪，但因爲睡眠不足的關係，幾杯下肚也不禁兩眼發直。

古玲玉吃了幾杯酒，臉泛桃花，在燈光之下，更顯得嫵媚了。

夜總會的精彩表演完畢，音樂台上的麥克風有人在報告說：「來賓夏落紅先生請接電話，在經理室內！」

夏落紅和古玲玉俱是一怔；在此時此地有誰會打電話到這間夜總會裡來找他呢？

「奇怪，有誰會打電話到這裡來找我，誰會知道我在這裡？」夏落紅很費解地說。

經理室內是空著的，大門敞開，辦事桌上的一座電話聽筒置在桌上。

夏落紅抓起聽筒：「喂，哪一位？」

電話聽筒立即傳出一陣刺耳難聽的聲音，「夏落紅你這小王八蛋兔崽子，不想活了嗎？竟然又和那個女飛賊混在一起，究竟算是什麼名堂？你且給我說個清楚！」

夏落紅聽得是義父的聲音，忙說：「義父，你別亂罵一通，容我解釋……」

「解釋個屁！那個姓古的女子害得我們還不夠慘麼？我們的全盤計畫幾乎全垮在她的手裡，居然你還會和她像真的戀愛一樣！」

「義父，我有我的苦衷，希望你能了解，孩兒長大了，婚姻大事應該可以由自己作主的！……」

「呸！已經談到了婚姻大事了麼？你是嫌命長了？古玲玉可以尋至香港來找著了我們，其他的國際間諜職業兇手也可以尋到香港來的！我們全體隨時都可能會遭遇到生命的危險……」

夏落紅吶吶辯駁說：「禍不是我闖的，這一次我們的夏威夷之行，全盤失敗，也只有逆來順受了！」

駱駝詛罵說：「兔崽子王八蛋，你說得輕鬆，逆來順受，你真成了情聖啦！可以爲愛情犧牲！你丟下在美國的那位未婚妻該怎麼辦？」

「于芄麼？這只怪她和我距離得太遠……」

「距離得一點也不遠！告訴你吧，于芃乘西北航空公司的班機，明天上午九時廿七分抵達香港，你是否要到機場去接機呢？」

夏落紅嚇了一跳，吶吶說：「她？她怎會忽然到香港來的？」

「是我拍急電召她來的，爲了你酗酒、寂寞、形影孤單！」

「唉，義父，你可把我害苦了哇！」

掛斷電話後，夏落紅心中忐忑不安，猛一回首間，只見古玲玉雙手叉腰立在他的背後，夏落紅立時滿臉通紅，他猜想，剛才在電話裡所說的一切，古玲玉可能全聽到了。

「哦——原來是未婚妻到了呢！」古玲玉冷嗤著說。

夏落紅搔著頭皮，說：「這樣也好，我們可以當場解決問題了！」

「你和你的未婚妻有媒有聘，名正言順，我憑什麼名堂呢？」古玲玉氣沖沖地，說完掉頭出了經理室。

夏落紅忙追出去，跟在她的身畔，說：「不管怎樣，事到如今，問題終歸得設法解決的！我真心愛你是事實！」

「你在一個女人的面前，永遠是專情的，若是兩個女人在一起時，又該怎麼辦？」古玲玉正色說：「我早就打聽清楚了你的為人，我到香港來找尋你，純是為了腹中的一塊肉，假如事情不能解決，唯一的辦法就是孩子生下來時，將他扼死了事……」

夏落紅大驚，忙說：「玲玉，你千萬不可以說這種話，孩子是無辜的！」

古玲玉已沒有興致再留在夜總會裡了，夏落紅付過檯帳，小心翼翼逗著古玲玉說笑。

離開了夜總會，古玲玉就沒頭沒腦地向前走，夏落紅形色尷尬，侍候在旁，像跟班的一樣。

「現在打算上哪兒去？」他問。

古玲玉佯怒說：「你別理會我，先去解決你的未婚妻的問題吧！」

「問題總歸要解決的，你又何必苦苦相逼呢？」

「我有成人之美，就是因為不願意你為我惹太多的麻煩，所以我寧願自我犧牲！」古玲玉在「海濱大酒店」訂了一個套房，她要和夏落紅在酒店的門前分手。

夏落紅說：「你豈不是將我當做陌路人了？」

古玲玉黯然說：「其實，我只是為你好，我們的一段露水孽緣，隨時都可以結束的，日子長此拖下去，情感愈陷愈深，到時候只有增加彼此的痛苦而已！」

古玲玉愈是這樣說，夏落紅更感到難受，他對付女人，就只有一副死纏的功夫。

女人最大的弱點就是怕纏，夏落紅癡纏著不肯離去，好話說盡，古玲玉又是半推半就的，這一夜，夏落紅便留在古玲玉的套房裡，自是有說不盡的纏綿。

駱駝是怎樣尋著夏落紅的行蹤的？他和彭虎跑了好幾間經常去的舞廳和夜總會，都撲了空。駱駝是根據過往的紀錄，夏落紅經常出現在一些什麼地方，初戀時愛到什麼地方去？熱戀時又愛到什麼地方去？幾趟撲空之後，就開始撥電話，按照夏落紅過往的紀錄，一一打電話，終於，他終算找到了夏落紅了。駱駝主要的是告訴夏落紅，于芄在次日上午抵港，看夏落紅的反應，無非是希望夏落紅猛省回頭，但是這一夜，夏落紅還是沒有回酒店裡去。

隔天，駱駝一大早起床，邀了彭虎便溜出酒店去了，他知道刁探長一定會來糾纏的，耽誤了他接飛機的時間有諸多的不便，他們找了一間很好的茶館，品茶吃早點，閱讀早報，到了九點多鐘始才驅車往飛機場去。

很意外的，夏落紅早等候在迎賓台了。

彭虎用手肘撞了駱駝一下，說：「這小子居然到了！」

駱駝含笑說：「這樣看，小子還是有良心的！」

駱駝向夏落紅說：「小子，這件事情，你打算怎樣解決呢？」

夏落紅面有愧色，說：「我的事情，應該自己解決的！」

不久，機聲軋軋，一架豪華的子爵式噴射客機已降落在機場的跑道之上，過了一會兒，它向停機坪移動過來，駱駝和夏落紅全引長了脖子。

飛機的艙門已經打開了，旅客陸陸續續下機。忽然，艙門前像一霎閃亮的光彩，出來了一位少女，穿著窄身的金色絲質旗袍，外披白兔毛衣，亭亭玉立，體態纖纖，明眸皓齒，玉潔冰清，儀態萬方……

那不就是于芄嗎?像這樣的少女，我見猶憐，誰個會不動心呢?

于芄走出了機艙，即向迎賓台上招手，笑口盈盈的好像見了親人一樣。自然，她是看到了駱駝和夏落紅，自從脫離了「魔窟」之後，她唯一的親人和所依靠的，就是駱駝和他那古怪的一家人。

駱駝又瞪了夏落紅一眼。夏落紅是很勉強地揮著手帕和于芄打招呼，他的情緒顯得有點不安呢。

「唉，這樣的媳婦到哪兒去找?比那些破銅爛鐵，要強多啦！」駱駝故意挑高了大姆指向彭虎說。

于芄已由停機坪來至迎賓台的下面了，她招著手，高聲呼喚說：「你們都好嗎?」

駱駝點首說：「我們都很好的，在這燈紅酒綠的花花世界之上，只要活著，都會好的！」

夏落紅懶得和他們打「嘴巴官司」，掉轉頭，趕往樓下機坪進口處，那是海關及護照的檢查處。

忽而，彭虎拍了拍駱駝的肩膊，說：「駱大哥，你看……」

駱駝順著彭虎的手指頭抬頭看向飛機的艙口，那是壓尾走出來的一位旅客，個子不高，四方臉架著一副寬邊的太陽眼鏡……唉！這人好面善呢。

「那不是沙哇奴爵士大廈的總管杜雲生麼?」彭虎說：「他怎麼也到香港來了?」

駱駝再定睛一看，那人不是杜雲生還會是誰呢？

果然不出所料，除了古玲玉之外，又有沙哇奴爵士間諜案的漏網之魚，趕到香港來了。

駱駝喃喃說：「天底下的事情就會那樣的巧，偏偏就和于芄同一班機到達！」

彭虎說：「我相信他們還不只是來一兩個人呢！」

駱駝點首，說：「我們又要面臨艱苦的戰鬥了！你去釘住杜雲生，看他到什麼地方去，又和一些什麼樣的人接觸！」駱駝吩咐說。

香港機場上入境的手續非常簡單，尤其是行李不大檢查的。于芄很快的便通過檢查站了，順利走出機場大廈，夏落紅爲她提著行李。駱駝駕著汽車，停至門口間，于芄和夏落紅雙雙進入車廂的後座。

駱駝邊駕著車，邊抬頭自後照鏡上偷窺他們兩人的神色。

于芄是神彩奕奕，臉泛桃暈，好像情緒十分興奮。

夏落紅卻是頹唐不已，像有難言之隱，他面對著未婚妻，數次欲言又止，終於保持了緘默。

忽而，于芄向正在駕車的駱駝說：「義父，你連拍急電催促我到香港來，究竟是什麼事情？」

駱駝吃吃一笑，說：「夏落紅快要過生日了，我請你到香港來大家團聚一番，這不是很有意義麼？香港是個美麗的海島，稱爲人間的天堂，你是舊地重遊，總有一點感慨吧？」

于芄探首自車窗外望，似乎真有了感嘆，吁了口氣，說：「日子過得真快，一晃就是好幾年了，香港真有了許多的改變，有些地方我幾乎都不認得啦！」忽然，她卻想起了另外的一件事，怔怔地說：「義父，你說夏落紅過生日嗎？」

駱駝說：「是的，他的快樂誕辰到了！」

「唔！」于芄笑了笑，說：「我記得夏落紅的生日是在正月間的，現在已將近六月了！」

駱駝說：「正月間是他媽媽給他的生日，六月間是我給他的生日，這又有何不可呢？」

請續看《情報掮客》下冊

國家圖書館出版品預行編目資料

情報捐客／牛哥著. — 初版.— 臺北市：風雲時代，
2008.12
冊；　　公分

ISBN 978-986-146-512-8（上冊：平裝）
857.7　　　　　　　　　　　　　97021925

懷念好書懷念老書系列

情報捐客〈上〉

作者：牛哥
出版者：風雲時代出版股份有限公司
出版所：風雲時代出版股份有限公司
地址：105台北市民生東路五段178號7樓之3
網址：http：//www.books.com.tw
信箱：h7560949@ms15.hinet.net
郵撥帳號：12043291
服務專線：(02)2756-0949 傳真：(02)2765-3799
執行主編：劉宇青
美術編輯：方槍

法律顧問：永然法律事務所 李永然律師
北辰著作權事務所 蕭雄淋律師
版權授權：李馮娜妮（牛嫂）

初版日期：2009年1月

ISBN 978-986-146-512-8

總經銷：成信文化事業股份有限公司
地址：台北縣新店市中正路四維巷二弄2號4樓
電話：(02)2219-2080

行政院新聞局局版台業字第3595號
營利事業統一編號22759935

定 價：240元

風雲時代